Série

AS AVENTURAS DO CAÇA-FEITIÇO

O Aprendiz 🦇 Livro 1

A Maldição 🦇 Livro 2

O Segredo 🦇 Livro 3

A Batalha 🦇 Livro 4

O Erro 🦇 Livro 5

O Sacrifício 🦇 Livro 6

O Pesadelo 🦇 Livro 7

O Destino 🦇 Livro 8

E VEM MAIS AVENTURA
POR AÍ... AGUARDE!

JOSEPH DELANEY

2ª edição

Tradução
Ana Resende

Rio de Janeiro | 2015

Copyright © Joseph Delaney, 2011
Publicado originalmente como *The Spook's Destiny* pela Random House
Children's Books.

Título original: *The Spook's Destiny*

Ilustrações de capa e miolo: David Wyatt

Editoração: FA Studio

Texto revisado segundo o novo
Acordo Ortográfico da Língua Portuguesa

2015
Impresso no Brasil
Printed in Brazil

CIP-Brasil. Catalogação na publicação
Sindicato Nacional dos Editores de Livros – RJ

D378d	Delaney, Joseph, 1945-
2ª ed.	O destino / Joseph Delaney; tradução Ana Resende. — 2ª ed. — Rio de Janeiro: Bertrand Brasil, 2015.
	288 p.: il.; 21 cm. (As aventuras do caça-feitiço; 8)
	Tradução de: The Spook's Destiny
	Sequência de: O pesadelo
	Continua com: The Spook's I Am Grimalkin
	ISBN 978-85-286-1671-2
	1. Ficção inglesa. I. Resende, Ana. II. Título. III. Série.
	CDD – 823
14-12217	CDU – 821.111-3

Todos os direitos reservados pela:
EDITORA BERTRAND BRASIL LTDA.
Rua Argentina, 171 – 2º andar – São Cristóvão
20921-380 – Rio de Janeiro – RJ
Tel.: (0xx21) 2585-2070 – Fax: (0xx21) 2585-2087

Não é permitida a reprodução total ou parcial desta obra, por
quaisquer meios, sem a prévia autorização por escrito da Editora.

Atendimento e venda direta ao leitor:
mdireto@record.com.br ou (0xx21) 2585-2002

Impresso no Brasil pelo Sistema Cameron da Divisão Gráfica da
DISTRIBUIDORA RECORD DE SERVIÇOS DE IMPRENSA S.A.

Para Marie

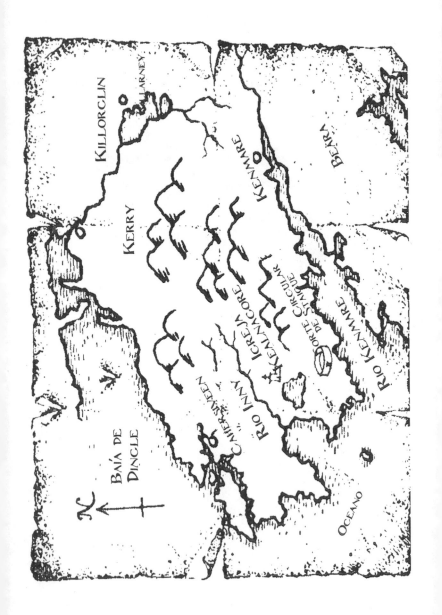

O PONTO MAIS ALTO DO CONDADO
É MARCADO POR UM MISTÉRIO.
CONTAM QUE ALI MORREU UM HOMEM
DURANTE UMA GRANDE TEMPESTADE, QUANDO
DOMINAVA UM MAL QUE AMEAÇAVA O MUNDO.
DEPOIS, O GELO COBRIU A TERRA E, QUANDO
RECUOU, ATÉ AS FORMAS DOS MORROS E OS
NOMES DAS CIDADES NOS VALES TINHAM
MUDADO. AGORA, NO PONTO MAIS ALTO DAS
SERRAS, NÃO RESTA VESTÍGIO DO QUE OCORREU
NO PASSADO, MAS O NOME SOBREVIVEU.
CONTINUAM A CHAMÁ-LO DE

A PEDRA DO GUARDIÃO

CAPÍTULO 1
CUIDADO COM O BOQUIRROTO!

Impelido pela mais leve das brisas, nosso pequeno barco de pesca navegava com lentidão rumo ao oeste e se movia suavemente para cima e para baixo na direção da praia distante. Eu olhava para a frente, para os morros verdes da Irlanda, e tentava assimilar o máximo que podia antes que a luz diminuísse. Mais vinte minutos e escureceria.

De repente, ouviu-se um uivo intenso, e o pescador ergueu os olhos, alarmado. Do nada, soprou um vento forte. Uma nuvem negra moveu-se rapidamente até nós, vinda do norte, e relâmpagos bruxuleavam no mar, que agora se agitava, fazendo o pequeno barco singrar de modo assustador. Nossos três cães começaram a ganir. Patas, Sangue e Ossos costumavam ser destemidos, mas não gostavam de navegar nem nas melhores condições.

Eu estava ajoelhado e agarrado à proa; o frio pressionava meus ouvidos e a água do mar fazia meus olhos arderem.

O Caça-feitiço e minha amiga, Alice, encolhidos debaixo das aposturas, faziam o possível para se abrigar. As ondas subitamente se tornaram imensas — de modo nada natural, pensei. Faltava pouco para virarmos. Enquanto deslizávamos por uma enorme vala, uma onda gigante, como um muro íngreme de água, surgiu do nada e agigantou-se acima de nós, ameaçando destroçar nossa pequena embarcação e afogar a todos.

No entanto, por alguma razão, sobrevivemos e subimos até o ponto mais alto da onda. Seguiu-se uma tempestade de granizo: eram seixos de gelo que caíam sobre nós e o barco, batendo com força em nossas cabeças e corpos. Mais uma vez, um relâmpago rasgou o céu praticamente sobre as nossas cabeças. Ergui o olhar para as densas nuvens negras que se agitavam acima de nós e, no mesmo instante, avistei duas esferas de luz.

Olhei para elas, espantado. Estavam muito próximas e pareciam dois olhos me fitando. Depois, elas começaram a mudar. Eram olhos — olhos muito característicos que me espiavam desde as nuvens pretas. O olho esquerdo era verde, o direito, azul, e pareciam brilhar com malícia.

Será que eu estava imaginando aquilo? Esfreguei meus olhos e pensei estar vendo coisas. Mas não... eles continuavam lá. Eu estava prestes a gritar e alertar Alice, mas, enquanto eu observava, eles desapareceram.

O vento diminuiu tão de repente quanto surgira e, em menos de um minuto, não se viam mais as imensas ondas. No entanto, o mar continuava muito agitado e o vento nas nossas costas nos impelia em direção à terra firme com uma velocidade muito maior.

— Em cinco minutos, vocês desembarcarão! — gritou o pescador. — Há um lado bom em tudo, mesmo numa tempestade.

Voltei a pensar nos olhos que eu vira na nuvem. Talvez eu os tivesse imaginado. Mais tarde, seria bom mencionar o episódio ao Caça-feitiço, mas agora não era o momento.

— Foi estranho o modo como a tempestade surgiu tão repentinamente! — gritei.

O pescador balançou a cabeça.

— De modo algum — disse ele. — Vemos coisas estranhas no mar, mas aquilo foi apenas uma borrasca. Elas costumam surgir do nada. Veja bem, o mar estava um bocado agitado. Quase como um maremoto. Mas esta velha banheira é mais sólida do que se pensa. — Ele parecia muito satisfeito consigo mesmo. — Eu preciso voltar bem antes do amanhecer e temos agora um pouco de vento para encher as velas.

O Caça-feitiço o pagara generosamente com quase todo o seu dinheiro, mas, mesmo assim, o pescador assumira um grande risco. Partíramos da ilha de Mona cerca de oito horas antes e cruzáramos para o oeste rumo à Irlanda. Éramos refugiados da invasão do Condado, e o Caça-feitiço, Alice e eu havíamos passado muitos meses perigosos naquela ilha. Agora, os habitantes de Mona estavam devolvendo ao Condado os refugiados que encontravam, entregando-os nas mãos das forças de ocupação. Buscas intensas haviam sido feitas, e chegara a hora de partir.

— Espero que tenhamos uma recepção melhor aqui — disse Alice, desanimada.

— Ora, garota, não poderia ser muito pior que da última vez — retrucou o Caça-feitiço.

Isso era verdade. Em Mona, precisáramos fugir quase que imediatamente.

— Vocês terão poucos problemas aqui! — gritou o pescador, tentando ser ouvido acima do lamento do vento. — Muitos poucos do seu povo terão se arriscado tão longe assim, e essa é uma ilha grande. Algumas poucas bocas a mais para alimentar não vão preocupá-los. Vocês vão ver que também há trabalho para um caça-feitiço, pois algumas pessoas a chamam de "Ilha Assombrada". Ela certamente possui mais fantasmas que o que lhe cabe.

Caça-feitiços lidavam com as trevas. Era um ofício perigoso, e eu estava no terceiro ano de aprendizado com meu mestre, John Gregory, e aprendera como lidar com feiticeiras, ogros e todo tipo de criaturas sobrenaturais. Em geral, os fantasmas representavam uma pequena ameaça e eram a menor de nossas preocupações. A maior parte nem sabia que estava morta e, com as palavras certas, poderia ser persuadida a se encaminhar para a luz.

— Eles não têm seus próprios caça-feitiços? — perguntei.

— Caça-feitiços são uma raça em extinção — respondeu o pescador. Fez-se um silêncio constrangedor. — Ouvi dizer que não há nenhum trabalhando em Dublin, e uma cidade como aquela deve estar infestada de boquirrotos.

— Boquirrotos? — indaguei. — O que é um boquirroto?

O pescador deu uma risada.

— Você é um aprendiz de caça-feitiço e não sabe o que é um boquirroto? Você deveria se envergonhar! Precisa prestar mais atenção nas suas lições.

Fiquei irritado com os comentários dele. Meu mestre estava perdido em pensamentos e não pareceu ouvir o pescador. Ele nunca havia mencionado um boquirroto e eu tinha certeza de que não havia relato de tal coisa em seu Bestiário, que estava guardado em segurança na bolsa dele. O próprio caça-feitiço o escrevera; tratava-se de um registro ilustrado de todas as criaturas que ele encontrara e das quais ouvira falar, com anotações sobre como lidar com elas. Com certeza, não havia referência a um boquirroto na seção "Fantasmas", e eu me perguntei se ele sabia de sua existência.

— Ora — emendou o pescador —, eu não gostaria de ter o seu ofício. Apesar das tempestades e de seu temperamento, é muito mais seguro estar no mar do que encarar um boquirroto. Cuidado com o boquirroto! Melhor se afogar do que enlouquecer!

Nesse momento, a conversa chegou ao fim: o pescador nos levou a um pequeno cais de madeira que se originava na margem de seixos e dava no mar. Os três cães pularam do barco sem perda de tempo, e nós saímos dele mais lentamente. Estávamos rígidos e com frio por causa da viagem.

Momentos depois, o pescador retornou ao mar, e nós caminhamos até o fim do cais e pelos seixos, nossos pés esmagando as pedras. Qualquer pessoa seria capaz de ouvir a nossa aproximação a quilômetros, mas, pelo menos, não conseguiria nos ver na escuridão. E, de qualquer modo, se o pescador estivesse certo, nós não deveríamos correr perigo com nativos furiosos.

Nuvens densas pairavam acima de nós e agora já estava muito escuro. O vulto que pensamos ser uma moradia cresceu à nossa frente e mostrou ser um ancoradouro em ruínas, onde nos abrigamos para passar a noite.

A aurora trouxe um dia melhor. O céu estava claro e o vento diminuíra. Embora ainda estivesse gélida, a manhã de fim de fevereiro sugeria a aproximação da primavera.

O pescador chamara a ilha de Ilha Assombrada, mas seu outro nome, "Ilha Esmeralda", felizmente parecia mais adequado — embora, na verdade, o Condado fosse tão verde quanto ela. Estávamos descendo uma encosta coberta de relva; abaixo, estava a cidade de Dublin, com suas habitações abraçando as duas margens de um rio imenso.

— O que é um boquirroto? — perguntei ao Caça-feitiço. Como sempre, eu carregava nossas bolsas e o meu bastão. Ele caminhava com passos rápidos, o que dificultava que eu e Alice o acompanhássemos.

— Não sei exatamente, rapaz — disse ele, olhando-me por cima do ombro. — Provavelmente, é o nome local para algo com que já estamos familiarizados; esta é a explicação mais provável. Por exemplo, o que nós chamamos de ogro, é conhecido também como *papão* ou mesmo como *papa-gente* em algumas partes do mundo.

Havia muitos tipos de ogros, que iam desde os estripadores sanguinários até os bate-portas relativamente inofensivos, que apenas produziam baques, batiam nas coisas e assustavam as pessoas. Era curioso pensar que alguns povos os chamavam por nomes diferentes.

Decidi contar ao meu mestre o que vira em meio à tempestade da noite anterior.

— O senhor se lembra de quando aquela tempestade nos atingiu? — perguntei. — Eu vi uma coisa estranha nas nuvens escuras acima das nossas cabeças. Vi um par de olhos que nos observavam.

O Caça-feitiço parou e olhou para mim fixamente. A maioria das pessoas não teria acreditado; outras teriam rido abertamente. Eu sabia que o que eu estava dizendo soava uma loucura, mas meu mestre levou a sério.

— Você tem certeza, rapaz? — perguntou ele. — Nós estávamos em perigo. O pescador também estava assustado, embora tenha tentado minimizar isso depois. Em situações assim, nossas mentes podem nos pregar peças estranhas. Nossa imaginação sempre funciona assim. Se você fitar as nuvens por muito tempo, poderá ver rostos nelas.

—Tenho certeza de que foi mais do que a minha imaginação. Havia dois olhos, um verde e outro azul, e eles não pareciam nada amigáveis — retruquei.

O Caça-feitiço assentiu.

— Precisamos ficar alertas. Estamos em uma terra que nos é estranha; pode haver todo tipo de perigos desconhecidos à espreita por aqui.

Com isso, ele seguiu mais uma vez à nossa frente. Fiquei surpreso pelo fato de Alice não dizer nada durante a conversa; ela mostrava uma expressão preocupada no rosto.

Pouco mais de uma hora depois, sentimos um odor de peixe no ar; logo estávamos abrindo caminho através das ruas estreitas e superlotadas da cidade rumo ao rio. Apesar de ser muito cedo, por toda parte havia um burburinho barulhento, pessoas empurravam e caminhavam, e os comerciantes de rua entoavam sua arenga em cada esquina. Também havia músicos de rua: um homem tocando violino e alguns meninos, flauta. Mas, apesar do caos, ninguém questionou o nosso direito de estar na cidade. Era um começo muito melhor do que aquele que tivéramos em Mona.

Eram muitas as estalagens, mas a maioria tinha avisos nas janelas informando estarem lotadas. Finalmente, encontramos duas com vagas, mas, no início, os preços estavam muito altos. Meu mestre tinha pouco dinheiro sobrando, e esperávamos arrumar acomodações para três ou quatro noites enquanto tentávamos ganhar algum dinheiro. Na segunda estalagem, eles se recusaram, sem qualquer explicação, a nos dar os quartos. Meu mestre não discutiu. Algumas pessoas não gostam de caça-feitiços e temem o fato de que lidam com as trevas; pensam que coisas ruins sempre os acompanham.

Então, em uma rua secundária e estreita a cerca de noventa metros do rio, encontramos uma terceira estalagem com vagas. O Caça-feitiço olhou para ela com expressão de dúvida.

— Não admira que tenham quartos vagos — disse Alice franzindo o rosto bonito. — Quem iria querer ficar aqui?

Acenei com a cabeça e concordei com ela. A parte da frente da estalagem precisava de uma boa demão de tinta, e duas janelas do primeiro andar e uma no térreo estavam cobertas com tapumes. Até a placa precisava de cuidados; estava pendurada por um único prego, e cada rajada de vento ameaçava fazê-la rolar pelo calçamento de pedras. O nome da estalagem era "O Violinista Morto", e a placa envelhecida mostrava um esqueleto tocando um violino.

— Bem, precisamos de um telhado sobre as nossas cabeças e não podemos ser exigentes demais — disse o Caça-feitiço. — Vamos procurar o proprietário.

O interior da estalagem estava tão escuro e sombrio que poderia ser meia-noite. Isso, em parte, era causado pelas janelas com tapumes, mas também pelo imenso edifício do lado oposto, que se inclinava na direção da estalagem do outro lado da rua estreita. Uma vela bruxuleava no balcão oposto à porta, e, ao lado dela, havia um pequeno sino. O Caça-feitiço pegou o sino e o tocou alto. Primeiro, seu chamado foi recebido pelo silêncio, mas depois ouvimos passos descendo as escadas, e o estalajadeiro abriu uma das duas portas internas e entrou no cômodo.

Era um homem robusto, de aparência severa, com cabelos oleosos e escorridos que desciam sobre a gola puída. Ele parecia tristonho, derrotado pelo mundo, mas, quando viu meu mestre, assimilou a capa, o capuz e o bastão e imediatamente toda a sua postura se modificou.

— Um caça-feitiço! — exclamou ansioso, e seu rosto se iluminou. — Minhas preces finalmente foram atendidas!

— Viemos para perguntar sobre os quartos — disse meu mestre. — Mas devo entender que você tem um problema no qual eu poderia ajudar?

— O senhor *é* um caça-feitiço, não é? — O proprietário subitamente baixou os olhos para os sapatos de bico fino de Alice e pareceu um pouco desconfiado.

Mulheres e garotas com sapatos de bico fino costumavam ser suspeitas de feitiçaria. Isso certamente era verdade em relação à Alice; durante dois anos, ela fora treinada pela mãe, Lizzie, a feiticeira de ossos. Alice era a minha melhor amiga e havíamos passado por muita coisa juntos — a magia dela salvara a minha vida mais de uma vez —, mas meu mestre sempre se preocupava com o fato de que um dia ela voltasse para as trevas. Ele franziu a testa brevemente na direção dela, depois tornou a olhar para o estalajadeiro.

— Isso. Sou um caça-feitiço, e este é meu aprendiz, Tom Ward. A garota se chama Alice e trabalha para mim, copiando livros e cumprindo outras tarefas. Por que você não diz o motivo para precisar de meus serviços?

— Sentem-se ali e deixem os cães no pátio — disse o proprietário enquanto apontava para uma mesa em um canto. — Vou trazer o café da manhã para vocês e então contarei o que precisa ser feito.

Nem bem nos sentamos, ele trouxe outra vela e pousou-a no centro da mesa. Em seguida, desapareceu em um dos cômodos dos fundos, e não demorou para que ouvíssemos o sibilo de uma frigideira e o aroma delicioso de bacon sendo preparado flutuasse pela porta.

Pouco depois, devorávamos grandes pratos fumegantes com bacon, ovos e salsichas. O proprietário aguardou pacientemente que terminássemos antes de se juntar à mesa e começar a contar sua história.

— Não tenho um único cliente pagante se hospedando aqui, e isso tem se repetido há quase seis meses. Eles estão com muito medo. Ninguém se aproxima desde que ele chegou; por isso, temo que eu não seja capaz de pagar ao senhor com dinheiro. Mas se conseguir se livrar dele, vou deixar que fiquem com três quartos sem pagar nada por uma semana. Que tal?

— Me livrar do quê? — quis saber o Caça-feitiço.

— Qualquer um que o encontre ficará completamente louco em poucos minutos — retrucou o estalajadeiro. — É um boquirroto, e um dos piores!

CAPÍTULO 2
SANGUE EM TODA PARTE

—O que exatamente é um boquirroto? — quis saber meu mestre.

— O senhor não sabe? — perguntou o proprietário, e seu rosto mais uma vez demonstrou dúvida.

— No Condado, de onde eu venho, não temos nenhuma criatura chamada boquirroto — explicou o Caça-feitiço. — Portanto, leve o tempo que precisar e me conte tudo sobre ele... Assim, eu saberei melhor com o que estou lidando.

— O boquirroto costuma aparecer uma semana depois de alguém se matar, e foi isso que aconteceu aqui — contou o proprietário. — A camareira trabalhava para mim havia mais de dois anos; era uma boa garota, trabalhadora e bonita como uma pintura. Esta foi a ruína dela. Ela atraiu alguém que estava acima de sua posição social. Eu a avisei, mas ela não me ouviu.

"Bem, para resumir uma longa história, ele fez promessas à moça — promessas que não tinha a intenção de cumprir. E mesmo que fosse sincero em relação ao que dizia, não havia meio de sua família ter aprovado aquele relacionamento. Ele era um jovem com uma herança no futuro e um bom nome de família para manter. Eu lhe pergunto — será que poderia se casar com uma pobre serva sem um centavo em seu nome? Ele disse que a amava. E ela certamente o amava. Mas, como era de se esperar, terminou mal. Ele se casou com uma moça nobre; parece que o casamento fora arranjado havia meses. Ele mentira todo esse tempo e, quando a garota descobriu, aquilo partiu seu coração. A tola criatura cortou a própria garganta. Não foi um jeito fácil de partir. Eu a ouvi engasgar e tossir e corri para o andar de cima para ver qual era o problema. Havia sangue em toda parte."

— Pobrezinha — murmurou Alice e estremeceu.

Eu acenei com a cabeça e tentei tirar a imagem da terrível morte da camareira da minha cabeça. Matar-se era um grande erro, por pior que a situação parecesse. Mas a pobre garota deveria estar desesperada, e realmente não sabia o que estava fazendo.

—Ainda há manchas nas tábuas do soalho — emendou o proprietário — e, por mais que se esfregue, nada as tira de lá. Ela demorou muito tempo até morrer. Eu chamei um médico, mas ele não pôde ajudar. Médicos são inúteis, e isso é um fato. Eu não gastaria saliva com eles. De qualquer forma, ela teria ido para uma sepultura de indigente, mas fora uma boa trabalhadora, como eu disse, e por isso eu mesmo paguei o funeral dela. Ela estava morta havia menos de uma semana, quando o boquirroto apareceu. A pobre garota nem bem esfriara na sepultura e...

— Quais foram os primeiros sinais da chegada dele? — interrompeu o Caça-feitiço. — Pense com muito cuidado. É importante.

— Ouviram-se batidas estranhas nas tábuas do soalho; havia ritmo nelas: duas pancadas rápidas; depois, três lentas, repetidas vezes. Após alguns dias, uma friagem gelada podia ser sentida no local onde a pobre garota havia morrido, bem sobre as manchas de sangue. Um dia depois, um dos meus hóspedes enlouqueceu. Ele pulou da janela e quebrou as duas pernas no calçamento de pedras. As pernas vão se curar, mas a mente está além de reparo.

— Certamente, você não estava usando o quarto?! Pelo menos, você o avisou sobre as batidas e o local frio?

— Ele não estava no quarto onde a garota morreu; esse era o quarto dos criados no sótão, no último andar da estalagem. Um boquirroto assombra o próprio local em que o suicídio ocorre, e imaginei que ele ficaria por lá. Agora me contaram que um boquirroto pode perambular em qualquer lugar no interior da construção.

— Por que chamam essa criatura de boquirroto? — indaguei.

— Por causa do barulho que ela faz, garoto — retrucou o proprietário. — Ela emite ruídos permanentemente. Tagarela e fala sem parar consigo mesma; sons que não fazem sentido, mas que são assustadores de ouvir. — Ele se virou novamente para o Caça-feitiço. — Então, o senhor pode resolver isso? Os padres não conseguiram fazer nada. Esta é uma cidade cheia de padres, mas eles não são melhores que os médicos.

O Caça-feitiço franziu a testa.

— Bem, como eu disse, venho de um lugar diferente: o Condado, que é uma terra do outro lado do mar, a oeste — explicou ele. — Tenho que admitir que nunca ouvi falar do que você está descrevendo. Era de se imaginar que relatos sobre algo assim tão estranho já tivessem chegado até nós.

— Ora, veja o senhor — disse o estalajadeiro —, os boquirrotos são novos na cidade. Começaram a aparecer há cerca de um ano. São como uma praga. Eles foram avistados pela primeira vez a sudoeste e lentamente se espalharam para o leste. Os primeiros casos alcançaram a cidade pouco antes do Natal. Alguns acreditam que eles são obra dos magos bodes de Kerry, que estão sempre chafurdando em magia negra. Mas quem pode garantir?

Sabíamos pouco sobre os magos irlandeses — apenas que eles viviam em pé de guerra constante com os proprietários de terras. Havia uma breve referência a eles no Bestiário do Caça-feitiço. Supostamente, idolatravam Pã, o deus antigo, em troca de poder. Boatos davam conta de que isso envolvia sacrifícios humanos. Era um negócio sujo.

— Tenho razão em dizer que este seu boquirroto fica ativo somente após anoitecer? — quis saber o Caça-feitiço.

O proprietário confirmou com a cabeça.

— Bem, nesse caso, tentaremos resolver hoje à noite. Você se importa se ficarmos com os nossos quartos antes do trabalho? Gostaríamos de pôr o sono em dia e nos prepararmos para enfrentar o seu boquirroto.

— De modo algum, mas se o senhor não conseguir resolver, espero ser pago pelos dias que vocês ficarem aqui. Não passo um minuto neste lugar depois de anoitecer; durmo na casa do meu irmão. Portanto, se for necessário, me pague de manhã.

— Isso é justo — disse o Caça-feitiço, apertando a mão do estalajadeiro para selar o acordo. A maior parte das pessoas não gostava de se aproximar demais de um caça-feitiço, mas aquele homem tinha sérios problemas financeiros e estava grato pela ajuda do meu mestre.

Cada um escolheu seu quarto e passamos o restante da manhã e o início da tarde recuperando o sono, depois de combinarmos de nos encontrarmos na cozinha cerca de uma hora antes do anoitecer. O meu sono foi agitado: tive um sonho terrível.

Eu estava numa floresta. Não havia lua, mas as árvores brilhavam com uma luz prateada sobrenatural. Sozinho e desarmado, eu rastejava de quatro e buscava uma coisa da qual precisava terrivelmente: o meu bastão. Sem ele, eu tinha certeza de que não sobreviveria.

Faltavam apenas alguns minutos para a meia-noite, e eu sabia que naquele momento algo estava atrás de mim — algo terrível. Minha mente estava confusa e eu não conseguia lembrar qual era a criatura, mas sabia que ela fora enviada por uma feiticeira. Ela queria vingança por algo que eu lhe fizera.

Mas o que estava errado comigo? Por que eu não conseguia me lembrar corretamente das coisas? Será que já estava sob algum tipo de feitiço? Em algum lugar ao longe, um sino de igreja começou a tocar ameaçadoramente. Paralisado pelo medo, contei cada badalada.

Na terceira, dei um pulo, fiquei de pé, em pânico, e comecei a correr. Os galhos açoitavam meu rosto, sarças agarravam e arranhavam as minhas pernas conforme eu corria, desesperado, entre as árvores, na direção da igreja invisível. Havia alguma coisa atrás de mim agora, mas não corria entre os arbustos; não era uma criatura que caminhava sobre duas ou quatro patas. Eu ouvia o bater de asas gigantes.

Olhei para trás, por cima do ombro, e meu sangue transformou-se em água. Eu estava sendo perseguido por um imenso corvo negro e, ao vê-lo, meu terror aumentou. Era a Morrigan, a deusa antiga das feiticeiras celtas, a divindade sanguinária que bicava os olhos dos moribundos. Mas eu sabia que bastava conseguir chegar à igreja para estar em segurança.

Por que seria assim, eu não sabia — as igrejas não costumavam ser locais de refúgios das trevas. Caça-feitiços e aprendizes preferiam confiar em seus instrumentos de trabalho e no conhecimento sólido das etapas práticas de defesa que poderiam ser seguidas. No entanto, eu sabia que tinha que chegar à igreja — ou morrer e perder minha alma para as trevas.

Tropecei em uma raiz e caí de cabeça. Fiz um enorme esforço para ficar de joelhos e ergui os olhos para o corvo negro, que pousara em um galho e o fizera estalar e se envergar sob o próprio peso. O ar tremeluziu à minha frente e eu pisquei furiosamente para limpar a minha visão. Quando finalmente consegui enxergar, fui confrontado por uma visão terrível.

Diante de mim, vi um vulto alto trajando um vestido preto que descia quase até o chão. Estava coberto de sangue. O vulto era mulher do pescoço para baixo, mas tinha uma imensa cabeça de corvo, com olhos de contas cruéis e um bico imenso. Mesmo enquanto eu observava, a cabeça do corvo começou a mudar. O bico encolheu, os olhos de contas suavizaram e se arregalaram até a cabeça tornar-se completamente humana. Subitamente, percebi que eu conhecia aquele rosto! Era o rosto de uma feiticeira que agora estava morta — a feiticeira celta que o caça-feitiço Bill Arkwright matara no Condado. Eu havia treinado com Arkwright e o vira enfiar uma adaga nas costas da feiticeira; depois, ele alimentara os cães com o coração dela para ter certeza de que não poderia voltar dos mortos. Bill fora impiedoso em seu tratamento das feiticeiras — muito mais severo que o meu mestre, John Gregory.

Ou será mesmo que era ela? Eu vira a feiticeira de perto e estava certo de que seus olhos tinham a mesma cor.

E naquele momento eu soube que nada daquilo era real. Tratava-se de um sonho ruim, e um dos piores tipos: um pesadelo lúcido ao qual eu estava preso e do qual não conseguia escapar ou acordar. Também era o mesmo pesadelo que eu tinha havia meses — e cada vez que ele acontecia era mais assustador.

A feiticeira caminhava na minha direção agora, com as mãos esticadas e as garras prontas para arrancar a carne dos meus ossos.

Lutei para acordar. Foi uma luta real para me libertar. Abri meus olhos e senti o medo se extinguir aos poucos. Mas levou um longo tempo até me acalmar. Agora eu estava totalmente acordado e não conseguia voltar a dormir. Isso não me deixava no melhor estado mental para encarar um boquirroto — seja lá o que fosse isso.

Encontramo-nos na cozinha, mas não planejávamos comer nada muito pesado. Estávamos prestes a encarar as trevas; por isso, o Caça-feitiço insistia para que jejuássemos e comêssemos apenas um pouco de queijo para nos manter. Meu mestre sentia falta do queijo quebradiço do Condado, e não importava onde estivéssemos, ele sempre reclamava que a comida do local não se comparava à de lá. Mas, nesta ocasião, ele mordiscou em silêncio antes de se virar para mim e fazer uma pergunta:

— Bem, rapaz, quais são suas ideias a respeito de tudo isso?

Olhei para o rosto dele. Era como se tivesse sido esculpido em granito, mas havia linhas novas e mais profundas em suas sobrancelhas, e seus olhos estavam cansados. A barba fora grisalha desde o momento em que o vira pela primeira vez, havia quase três anos, quando ele visitara a fazenda de meu pai para conversar sobre o meu aprendizado. No entanto, ali havia uma mistura de outras cores também: sobretudo ruivo, castanho e preto; agora, estava inteiramente grisalho. Ele parecia mais velho — o Caça-feitiço pagara o preço pelos acontecimentos dos últimos três anos.

— Isso me preocupa — falei. — É uma coisa com a qual nunca lidamos antes, e é sempre perigoso.

— Sim, é verdade, rapaz. Há muito que nos é desconhecido. O que é exatamente um boquirroto, e será que ele é vulnerável ao sal e ao ferro?

— Pode ser que o boquirroto não exista — disse Alice.

— E o que você quer dizer com isso, garota? — indagou meu mestre ao mesmo tempo que assumia uma expressão aborrecida. Sem dúvida, ele considerava que ela estava metendo o nariz onde não fora chamada e interferia nos negócios de caça-feitiço.

— E se for o espírito de cada pessoa morta que, por alguma razão, ficou preso e causa o problema? — perguntou ela. — Magia negra poderia fazer isso.

O vinco desapareceu do rosto do Caça-feitiço, e ele acenou com a cabeça, pensativo.

— As feiticeiras de Pendle tinham um feitiço como esse? — perguntou ele.

— As feiticeiras de ossos têm um feitiço que pode ligar um espírito à sua própria sepultura.

— Alguns espíritos ficam ligados assim por qualquer razão, garota. São chamados de *perambuladores de sepultura*.

— Mas esses não apenas perambulam, eles assustam as pessoas — observou Alice. — O feitiço costuma ser usado para manter as pessoas longe de um trecho do terreno da igreja para que as feiticeiras possam saquear os túmulos e recolher os ossos sem serem perturbadas.

As feiticeiras de ossos recolhiam ossos humanos para utilizá-los em sua magia. Os ossos dos polegares eram particularmente valorizados. Elas os ferviam em um caldeirão para obter poderes mágicos.

— Então, indo mais além, se são espíritos aprisionados, de alguma forma, eles são forçados a levar as pessoas à beira da loucura. Tudo isso faz sentido, mas como e por que está se espalhando? — perguntou meu mestre.

— Se for um feitiço — disse Alice —, então, está fora de controle, quase como se tivesse criado uma energia própria e estivesse espalhando o seu mal, abrindo caminho para o leste. Certa vez, Lizzie Ossuda lançou um feitiço poderoso que fugiu de controle. Foi a primeira vez que eu a vi apavorada.

O Caça-feitiço coçou a barba como se alguma coisa viva estivesse rastejando por ali.

— Sim, isso faz sentido — concordou. — Bem, imagino que, primeiro, deveríamos visitar o local onde a pobre garota se matou. Vou precisar do rapaz comigo; portanto, não resta dúvida de que você também se juntará a nós, garota.

A última frase foi dita com uma ponta de sarcasmo. Alice e eu estávamos em situação difícil e ele não podia fazer nada a respeito. No ano anterior, para salvar as vidas de muitas pessoas, incluindo a do Caça-feitiço e de Alice, eu vendera a minha alma para o Maligno — o próprio Diabo, as trevas encarnadas. Ele fora convocado à Terra por um coven das feiticeiras de Pendle, e agora se tornava cada vez mais poderoso: uma nova era de trevas sobreviera ao nosso mundo.

Somente a magia negra de Alice impedira que o Diabo viesse e levasse a minha alma. Ela colocara três gotas do próprio sangue e três gotas do meu juntos no que se chamava "cântaro de sangue". Eu o trazia no bolso, e agora o Maligno não podia se aproximar de mim — mas Alice tinha de ficar por perto para compartilhar a proteção.

Sempre havia um risco de que, de algum modo, eu pudesse ser separado do cântaro e ficasse fora do alcance do feitiço de proteção. E não apenas isso: quando eu morresse — quer isso acontecesse daqui a seis ou sessenta anos —, o Maligno estaria esperando para reclamar o que lhe pertencia e me submeteria a uma eternidade de tormentos. O único meio de escapar era destruí-lo ou amarrá-lo primeiro, de alguma forma. A perspectiva da tarefa pesava sobre meus ombros.

Grimalkin, a feiticeira assassina do clã Malkin, era inimiga do Maligno; ela acreditava que ele poderia ser amarrado a uma cova se fosse perfurado por pontas de liga de prata. Alice a contatara, e ela concordara em se juntar a nós. Mas longas semanas haviam passado e não ocorrera mais nenhuma comunicação com Grimalkin. Alice temia que, por mais que Grimalkin fosse invencível, alguma coisa tivesse acontecido a ela. O Condado estava ocupado por tropas estrangeiras — talvez elas tivessem se erguido contra as feiticeiras de Pendle, e as tivessem matado ou aprisionado. Não importava qual fosse a verdade, o cântaro de sangue era mais importante que nunca.

Pouco depois de escurecer, com uma vela na mão, o Caça-feitiço nos conduziu até o sótão — o cômodo pequeno e desconfortável bem no alto da estalagem, onde a pobre criada vivera e morrera.

A cama estava sem o colchão, lençóis e travesseiros. Do lado da cama mais próximo à janela, vi manchas escuras de sangue nas tábuas do soalho. O Caça-feitiço pousara a vela sobre a mesinha de cabeceira, e nós três sentamos o mais à vontade possível no chão bem em frente à porta fechada. Em seguida, aguardamos. Era razoável imaginar que se o boquirroto necessitasse de vítimas àquela noite, ele viria atrás de nós. Afinal, não havia mais ninguém na estalagem.

Meus bolsos estavam carregados de sal e ferro — substâncias que costumam funcionar contra ogros e, em grau menor, contra feiticeiras. Mas se a teoria de Alice estava correta e lidávamos com um espírito aprisionado e perigoso, o sal e o ferro seriam ineficazes.

Não tivemos que esperar muito até a chegada do boquirroto. Alguma coisa invisível começou a bater nas tábuas do soalho. Ouviram-se duas pancadas rápidas; depois, três mais lentas. Isso aconteceu repetidas vezes e me deixou uma pilha de nervos. Em seguida, a vela bruxuleou, e o ar ficou subitamente gelado; eu tinha uma sensação ainda mais fria por dentro: era o aviso que um sétimo filho de um sétimo filho costuma receber quando uma criatura das trevas se aproxima.

Imediatamente acima das manchas de sangue surgiu uma coluna de luz roxa; o som que ela emitia confirmava que o boquirroto recebera um nome adequado. A voz era alta, feminina e sibilante. Ele tagarelava bobagens, irritava os meus ouvidos e fazia com que me sentisse desconfortável e levemente tonto. Era como se o mundo tivesse inclinado e eu fosse incapaz de manter o equilíbrio.

Senti a malevolência do boquirroto: ele queria me machucar muito. Queria a minha morte. Não havia dúvida de que o Caça-feitiço e Alice ouviam os mesmos sons perturbadores, mas olhei para o lado esquerdo e o direito, e nenhum deles se movia; apenas fitavam, de olhos arregalados, a coluna de luz como se estivessem hipnotizados.

No entanto, apesar da tontura, eu *conseguia* me mover, e decidi agir antes que o falatório entrasse na minha cabeça e me obrigasse a fazer exatamente o que ele queria. Fiquei de pé e me lancei para a frente, enfiando as mãos nos bolsos da calça: minha mão direita pegou o sal, minha mão esquerda, a limalha de ferro. Joguei o conteúdo das duas mãos cheias na coluna de luz.

As substâncias se juntaram perfeitamente, bem no alvo. Foi um bom lançamento. A má notícia foi que nada aconteceu. A coluna continuou a bruxulear, e partículas de sal e ferro caíram, inofensivas, e acabaram espalhadas pelas tábuas do soalho ao lado da cama.

Agora, o barulho permanente começou a causar dor. Era como se alfinetes pontiagudos fossem empurrados nos meus olhos e uma tira de aço apertasse a minha testa e esmagasse lentamente o meu crânio. Senti o pânico crescendo dentro de mim. Em algum momento, eu não conseguiria mais tolerar a dor. Será que eu enlouqueceria? Seria obrigado a pôr fim à minha vida e acabar com o meu tormento?

Com um choque, percebi então outra coisa. O barulho não era apenas um falatório sem sentido. A velocidade e a sibilância haviam me enganado no início. Tratava-se de uma língua antiga; um padrão de palavras. Era um feitiço!

De repente, a vela se apagou e nos lançou na escuridão, embora a luz roxa ainda estivesse visível. Foi nesse momento que descobri que eu era incapaz de me mover. Queria sair do sótão claustrofóbico onde a pobre garota se matara, mas não conseguia; eu estava preso no local. Eu também me sentia tonto e perdi o equilíbrio. Cambaleei e caí com força sobre o meu lado esquerdo. Eu estava consciente de uma dor aguda, como se tivesse caído sobre uma pedra.

Enquanto lutava para me erguer, ouvi outra voz — uma voz feminina, que também entoava na língua antiga. Esta segunda voz ficou mais alta ao mesmo tempo que a primeira não tardou a ficar mais baixa, até sumir completamente. Para meu alívio, o falatório cessou.

Depois, ouvi um súbito grito angustiado. Percebi que a segunda voz era de Alice — ela havia usado um feitiço próprio para acabar com o boquirroto. O espírito da garota agora estava livre, mas em tormento. Ele sabia que estava morto e preso no Limbo.

Surgira agora uma terceira voz, mais profunda e masculina — uma voz que eu conhecia bem: era a do Caça-feitiço.

— Ouça, garota — disse ele. — Você não tem que ficar aqui...

Confuso como eu estava, por um instante, pensei que ele conversava com Alice; depois, compreendi que se dirigia ao espírito da garota morta.

— Vá para a luz — ordenou ele. — Vá para a luz agora!

Ouviu-se um lamento angustiado.

— Não posso! — gritou o espírito. — *Estou perdida na névoa. Não consigo encontrar o meu caminho.*

— O caminho está diante de você. Olhe com cuidado e verá a trilha até a luz.

O DESTINO 🦇 35 🦇 LIVRO 8

— Eu decidi pôr fim à minha vida. Isso foi errado e agora estou sendo punida!

Para os suicidas e para aqueles que tiveram mortes violentas, sempre era muito mais difícil encontrar o caminho até a luz. Algumas vezes, eles perambulavam nas névoas do Limbo durante anos. Mas isso podia ser feito. Um caça-feitiço podia ajudar.

—Você está se punindo sem necessidade — disse meu mestre para o espírito da garota. — Não é necessário. Você era infeliz. Não sabia o que estava fazendo. Eu quero que pense agora com muito cuidado. Tem alguma lembrança feliz de sua vida anterior?

— Sim. Sim. Tenho muitas lembranças felizes...

— Então, qual é a mais feliz... a mais feliz de todas? — quis saber o Caça-feitiço.

— Eu era muito pequena, não tinha mais que cinco ou seis anos. Eu atravessava uma pradaria e colhia margaridas com a minha mãe em uma manhã quente e ensolarada, e ouvia o zumbido de abelhas e o canto dos pássaros. Tudo era fresco e claro, e cheio de esperança. Ela fez uma coroa de margaridas e pôs na minha cabeça. Disse que eu era uma princesa e que um dia encontraria um príncipe. Mas isso é apenas tolice. A vida real é diferente. Pode ser cruel além da conta. Conheci um homem que eu pensei que fosse um príncipe, mas ele me traiu.

—Volte para aquele momento. Volte para o tempo em que o futuro ainda estava à sua frente, repleto de promessas e esperanças cálidas. Concentre-se — instruiu o Caça-feitiço. — Você está lá novamente. Consegue ver? Consegue ouvir os pássaros? Sua mãe está ao seu lado e segura a sua mão. Você sente a mão dela?

— Sim! Sim! — gritou o espírito. — *Ela está apertando a minha mão. E me leva a algum lugar...*

— Ela a está levando na direção da luz! — exclamou o Caça-feitiço. — Você não consegue ver o brilho à sua frente?

— *Eu vejo! Eu vejo a luz! A névoa se foi!*

— Então, vá! Entre na luz. Você está indo para casa!

O espírito soltou um suspiro cheio de nostalgia; depois, subitamente, deu uma risada. Foi uma risada alegre, acompanhada por completo silêncio. Meu mestre conseguira. Ele a enviara para a luz.

— Bem — disse ele, em tom ameaçador —, temos que conversar sobre o que aconteceu aqui.

Apesar do nosso sucesso, ele não estava satisfeito. Alice usara magia negra para libertar o espírito da garota do feitiço

CAPÍTULO 3
O VISITANTE

Na cozinha, comemos uma refeição leve, composta de pão irlandês e presunto defumado. Quando terminamos, o Caça-feitiço empurrou o prato para o lado e limpou a garganta.

— Bem, garota, conte-me o que você fez.

— O espírito da criada foi amarrado por um feitiço das trevas de compulsão — disse Alice. — Estava aprisionado dentro da estalagem e era forçado a dizer um feitiço de confusão que levava quem o ouvisse à beira da loucura. Assusta um bocado, isso sim, e a pessoa faria qualquer coisa para fugir.

— Então, o que *exatamente* você fez? — quis saber o Caça-feitiço, impaciente. — Não deixe nada de fora!

— Eu usei o que Lizzie Ossuda me ensinou — retrucou Alice. — Ela era boa em controlar os mortos. Depois de obter o que queria deles, ela os deixava ir, contanto que não opusessem grande resistência. Tinha outro feitiço para liberá-los. É chamado *abante*, uma palavra antiga para "vá embora".

— Então, apesar de todos os meus avisos, você voltou a usar magia negra!

— O que mais eu deveria fazer? — disse Alice, levantando a voz com raiva. — Sal e ferro não funcionariam! Como poderiam, se vocês lidavam com o espírito torturado de uma jovem e não com uma criatura das trevas? Em pouco tempo todos nós estaríamos metidos numa verdadeira encrenca. Portanto, eu fiz o que tinha que fazer.

— Mas também teve um resultado bom — argumentei, em defesa de Alice. — O espírito da garota seguiu para a luz e a estalagem voltou a ser segura.

Era evidente que o Caça-feitiço estava muito preocupado, mas pouco tinha a dizer. Afinal, ele já comprometera seus princípios ao permitir que guardássemos o cântaro de sangue. Alice percebeu que o silêncio dele era, sobretudo, dirigido a ela; então, ficou de pé e saiu batendo os pés na escada até o quarto.

Olhei para o meu mestre; eu ficava triste quando via mágoa e desânimo nos olhos dele. Durante os últimos dois anos, nosso relacionamento estremecera por causa desse uso da magia negra. Eu tentara corrigir isso, mas era difícil saber o que dizer.

— Ao menos, lidamos com o boquirroto — falei. — Acho que vou anotar isso no meu caderno.

— Boa ideia, rapaz — disse o Caça-feitiço, e seu rosto se iluminou um pouco. — Vou criar um verbete novo no meu Bestiário. Não importa o que aconteça, temos que registrar o passado e aprender com ele.

Portanto, enquanto eu escrevia no meu caderno um breve relato do que havia se passado, o Caça-feitiço tirou o Bestiário da bolsa — o único livro que restara do incêndio de sua casa e da biblioteca em Chipenden. Durante algum tempo, escrevemos em silêncio e, por coincidência, terminamos nossas anotações praticamente no mesmo instante.

— Ficarei satisfeito quando a guerra acabar e tornar-se seguro voltar para Chipenden — falei. — Seria bom retomar a rotina normal...

— Sim, rapaz. Seria. Eu realmente sinto falta do Condado, e estou ansioso para reconstruir a minha casa.

— Ela não será a mesma sem o ogro, não é?

O ogro fora, sobretudo, um morador invisível que ocasionalmente aparecia como um gato amarelo grande. Ele servira bem ao Caça-feitiço e havia guardado a casa e o jardim. Quando a casa foi queimada e o telhado ruiu, o pacto entre meu mestre e o ogro terminou. Ele ficou livre para ir embora.

— Sem dúvida, não será. Teremos que fazer a nossa própria comida e a limpeza, e você ficará encarregado de preparar o café da manhã. Meu pobre e velho estômago não vai gostar nada disso — o Caça-feitiço disse, esboçando o mais leve sorriso. Ele sempre fazia essa piada sobre o fato de eu cozinhar mal, e era bom vê-lo de bom-humor.

Ele parecia mesmo um pouco mais animado e, logo depois, fomos dormir. Eu sentia saudades da nossa vida antiga e me perguntava se ela se fora para sempre.

No entanto, os terrores da noite ainda não haviam acabado. Ao voltar para o meu quarto, fiz uma terrível descoberta.

Enfiei a mão esquerda no bolso da calça e imediatamente percebi o que havia causado a dor quando eu caíra de lado. *Fora o cântaro de sangue.*

Será que tinha se quebrado? Meu coração foi parar nas botas. Com a mão trêmula, retirei cuidadosamente o pequeno cântaro do bolso, levei-o até a vela e o examinei. Estremeci de terror. Havia uma rachadura que ia praticamente até a metade dele. Será que agora o cântaro corria o risco de quebrar?, eu me perguntei.

Quase em pânico, fui até a porta do quarto de Alice e bati levemente. Quando ela abriu, mostrei o cântaro. De início, ela pareceu tão alarmada quanto eu, mas, depois de examiná-lo cuidadosamente, sorriu com confiança.

— Parece tudo bem, Tom. É apenas uma rachadura fina. Nosso sangue ainda está dentro dele e isso significa que continuamos a salvo do Maligno. Cântaros são resistentes e não quebram com facilidade. Ainda estamos bem; portanto, não se preocupe.

Voltei para o meu quarto, aliviado por descobrir que tivéramos sorte de escapar.

• • •

Rapidamente se espalhou a notícia de que havia um caça-feitiço na cidade que sabia lidar com um boquirroto.

Portanto, enquanto desfrutávamos do pagamento pelo nosso sucesso — uma estada de uma semana na estalagem —, outras pessoas nos visitaram e pediram nossa ajuda.

O Caça-feitiço se recusou a trabalhar novamente com Alice, mas, relutante, permitiu que eu o fizesse. Assim, na noite seguinte à nossa primeira visita, Alice e eu partimos para lidar com outro boquirroto que assolava a oficina nos fundos da propriedade de um relojoeiro. O homem havia se endividado e tirara a própria vida numa madrugada, após se embebedar com vinho. Os parentes precisavam vender a loja, mas não conseguiam com um boquirroto morando lá.

O encontro repetiu quase que exatamente o primeiro na estalagem. Após as batidas rítmicas, surgiu uma coluna de luz, e o espírito começou seu trabalho mortal. No entanto, ele nem bem começou a tagarelar e Alice já reagiu com um feitiço. Ela se saiu melhor do que eu e fez com que ele se calasse rapidamente; durante a minha parte, eu precisei de três tentativas para mandar o espírito do relojoeiro para a luz. Não foi fácil: ele havia tido uma vida difícil, contava sempre o dinheiro e temia perdê-lo. E não tinha muitas lembranças felizes às quais eu pudesse recorrer. Mas finalmente consegui, e o espírito dele se libertou.

Mas então aconteceu algo que me encheu de desânimo. Ao lado de uma bancada de trabalho, vi um bruxulear e formar-se uma coluna de luz cinza. Parecia que outro espírito se juntara a nós. E, perto da parte de cima da coluna, um par de olhos me fitava com malícia extrema. Um era verde, o outro, azul; eles se pareciam muito com aqueles que eu vira na nuvem da tempestade, e dei um passo para trás, alarmado.

Então, a coluna de luz tremeluziu, e uma mulher surgiu à nossa frente. Ela não estava presente em carne e osso — era transparente, a vela na bancada de trabalho atrás dela permanecia visível através de seu vestido escuro; sua imagem era projetada de outro lugar. Subitamente, reconheci o rosto. Era a feiticeira que Bill Arkwright havia matado.

Olhei mais uma vez e, com uma pontada de medo, percebi que era a feiticeira do meu sonho recorrente.

— Espero que você tenha gostado da minha tempestade! — gritou ela, com uma expressão satisfeita nos olhos estranhos. — Eu poderia ter afogado você ali, mas estou poupando-o para mais tarde. Tenho outra coisa em mente. Andei esperando por você, garoto! Com os boquirrotos para lidar, eu sabia que você apareceria. Gosta deles? É o melhor feitiço que lanço há muito tempo.

Não respondi, e os olhos da feiticeira giraram na direção de Alice.

— E esta é Alice. Venho observando vocês. Vi que são bons amigos. Em breve, *os dois* estarão em meu poder.

Dei um passo à frente com raiva, e me coloquei entre Alice e a feiticeira.

Ela fez uma careta feia de desprezo.

— Ah! Vejo que você se importa com ela. Obrigada por isso, garoto. Você confirmou o que eu suspeitava. Agora conheço outro meio de machucar você. E eu vou machucá-lo. Certamente retribuirei muitas vezes o que você fez!

A imagem desapareceu rapidamente, e Alice veio para o meu lado.

— Quem era ela, Tom? — perguntou. — A feiticeira parecia conhecer você.

—Você se lembra dos olhos que eu vi na nuvem durante a tempestade? Foi ela. Seu rosto era o da feiticeira celta que Bill Arkwright matou.

— Acho que nós dois estamos em perigo. Ela tem magia poderosa... Eu posso sentir — disse Alice, com os olhos arregalados. — Ela é a responsável pelos boquirrotos. Realmente deve ser poderosa para fazer isso.

De volta à estalagem, contamos ao Caça-feitiço sobre o nosso encontro com a imagem da feiticeira.

— É perigoso ser um caça-feitiço — disse ele. — Você poderia parar de lidar com os boquirrotos, mas isso significaria que muitas pessoas ficariam machucadas; pessoas inocentes que poderiam ser salvas se você fizesse seu trabalho com coragem. Você é quem decide. Não sabemos muito sobre a feiticeira, alguém a ser tratado com grande cautela. Eu não o culparia se desistir. Então, o que você vai fazer?

— Continuaremos o trabalho... nós dois — falei e acenei com a cabeça na direção de Alice.

— Bom rapaz. Achei que essa seria a sua resposta... Ainda me entristece pensar que o único meio pelo qual podemos nos livrar dos boquirrotos é usando magia negra — emendou meu mestre. — No entanto, talvez as coisas estejam mudando. Talvez, no futuro, esse seja um novo meio para um caça-feitiço combater as trevas, usando as trevas contra si mesmas. Eu não concordo com isso, mas sou de uma geração diferente. Pertenço ao passado, enquanto você é o futuro, rapaz. Você enfrentará novas e diferentes ameaças, e lidará com elas de maneira diferente.

Então, Alice e eu continuamos com o nosso trabalho e, em seis dias, libertamos dos boquirrotos duas estalagens, outra loja e cinco residências. A cada vez, Alice combatia o feitiço, e então eu conversava para libertar o espírito do Limbo na direção da luz. Sempre ficávamos apreensivos, mas a feiticeira não tornou a aparecer. Será que ela estava blefando e apenas tentava me assustar? Mas eu tinha que fazer o meu trabalho.

Ao contrário do Condado, parecia que o costume na Irlanda era pagar alguém assim que o serviço fosse completado; então, tínhamos bastante dinheiro nos bolsos. E tivemos um visitante — uma pessoa que chegou no sétimo dia e nos enviou num curso diferente.

Estávamos sentados à mesa de sempre tomando o café. A estalagem ainda não tinha outros hóspedes, mas o proprietário estava confiante de que a situação mudaria em breve e indicara que nossa partida apressaria a chegada do primeiro hóspede pagante. Nossa presença ali era amplamente conhecida e, embora a estalagem não fosse mais assombrada, poucas pessoas realmente desejavam ter um quarto no local onde se encontrava um caça-feitiço. Meu mestre compreendeu a situação e decidimos nos mudar no fim do dia, provavelmente indo para o sul ou na direção do rio Liffey, que dividia a cidade.

Eu acabara de engolir o último pedaço de bacon e limpava a gema de ovo com um naco de pão com manteiga quando um desconhecido entrou no cômodo. Era um homem alto e empertigado, com cabelos brancos que contrastavam com a barba e o bigode pretos. Apenas estes detalhes eram suficientes para garantir um segundo olhar em qualquer dos becos sem saída lotados de Dublin; mas acrescente a isso suas roupas — um sobretudo formal na altura dos joelhos, calça preta muito justa e botas caras, que o caracterizavam como um cavalheiro de primeiro escalão — e todos os olhos teriam assinalado sua passagem. Ele também trazia uma bengala de marfim com um cabo branco no formato de uma cabeça de águia.

O proprietário apressou-se em cumprimentá-lo e fez uma mesura baixa antes de dar-lhe as boas-vindas à estalagem e oferecer-lhe o melhor quarto. Mas o estranho mal ouvia seu anfitrião; ele fitava diretamente a nossa mesa. Sem perda de tempo, dirigiu-se ao Caça-feitiço.

— Será que tenho o prazer de falar com John Gregory? — perguntou. — E você deve ser Tom Ward — acrescentou, olhando para mim. Em seguida, acenou rapidamente com a cabeça na direção de Alice.

O Caça-feitiço assentiu e se pôs de pé.

— Sim, sou eu — disse ele. — E este é meu aprendiz. O senhor está aqui para pedir a nossa ajuda?

O homem balançou a cabeça.

— Ao contrário, estou aqui para oferecer ajuda a vocês. Seu sucesso em livrar a cidade de muitas das aparições perturbadoras chamou a atenção de um grupo poderoso e perigoso. Falo dos magos bodes de Staigue. Temos nossos próprios espiões, e eles nos dizem que os magos já enviaram assassinos até a cidade. Por serem servos das trevas, eles não toleram a sua presença em nossa terra. Por essa razão, os poucos caça-feitiços restantes na Irlanda evitam as cidades maiores e nunca se estabelecem em algum lugar por mais que poucos dias.

O Caça-feitiço acenou com a cabeça, pensativo.

— Disseram que os caça-feitiços eram uma raça em extinção. O que o senhor diz faz sentido, mas por que iria querer nos ajudar? Ao fazer isso, o senhor não está correndo perigo?

— Minha vida corre risco permanentemente — respondeu o homem. — Permitam-me que me apresente. Sou Farrell Shey, o líder da Aliança da Terra, uma liga de proprietários de terras que tem estado em guerra com os magos há muitos anos.

Além do que eu já havia lido no Bestiário do Caça-feitiço, enquanto trabalhava com Bill Arkwright, conhecera um proprietário de terras que fugira da Irlanda para escapar dos magos. Isso não fizera diferença. Os magos enviaram uma das feiticeiras celtas para matá-lo em seu refúgio no Condado, e ela fora bem-sucedida, apesar de nossos maiores esforços em salvá-lo.

— Bem, nesse caso, sua ajuda certamente seria bem-vinda — disse o Caça-feitiço.

— E, em troca — disse Shey —, o senhor pode usar seu conhecimento para nos ajudar. Alguns meses perigosos estão à nossa frente, meses nos quais a sobrevivência será difícil: os magos bodes se preparam para seu próximo ritual em Killorglin; por isso, não devemos nos atrasar mais. Juntem suas coisas e vou tirá-los imediatamente da cidade.

Fizemos como ele instruiu e, em poucos minutos, nos despedimos do agradecido proprietário e acompanhamos Shey através de becos estreitos, saindo em uma rua lateral onde uma grande carruagem estava à nossa espera. Puxada por seis cavalos, ela parecia feita para correr, e sua aparência não era enganosa. O condutor da carruagem estava muito bem-vestido com uma libré verde, e junto com ele havia um homem grande, com barba preta e uma espada no cinto, que se inclinou para Shey e abriu as portas da carruagem, antes de assumir seu posto ao lado do condutor.

Sentados com conforto e escondidos do olhar dos curiosos graças a cortinas de renda, pouco depois, cruzamos o rio e nos dirigimos para o oeste da cidade; o *clip-clop* agora tornara-se o ressoar rítmico do bater dos cascos dos cavalos.

Alice virou-se na minha direção e, quando nossos olhos se encontraram, imaginei que ela estivesse pensando a mesma coisa que eu: tudo aquilo acontecera rápido demais. O tal Farrell Shey estava acostumado a comandar, e bastara um pouco de persuasão para nos convencer a segui-lo. Mas onde estávamos nos metendo?

— Aonde estamos indo? — perguntou o Caça-feitiço.

— Estamos indo para Kerry, a sudoeste — retrucou Shey.

— Mas não é o local onde estão os magos bodes? — perguntei, começando a me sentir mais do que meramente inquieto.

— De fato, é — respondeu ele. — Mas nós vivemos lá também. É uma parte bonita, porém perigosa, desta bela ilha. E, algumas vezes, para conter uma ameaça, é preciso ter coragem e enfrentá-la. Você preferiria ter morrido na cidade à espera dos assassinos que viriam atrás de você? Ou partiria e uniria sua força com a nossa numa tentativa de acabar com o poder dos magos para sempre?

— Somaremos nossa força à sua — respondeu o Caça-feitiço. — Não duvide disso.

Alice e eu trocamos olhares. Estava evidente que o Caça-feitiço havia tomado uma decisão.

— Durante toda a minha vida eu combati as trevas — disse ele a Shey — e farei isso até o dia da minha morte.

Durante o dia, a carruagem nos levou para oeste e parou apenas duas vezes para trocar os cavalos. Os cães viajavam conosco e ocasionalmente corriam ao lado do veículo para esticar as patas. Depois, as estradas se tornaram mais estreitas e a velocidade diminuiu consideravelmente. Agora distinguíamos apenas ao longe montanhas com picos cobertos de neve.

— Aquelas são as montanhas de Kerry; minha casa fica na península de Uibh Rathach — disse Shey. — Mas não conseguiremos chegar hoje à noite. Há uma estalagem à frente que podemos tornar segura.

— Então já estamos correndo perigo? — perguntou o Caça-feitiço.

— Sempre há perigo. Fomos seguidos desde a cidade, e nossos inimigos estarão tanto à frente quanto atrás de nós. Mas não se preocupe, estamos bem-preparados.

O local onde deveríamos ficar situava-se à margem de uma floresta e era alcançado através de uma única trilha estreita. De fato, não havia placa pendurada do lado de fora, e embora Shey tivesse chamado de "estalagem". parecia mais uma residência confiscada por soldados para oferecer refúgio num local perigoso.

Naquela noite, depois de passear com os cães, alimentamo-nos bem com porções generosas de caldo de batata e cebola, enriquecido com pedaços suculentos de carneiro. Enquanto comíamos, meu mestre começou a perguntar a Shey sobre os magos bodes. Ele já sabia as respostas gerais para algumas das perguntas, mas era assim que o Caça-feitiço agia: o que Shey lhe contou poderia incluir também informações novas e importantes que fariam a diferença entre a vitória e a derrota. Nossa sobrevivência poderia depender do que aprendêssemos ali.

— O senhor mencionou que os magos bodes estão se preparando para o ritual em Killorglin...? — perguntou ele.

— Correto — retrucou Shey, cofiando o bigode preto. — Isso sempre causa uma crise.

— Mas ainda estamos no inverno, e eu tinha ouvido dizer que a cerimônia ocorre em agosto...

— Agora eles se reúnem duas vezes por ano — respondeu Shey. — Antigamente era um evento anual no fim do verão, que ocorria no que ficou conhecido como Feira de Puck. Eles amarram um cabrito montês sobre uma plataforma alta e o deixam ali; os rituais das trevas terminam com sacrifícios humanos. O objetivo é persuadir o deus Pã a entrar no corpo do bode vivo. Se ele faz isso, a magia deles se torna mais poderosa, e eles podem caçar e matar os inimigos; mas, se a magia falha, é a nossa vez de persegui-los.

"Em seus esforços para nos derrotar, agora eles tentam invocar o deus duas vezes por ano: em março e agosto. No ano passado, falharam nas duas ocasiões, mas em toda a sua história lidando com as trevas, nunca fracassaram em três ocasiões seguidas.

"Além disso, eles têm um novo líder: um fanático perigoso chamado Magister Doolan, que não vai parar até alcançar seus objetivos. Ele é um homem desprezível e sanguinário que se diverte com o nome de "Açougueiro de Bantry". Nasceu nas praias da Baía de Bantry ao sul, e, na verdade, foi aprendiz de açougueiro antes de descobrir seu talento para as artes das trevas. Mas não perdeu a habilidade com as facas. Tira a vida das pessoas pelo prazer de matar, corta os dedos das mãos e dos pés um a um e as mata com uma centena de cortes para prolongar a morte, antes de, finalmente, arrancar-lhes a cabeça.

"Por isso, estamos em uma época de grande perigo. Devemos supor que no próximo mês, a menos que possamos impedi-los, eles invocarão Pã e obterão ainda mais poder mortal."

— Eu prometi ajudar... mas como vocês normalmente tentam impedi-los? — perguntou o Caça-feitiço.

— Travamos esta guerra contra os magos há séculos: nosso método habitual é usar os soldados, embora tenham tido pouco sucesso. Os magos possuem um refúgio impenetrável no forte circular de Staigue, mas a maioria tem que se arriscar a sair para a cerimônia, em Killorglin. Portanto, costumamos enfrentá-los no caminho ou atacá-los na própria cidade. No passado, tais tentativas apenas retardaram os magos, mas, quando sua magia falha, então tentamos matar o máximo deles antes que retornem ao forte.

— O senhor sabe *por que* eles vão a Killorglin? — perguntou meu mestre. — Por que lá? Por que simplesmente não realizam a cerimônia na segurança do forte?

Shey encolheu os ombros.

— Acreditamos que o local da feira em Killorglin é importante: é um local onde o poder natural das trevas emerge da Terra. Até onde sabemos, eles nunca tentaram realizar o ritual em outra parte...

Isso fazia sentido. Na verdade, havia locais especiais na Terra onde a prática da magia tornava-se mais fácil: todo o Condado era um refúgio de ogros. Em suas fronteiras, havia locais de grande poder, em especial, ao redor da serra de Pendle. Apesar do fluxo dos córregos, que não eram cruzados facilmente, Pendle atraíra alguns grandes clãs de feiticeiras.

— Os magos não podem ser tirados de seu refúgio de uma vez por todas? — perguntou meu mestre.

— Isso é impossível — retrucou Shey. — O forte de Staigue é um local impressionante, construído por um povo antigo que habitou a ilha por dois mil anos ou mais. Tentar invadir nos custaria caro demais. Em termos práticos, é impenetrável.

— E quanto às feiticeiras celtas? — perguntei. — O senhor tem problemas com elas, sr. Shey?

Eu estava pensando nos olhos na nuvem e na feiticeira que nos ameaçara depois de lidarmos com o boquirroto.

— Algumas vezes, elas agem como espiãs dos magos, mas não formam clãs. Estamos lidando apenas com uma ou outra feiticeira isolada; elas são um aborrecimento ocasional, ao contrário da grave ameaça representada pelos magos — explicou Shey.

— Tom pode estar correndo risco em especial com as feiticeiras — disse Alice. — Ele ajudou a matar uma feiticeira celta na nossa terra. Antes de morrer, ela o ameaçou e disse que a Morrigan o mataria se ele um dia ousasse pôr os pés nesta ilha.

— Provavelmente, foi uma ameaça vazia — disse Shey. — Na maior parte do tempo, a Morrigan dorme; desperta e entra em nosso mundo somente quando é convocada por uma feiticeira. Isso acontece muito raramente, pois é uma deusa difícil de lidar e costuma manifestar sua ira nas próprias servas. Sendo assim, não se preocupe excessivamente com isso, garoto. Os magos é que constituem a maior ameaça para nós. E amanhã, quando entrarmos em Kerry, essa ameaça irá aumentar.

Shey abriu um mapa sobre a mesa, desdobrou-o e esticou-o.

— É para onde estamos indo — disse, batendo com o dedo no centro do mapa. — É o meu lar. Eu o chamo de Terra de Deus!

Era um bom nome para um lugar do qual se gostava, mas estava cheio de magos cruéis que praticavam magia negra e, sem dúvida, mais de uma feiticeira celta. Estudei o mapa e memorizei o máximo que consegui. No ofício de caça-feitiço, nunca se sabe quando o conhecimento do terreno poderá ser útil.

CAPÍTULO 4
O ESPELHO

Naquela noite, eu tive outro sonho e revivi um incidente assustador do meu passado: o último encontro com a feiticeira celta que Bill Arkwright e eu havíamos enfrentado no Condado.

Eu via a feiticeira bem à minha frente agora, e ela corria em meio às árvores sob os trechos de luar. Eu a perseguia, aproximando-me rapidamente, e preparava a minha corrente de prata, confiante de que poderia amarrá-la. Mas quando estava prestes a lançar a corrente, ela se virou para o outro lado, de modo que uma árvore ficou entre mim e o meu alvo. Subitamente, o vulto robusto de Bill Arkwright se ergueu para enfrentá-la e eles colidiram. Bill caiu, enquanto ela balançou apenas por um segundo, prosseguindo em seguida mais rápido que nunca.

Agora, estávamos em campo aberto, e corríamos na direção de um túmulo antigo coberto de relva. No entanto, no momento em que eu estava prestes a jogar a corrente de prata, uma luz brilhante iluminou meu rosto e me cegou temporariamente. Pouco depois, a silhueta da feiticeira ergueu-se contra uma entrada redonda e amarela. Então, de repente, fez-se escuridão e silêncio.

Parei bruscamente, puxando o ar e examinando os meus arredores. O ar estava mais quente agora e absolutamente parado. Além da entrada, no interior, luzes ardiam nas paredes de pedra — velas pretas de feiticeira. Eu também via uma pequena mesa e duas cadeiras de madeira.

Para meu desespero, percebi que agora eu me encontrava no interior do túmulo antigo! Eu seguira a bruxa através da porta mágica que ela havia aberto — e lá estava ela, de pé à minha frente, com uma expressão de ira no rosto. Respirei fundo algumas vezes para me acalmar e abrandar meu coração disparado.

— Que tolo você parece; por me seguir, vai ter o que merece! — gritou ela.

— Você sempre fala com rimas? — perguntei, tentando pegá-la desprevenida.

Funcionou, e a feiticeira não teve chance de responder porque, enquanto eu falava, joguei a corrente de prata, que a derrubou, deixando-a de joelhos ao mesmo tempo que seus elos apertavam sua boca e a silenciavam. Foi um lançamento perfeito. Eu amarrara a feiticeira, mas agora tinha um grande problema. Não via mais a porta. Como sairia do túmulo?

Talvez ficasse preso dentro dele para sempre. E nunca fosse capaz de acordar... Era um pensamento terrível.

Examinei o interior da câmara com cuidado e passei os dedos pelo local onde eu parecia ter entrado. Mas a pedra era completamente lisa. Eu estava em uma caverna sem entrada. Arkwright ainda se encontrava do lado de fora; eu realmente ficara preso em seu interior. Será que eu amarrara a feiticeira ou *ela* é que *me* amarrara?

Ajoelhei-me perto dela e olhei em seus olhos, que pareciam demonstrar divertimento. Embaixo da corrente, seus lábios se afastaram dos dentes, com uma expressão que era metade sorriso, metade careta.

Eu precisava urgentemente descobrir como ir embora daquele lugar. E tinha que retirar a corrente da boca da feiticeira para que ela pudesse falar.

Mas eu não queria fazer isso porque subitamente me lembrei do que acontecera em seguida.

A minha parte consciente — a parte que sabia que eu estava sonhando — lutava desesperadamente para assumir o controle da situação. De alguma forma, eu sabia que não deveria fazer isso. Mas não conseguia evitar. Eu era prisioneiro do meu sonho, obrigado a seguir o mesmo curso de ação arriscado. Por isso, afrouxei a corrente da boca da feiticeira. Agora eu tinha que encarar as consequências.

Com os lábios livres da corrente, a feiticeira era capaz de lançar os feitiços, e ela começou no mesmo instante. Recitando na língua antiga, falou três frases rápidas, e cada uma delas terminava com uma rima. Em seguida, abriu muito a boca e uma nuvem preta e densa de fumaça surgiu dela.

Fiquei de pé e cambaleei para trás enquanto a nuvem ameaçadora continuava a crescer. O rosto da feiticeira começou a desaparecer lentamente, a nuvem se tornando mais densa e assumindo uma forma tenebrosa.

Agora eu via asas pretas e com penas, garras esticadas e um bico afiado. A nuvem se transformara em um corvo negro. A boca aberta da feiticeira era um portal para as trevas! Ela invocara a deusa, a Morrigan!

Mas aquele não era um pássaro de tamanho e proporções normais; era imenso, distorcido e contorcido em algo grotesco e cruel. O bico, as patas e as garras eram alongadas e se esticavam para me alcançar, enquanto a cabeça e o corpo permaneciam a distância e pareciam relativamente pequenos.

Mas então as asas também começaram a crescer, até se esticarem de cada lado daquele pássaro monstruoso para ocupar todo o espaço disponível. Elas adejaram, bateram selvagemente contra as paredes da câmara e acertaram a mesa, que partiu ao meio. As garras me atacaram. Eu me abaixei, e elas arranharam a parede acima da minha cabeça, escavando a pedra sólida.

Eu ia morrer ali! Mas, de repente, me enchi de força interior. A confiança substituiu o medo; também havia raiva.

Agi impulsivamente e com uma velocidade que até a mim surpreendeu. Dei um passo à frente, para mais perto da Morrigan, liberei a lâmina retrátil do meu bastão e girei-o da esquerda para a direita. A lâmina fez um corte profundo no peito da ave, abrindo uma linha fina e vermelha de sangue através das penas pretas.

Ouviu-se um grito de gelar o sangue. A deusa se agitava e se contraía; em seguida, encolheu-se rapidamente até não ficar maior que o meu punho. Depois, desapareceu — embora as penas pretas manchadas de sangue adejassem lentamente até o solo.

Agora eu conseguia novamente enxergar a feiticeira: ela balançava a cabeça, com expressão de agudo espanto.

— Não é possível! — berrou. — Quem é você para conseguir fazer uma coisa dessas?

— Meu nome é Tom Ward — falei para ela. — Sou um aprendiz de caça-feitiço, e meu ofício é combater as trevas.

Ela sorriu com expressão sombria.

— Bem, você lutou sua última batalha, garoto. Não há meio de conseguir escapar deste lugar, e, em breve, a deusa estará de volta. Você não vai achar nada fácil da segunda vez.

Sorri e baixei os olhos para as penas manchadas de sangue espalhadas pelo solo. Depois, olhei bem nos olhos dela e fiz o meu melhor para não piscar.

— Veremos. Da próxima vez, talvez eu corte a cabeça dela...

Sem dúvida, eu estava blefando. Tentava parecer mais confiante do que me sentia. Eu tinha de persuadir aquela feiticeira a abrir a porta do túmulo antigo.

— Nunca visite a minha terra, garoto! — advertiu ela. — A Morrigan é muito mais poderosa lá. E ela é vingativa. Ela atormentaria você além de qualquer coisa que possa imaginar. Não importa o que você faça, fique longe da Irlanda!

Acordei, suando frio; meu coração batia forte e fiquei aliviado ao ver que praticamente já amanhecera.

Lembrei-me dos dias escuros que havíamos passado na ilha de Mona, lutando para sobreviver. Na época, o Caça-feitiço fora assolado por pesadelos. Felizmente, os dele se foram, mas parecia que eu os havia herdado. Agora era raro desfrutar de um sono sem sonhos e tranquilo.

Repassei na minha mente o que realmente acontecera depois, lá no Condado. Eu havia feito uma barganha com a feiticeira. Em troca de ela abrir a porta mágica, eu prometera que ela poderia sair livremente desde que fosse embora do Condado e retornasse para a Irlanda. Porém, assim que saímos, nem bem eu a liberara da minha corrente de prata, Bill Arkwright lançara a faca nas costas dela e a matara no mesmo instante. Mais tarde, ele arrancara seu coração e o dera aos cães — para garantir, dessa forma, que ela não poderia voltar dos mortos.

Então, não havia meio pelo qual a mesma feiticeira pudesse estar aqui na Irlanda para obter vingança. Tentei me convencer disso, mas ainda me sentia inquieto e tive um forte pressentimento — como se alguma coisa tivesse me acompanhado, vinda do pesadelo, e estivesse no quarto comigo.

Subitamente, do canto mais distante do quarto, perto da porta, ouvi um som baixinho. Seria um camundongo ou um rato?

Ouvi com atenção, mas não havia nada. Talvez eu estivesse enganado... Então, veio mais uma vez. Agora, assemelhava-se ao barulho de um passo e estava acompanhado por outro som que me encheu de terror.

Era o crepitar e o sibilo de madeira queimando.

O som trouxe à lembrança uma das piores experiências desde que eu me tornara aprendiz de caça-feitiço. Ele costumava anunciar a aproximação do Maligno, com os cascos fendidos que queimavam as tábuas do soalho.

Meu coração foi parar quase na boca quando ouvi os sons terríveis mais duas vezes em sucessão rápida. Agora, eu já sentia de verdade o cheiro de madeira queimando!

Mas justamente quando acreditei que o Maligno apareceria ao meu lado a qualquer momento, o crepitar e o cheiro de queimado desapareceram. Depois fez-se silêncio. Esperei um longo tempo até ousar sair da cama. Finalmente, reunindo coragem, eu me levantei e segurei a vela para examinar as tábuas do soalho. Da última vez que vira o Maligno se manifestar desse modo, sulcos profundos foram queimados no soalho. Ali, as pegadas haviam deixado apenas marcas leves na madeira. Mas elas eram inconfundíveis: quatro pegadas de cascos que iam da porta à cama.

Tentando não acordar a estalagem inteira, fui buscar meu mestre e Alice e os trouxe até o quarto. Meu mestre balançou a cabeça; Alice pareceu realmente apavorada.

— Resta pouca dúvida, rapaz — disse o Caça-feitiço. — Com certeza, é o Maligno. Pensei que o cântaro fosse mantê-lo a distância...

— Deixe-me vê-lo novamente, Tom — pediu Alice, segurando-o em sua mão.

— Eu caí sobre o cântaro quando enfrentamos o primeiro boquirroto — contei ao meu mestre e o entreguei à Alice. — Mas eu o mostrei à Alice e ela achou que estivesse tudo bem.

— Não tenho tanta certeza de que esteja tudo bem agora — disse ela, balançando a cabeça com expressão preocupada.

Com cuidado, ela passou o dedo pela linha da rachadura. Quando o ergueu, havia uma leve mancha vermelha nele.

— Ele quase não está vazando, mas, para começo de conversa, havia apenas seis gotas de sangue no cântaro. Seu poder de manter o Maligno a distância está diminuindo aos poucos. O tempo está acabando para nós...

Ela não precisou terminar a frase. Quando o poder do cântaro enfraquecesse, o Maligno conseguiria se aproximar cada vez mais. Finalmente, ele me arrastaria para as trevas e destruiria Alice, para vingar-se também da ajuda que ela me dera.

— Achamos que tínhamos muito tempo para lidar com o Maligno — falei para o meu mestre. — Agora está se tornando urgente. O cântaro poderá falhar a qualquer momento. — Virei-me para Alice. — Por que você não tenta entrar em contato novamente com Grimalkin?

— Vou fazer o possível, Tom. Apenas torço para que nada tenha acontecido a ela.

O Caça-feitiço não disse uma única palavra, mas sua expressão sinistra falava por si só. Ao depender do cântaro de sangue, já estávamos envolvidos com as trevas. Se não convocássemos Grimalkin, o cântaro falharia em algum momento, e o Maligno viria atrás de mim e de Alice — e do Caça-feitiço também, se ele tentasse se intrometer. Mas, ao pedir ajuda à Grimalkin, estávamos usando as trevas de novo. Eu sabia que ele se sentia preso e limitado pela situação — e isso era culpa minha.

A noite fora de frio sem vento, e uma geada pesada deixara o solo branco conforme partíamos para o oeste, na direção de Kerry. O sol do início da manhã reluzia sobre os picos cobertos de neve e ainda distantes. Mais uma vez, Alice fracassara em falar com Grimalkin. Ela estivera usando um espelho, mas, apesar de seus melhores esforços, a feiticeira assassina não havia respondido.

— Vou continuar tentando, Tom — disse-me ela. — É tudo o que posso fazer. Mas estou assustada. Não há como saber quanto tempo temos antes de o cântaro perder sua eficácia.

O Caça-feitiço simplesmente balançou a cabeça, olhou pela janela e observou os cães enquanto eles corriam ao lado da carruagem. Não havia nada a dizer. Nada que pudéssemos fazer. Se Grimalkin não respondesse em breve, tudo estaria acabado. A morte e uma eternidade de tormentos nos aguardavam.

Uma hora depois, um grupo de cavaleiros armados, com túnicas verde-esmeralda, juntou-se a nós e nos ofereceu uma escolta — dois à frente da nossa carruagem, quatro atrás. Durante todo o dia, continuamos para o sudeste, e nossa altitude aumentava conforme as montanhas sinistras à frente iam se erguendo no céu azul-claro sem nuvens. Depois, conforme o sol começava a descer a oeste, vimos o mar abaixo de nós e uma pequena concentração urbana às margens do estuário de um rio.

—Aquela é Kenmare, minha cidade natal — disse Shey. — É um refúgio dos magos. Eles nunca nos atacaram aqui... pelo menos, não ainda. Minha casa fica à margem de uma floresta, a oeste.

A casa era uma mansão elegante construída na forma da letra "E"; as três alas tinham, cada uma, três andares. As portas eram sólidas e as janelas no térreo tinham venezianas. Além disso, um muro alto a rodeava. A entrada para o terreno se dava através de um único portão de ferro forjado, que tinha largura suficiente para permitir a passagem de nossa carruagem. Certamente ela oferecia um bocado de proteção contra ataques. Também havia guardas armados que patrulhavam o interior e o exterior do muro.

A hospitalidade de nosso anfitrião era excelente, e comemos bem naquela noite.

— O que você está achando desta região coberta de verde? — perguntou ele.

— É como se estivéssemos em casa — falei. — Ela me lembra o Condado onde moramos.

O rosto dele se abriu num sorriso. Eu tinha dito a coisa certa, mas, para falar a verdade, a minha resposta era sincera. Eu realmente acreditava em cada palavra.

— É uma região conturbada com um povo orgulhoso, mas de bom coração — observou ele. — Mas o Outro Mundo nunca está muito distante.

— O Outro Mundo? — perguntou o Caça-feitiço. — O que o senhor quer dizer com isso?

— É o local onde habitam os heróis da Irlanda que morreram, onde eles aguardam a chance de renascer.

O Caça-feitiço acenou com a cabeça, mas ele era educado demais para expressar seus verdadeiros pensamentos. Afinal, éramos convidados, e nosso anfitrião fora, de fato, generoso. Por "Outro Mundo", era provável que Farrell Shey se referisse às trevas. Eu nada sabia sobre os heróis irlandeses, mas certamente era verdade que algumas feiticeiras malevolentes haviam retornado das trevas para renascer neste mundo.

— Não temos muitos heróis no Condado, vivos ou mortos — disse Alice, sorrindo com malícia. — Tudo que temos são os caça-feitiços e seus tolos aprendizes!

O Caça-feitiço franziu a testa para ela, mas eu apenas sorri. Eu sabia que ela não queria dizer aquilo.

Meu mestre virou-se para Farrell Shey e perguntou:

— O senhor poderia nos contar sobre seus heróis irlandeses? Somos estrangeiros na sua terra e gostaríamos de saber mais a respeito.

Shey sorriu.

— Se eu tivesse que contar toda a história dos heróis da Irlanda, ficaríamos aqui durante dias; por isso, vou contar brevemente sobre o maior de todos eles. Seu nome é Cuchulain, também conhecido como o Cão de Calann. Ele recebeu este segundo nome porque, na juventude, enfrentou um cão imenso e feroz com as mãos nuas. E o matou ao esmagar seu cérebro contra um pilar.

"Ele era tremendamente forte e habilidoso com a espada e a lança, mas é mais conhecido pelo frenesi da batalha, um tipo de fúria destrutiva. Seus músculos e o corpo inteiro inchavam; um dos olhos voltava-se para dentro do crânio enquanto o outro se projetava da enorme testa. Alguns dizem que, nas batalhas, jorrava sangue de cada poro de seu corpo; outros afirmam que era simplesmente o sangue dos inimigos que ele matava. Ele defendeu a terra natal muitas vezes e conquistou grandes vitórias contra todas as expectativas. Mas morreu jovem."

— Como foi que ele encontrou o próprio fim? — perguntou o Caça-feitiço.

— Foi amaldiçoado pelas feiticeiras — retrucou Shey. — Elas debilitaram o braço e o ombro esquerdo dele, de modo que sua força diminuiu pela metade. Mesmo assim, ele continuou a lutar e tirou as vidas de muitos inimigos. O fim chegou quando a Morrigan, a deusa do massacre, virou-se contra ele. Ela o amara, mas ele rejeitara suas investidas. Para vingar-se, a deusa usou seus poderes contra ele. Enfraquecido, ele recebeu um ferimento fatal no estômago, e seus inimigos cortaram sua cabeça. Agora ele aguarda no

Outro Mundo até que seja hora de retornar para salvar a Irlanda.

Comemos em silêncio durante algum tempo: era evidente que Shey estava triste pela lembrança da morte de Cuchulain, enquanto o Caça-feitiço parecia perdido em pensamentos. De minha parte, eu ficara perturbado com a menção à Morrigan. Olhei fixamente para Alice e vi que a provocação maliciosa fora substituída por medo. Ela pensava na ameaça feita a mim.

— Estou intrigado pelo fato de o senhor mencionar este "Outro Mundo" — disse o Caça-feitiço, interrompendo o silêncio. — Sei que suas feiticeiras usam portas mágicas para entrar em túmulos antigos. Será que também podem entrar no Outro Mundo?

— Podem... e fazem isso com frequência — retrucou Shey. — Na verdade, o outro nome para o Outro Mundo é Colinas Ocas. Os túmulos são, na verdade, portões para esse domínio. Mas nem as feiticeiras ficam lá por muito tempo. É um local perigoso, mas, em seu interior, há locais de refúgio. São chamados *sidhes* e, embora para o olho humano pareçam igrejas, são, na verdade, fortes que podem resistir até ao ataque de um deus. Mas um *sidhe* é a habitação de um herói: somente os valorosos podem entrar. Um ser inferior seria destruído num instante — o corpo e a alma seriam extinguidos.

As palavras dele trouxeram uma imagem do meu pesadelo recorrente. Ao fugir da Morrigan, eu procurara refúgio no que parecia uma igreja. Seria, na verdade, um *sidhe*? Meus sonhos começavam a fazer algum sentido para mim. Será que estava aprendendo com eles e adquiria conhecimento que poderia me ajudar no futuro?, eu me perguntei.

— Veja, é isso que os magos querem, no fim das contas — continuou Shey. — Ao retirar força suficiente de Pã, têm esperança de obter o controle do Outro Mundo, que inclui itens que poderiam fornecer-lhes imenso poder aqui.

— Que coisas são essas? — indagou o Caça-feitiço. — Feitiços? O poder da magia negra?

— Poderia ser — disse Shey. — Mas também armas de grande potência fabricadas pelos próprios deuses. Alguns acreditam que um martelo de guerra forjado pelo ferreiro dos deuses, Hefesto, está escondido lá. Uma vez lançado, ele nunca erra o alvo e sempre retorna para a mão do dono. Doolan, o Açougueiro, adoraria pôr as mãos em algo assim!

O Caça-feitiço agradeceu ao nosso anfitrião pelas informações, e o tema da conversa passou para o cultivo e as esperanças para a próxima colheita de batatas. Tinha havido dois anos ruins com pragas: outra colheita fraca faria com que muitas pessoas passassem fome. Eu começava a me sentir culpado. Alimentáramos bem durante a estada na Irlanda, enquanto lá fora as pessoas não tinham o que comer.

Estávamos cansados após a viagem e fomos para a cama cedo. Alice se encontrava no quarto ao lado, perto o suficiente para ser protegida pelo cântaro de sangue, e o Caça-feitiço, um pouco mais adiante no corredor. Eu estava prestes a me despir e deitar na cama quando ouvi uma voz abafada.

Abri a porta e olhei para fora. Não havia ninguém ali. Saí do quarto, ouvi novamente a voz e percebi que vinha do quarto de Alice. Com quem ela estaria falando? Inclinei-me contra a porta e ouvi com atenção. Sem dúvida, era a voz de Alice, mas apenas a dela. Ela parecia entoar um cântico, mais que conversar com outra pessoa.

Eu abri a porta e me esgueirei para dentro do quarto, fechando-a com cuidado atrás de mim para que não fizesse barulho. Alice estava sentada diante do espelho da penteadeira e o fitava, muito concentrada. Ao lado dela, via-se uma vela.

Subitamente ela parou de cantar e vi que mexia a boca e falava alguma coisa para o espelho. Algumas feiticeiras escreviam em espelhos, mas as mais hábeis usavam leitura labial. Ela devia estar tentando falar com Grimalkin.

Meu coração deu um salto, pois, em vez do reflexo de Alice, eu vi o contorno de uma cabeça de mulher no espelho. Da minha posição perto da porta, eu não conseguia distinguir os traços, mas, por um momento, meu sangue gelou nas veias. No entanto, conforme eu ia me aproximando do espelho, a friagem cessou rapidamente, pois agora eu reconhecia o rosto de Grimalkin.

Enfim, Alice fizera contato com ela. Eu estava animado e cheio de esperança. Talvez a feiticeira assassina viesse para a Irlanda em breve e nos ajudasse a amarrar o Maligno, de tal modo que finalmente pudéssemos parar de confiar no cântaro de sangue rachado.

Eu sabia que se ela emergisse do transe e me encontrasse ali sentado, teria um choque terrível; por isso, fui embora e fechei a porta em silêncio. Assim que voltei para o meu quarto, eu me sentei na cadeira e esperei por ela. Tinha certeza de que ela viria me contar a respeito da conversa com Grimalkin.

O que sei é que depois me levantei com um choque. Eu havia adormecido. Era madrugada e minha vela tinha a chama baixa. Eu estava surpreso pelo fato de Alice não ter vindo me ver, mas talvez ela também tivesse adormecido. Tínhamos viajado por dois dias e ambos estávamos casados. Por isso, eu me despi e deitei na cama.

Uma batida leve à porta me acordou. Eu me sentei empertigado. O sol da manhã irradiava pelas cortinas. A porta se abriu levemente e vi que Alice estava parada na soleira e sorria para mim.

— Ainda na cama, dorminhoco? — perguntou. — Já estamos atrasados para o café da manhã. Consigo ouvir os homens conversando. Não está sentindo o cheiro de bacon?

Retribuí o sorriso.

— Vejo você lá embaixo! — falei.

Quando Alice foi embora, comecei a me vestir e percebi que ela não mencionara a conversa com Grimalkin no espelho. Franzi a testa. Sem dúvida, aquilo era importante demais para deixar para mais tarde, pensei.

Por um momento, considerei a possibilidade de que eu apenas tivesse sonhado, mas meu mestre sempre enfatizava a importância de saber a diferença entre a vigília e o sonho. O estado intermediário poderia, algumas vezes, ser um problema para os caça-feitiços; era nesse momento que feiticeiros e outros servos das trevas tentavam nos influenciar para seus próprios fins. Era vital saber o que era o quê. Não. Eu sabia que não fora um sonho.

Desci para o café da manhã e pouco depois eu estava engolindo salsichas de porco e bacon enquanto meu mestre indagava nosso anfitrião a respeito de nossos inimigos, os magos bodes.

Eu não prestava muita atenção ao que era dito. Queria falar com Alice a sós o quanto antes para que pudesse perguntar sobre a noite anterior. Será que Grimalkin finalmente estava a caminho de se juntar a nós? Será que nos alcançaria antes de a proteção do cântaro de sangue falhar? Por que Alice também não mencionara a conversa para o Caça-feitiço? Havia algo estranho e preocupante acontecendo.

— Preciso de um pouco de ar. Vou sair para dar uma volta — falei, ficando de pé. — Além disso, um pouco de exercício faria bem aos cães.

— Vou com você — disse Alice com um sorriso. Sem dúvida, era isso que eu havia planejado: ela não suportava ficar separada do cântaro de sangue.

— Seria melhor não se afastar muito da casa — disse Shey. — Kenmare é um refúgio e, embora eu tenha guardas vigiando quem se aproxima da cidade, a região não é totalmente segura. Nossos inimigos, sem dúvida, estarão nos observando.

O DESTINO 🦇 71 🦇 LIVRO 8

— Sim, rapaz, preste atenção — emendou o Caça-feitiço. — Estamos em uma região que nos é estranha e lidamos com o desconhecido.

Com um aceno de cabeça, saí da sala de jantar com Alice. Fomos para os canis, pegamos Patas, Sangue e Ossos, passamos pelo portão principal e descemos rapidamente o declive para longe da casa. Fazia uma bela manhã de sol novamente, a melhor que se poderia esperar no fim do inverno, e os cães corriam animados à nossa frente, farejando e latindo alto.

Mantínhamos um olho atento a qualquer coisa inoportuna e entramos em um pequeno bosque onde o solo ainda estava branco por causa da geada, e ali parei debaixo dos galhos sem folhas de um sicômoro e fui direto ao ponto.

— Eu ouvi você entoando um cântico no espelho na noite passada, Alice. Entrei em seu quarto e vi você conversando com Grimalkin. O que foi que ela disse? Está a caminho? Fiquei surpreso de você não ter me contado ainda a respeito... — Tentei disfarçar a irritação na voz.

Alice pareceu agitada por um momento e mordeu o lábio.

— Desculpe, Tom — disse ela. — Eu ia contar, mas achei melhor aguardar um pouco. Não são notícias boas.

— O quê? Você quer dizer que ela não vai poder se juntar a nós?

— Ela virá, sem dúvida, mas pode ser que leve algum tempo até chegar. Os soldados inimigos passaram por Pendle e tentaram exterminar os clãs de feiticeiras.

No início, foram bem-sucedidos, queimaram algumas casas e mataram umas poucas bruxas. Mas, assim que escureceu, os clãs conjuraram um denso nevoeiro e, depois de assustar os homens, levaram-nos até o Vale das Feiticeiras, onde muitos encontraram a morte. As feiticeiras celebraram bastante naquela noite. Porém isso não satisfez as Malkin, pois mandaram Grimalkin atrás do comandante, refugiado no Castelo de Caster.

"Grimalkin escalou os muros à meia-noite e matou-o em sua cama. Ela retirou os polegares dele e escreveu uma maldição na parede do quarto com o sangue dele."

Ao ouvir isso, eu estremeci. A feiticeira assassina era impiedosa e podia ser cruel quando a situação exigisse. Ninguém ia querer cruzar com ela.

— Depois disso, estabeleceram um prêmio pela sua cabeça, e cada soldado inimigo ao norte de Priestown está atrás dela — continuou Alice. — Ela espera chegar à Escócia e pegar um barco que a traga à Irlanda.

— Eu ainda não sei por que você não me contou isso antes.

— Desculpe, Tom, mas eu realmente pensei que seria melhor manter as más notícias longe de você por algum tempo.

— Mas isso não é tão ruim, Alice. Grimalkin escapou e, embora esteja atrasada, ainda está a caminho.

Alice baixou os olhos e olhou para os próprios sapatos de bico fino.

— Tem mais, Tom... Não posso esconder nada de você por muito tempo, posso? Sabe, Grimalkin está preocupada

O Destino 🦇 73 🦇 LIVRO 8

com você. Ela quer destruir o Maligno, mas acredita que somente possa conseguir isso com a sua ajuda. Ela acredita no que a sua mãe falou: que você encontrará um meio de destruí-lo. Mas agora ela foi avisada por uma cristalomante que você está em perigo e que corre o risco de morrer nas mãos de uma feiticeira morta...

— O que... você quer dizer...

— Sim, a feiticeira celta que você mencionou, aquela que o Velho Arkwright matou. Grimalkin disse que ela voltou dos mortos e está atrás de você.

Imagens do meu pesadelo surgiram de modo vívido na minha mente. Seriam um aviso? Talvez fosse este o motivo de eu continuar tendo o mesmo sonho repetidas vezes. Mas como *aquela* feiticeira poderia vir atrás de mim?, eu me perguntei.

— Não é possível, Alice. Ela não pode voltar. Bill Arkwright deu o coração dela para os cães!

— Você tem certeza? Grimalkin parecia certa do que falava — disse Alice.

— Eu estava lá quando ele fez isso, Alice. Eu o vi jogar o coração para Patas e os filhotes.

Se você enforcasse uma feiticeira, ela poderia voltar dos mortos, mas havia duas maneiras de ter certeza de que ela não poderia voltar. Uma era queimá-la; a outra era arrancar seu coração e comê-lo. Por isso, Bill Arkwright sempre dava o coração das feiticeiras da água para os cães. Ele havia feito a mesma coisa com a feiticeira celta: era um método garantido dos caça-feitiços e *sempre* funcionava. A feiticeira estava morta e não havia esperança de que retornasse.

— Você se lembra de quando lhe contei sobre o meu sonho, Alice... o sonho com a Morrigan? — perguntei.

Alice acenou com a cabeça.

— Bem, tenho o mesmo pesadelo todas as noites. Um grande corvo preto voa atrás de mim. Eu me encontro numa floresta e corro na direção de uma capela. É a minha única chance de refúgio e tenho que entrar antes que seja meia-noite; caso contrário, será o meu fim. Mas então o corvo muda de forma. Ele está perto de mim, com o corpo de uma mulher, mas a cabeça de um corvo...

— Não resta dúvida sobre isso... certamente é a Morrigan — disse Alice.

— Mas então a cabeça do corvo muda aos poucos para uma cabeça humana. E eu já vi aquele rosto antes. É a feiticeira que Bill Arkwright matou. Mas por que a Morrigan assumiria o rosto de uma feiticeira morta?

— Talvez ela queira vingança pelo que você e Bill fizeram — sugeriu Alice. — Usar o rosto da serva morta é um meio de advertir você do que vai acontecer. Não gosto de dizer isso, Tom, mas poderia ser mais que um pesadelo comum.

Acenei com a cabeça. Por mais assustador que fosse, parecia provável. Poderia ser um aviso direto da Morrigan, uma das feiticeiras mais vingativas e sanguinárias entre os deuses antigos.

A sensação de que algo ruim ia acontecer estava aumentando. Não apenas enfrentávamos os rituais dos magos bodes que se aproximavam, mas agora a ameaça da

Morrigan parecia iminente também. Era um alívio saber que não tardaria para Grimalkin se juntar a nós — embora isso trouxesse outro desafio, a tentativa de amarrar o Maligno. Em breve, poderíamos ter que enfrentar ao mesmo tempo três entidades poderosas das trevas.

Enfiei a mão no bolso, retirei o cântaro de sangue e o segurei contra a luz, examinando-o com cuidado. Será que a rachadura ficara um pouco maior? Sem dúvida, era o que parecia. Entreguei-o a Alice.

— O dano piorou? — perguntei, nervoso.

Alice examinou o cântaro por um longo tempo e virou-o de um lado para o outro em suas mãos. Depois, devolveu-o para mim.

— Talvez a rachadura esteja um pouco maior — admitiu ela —, mas não vaza mais sangue. Não se preocupe, Tom. Quando Grimalkin chegar, poderemos amarrar o Maligno e não vamos precisar mais do cântaro.

Caminhamos lentamente de volta à casa, e os cães seguiam em nossos calcanhares. Àquela altura, as nuvens sopraram do oeste e obscureceram o sol. Parecia que o tempo bom ficara para trás. Eu já conseguia sentir o cheiro da chuva.

CAPÍTULO 5
KILLORGLIN

Quando retornamos para a casa de Farrell Shey, encontramos o Caça-feitiço andando de um lado para o outro, fora do portão. E tinha uma expressão preocupada no rosto.

— Onde vocês estavam? — quis saber meu mestre. — Estou esperando vocês há uma hora. Não foram avisados para não se afastar muito da casa? Pensei que tivesse acontecido algo ruim.

— Mas não estávamos muito longe — protestei. — Só estávamos conversando. Alice entrou em contato com Grimalkin. Finalmente, ela está a caminho. Poderá demorar um pouco, mas está vindo. Então, a notícia é boa, não acha?

Claro que eu não contei tudo ao Caça-feitiço. Ele já teria dificuldade suficiente em trabalhar com a feiticeira assassina sem saber os detalhes do que ela fizera com o comandante inimigo.

— Sim, rapaz, sem dúvida, é boa. — Ele parecia um pouco mais animado agora. — Mas enquanto vocês estavam passeando, as coisas foram decididas. Na verdade, elas estavam sendo decididas à mesa do café da manhã, mas você parecia ter outros problemas em mente. Em alguns anos, você terá completado seu treinamento e será um caça-feitiço. É hora de começar a pensar e agir como um caça-feitiço. Você deveria estar concentrado, e não sonhando acordado.

— Desculpe — falei, baixando a cabeça. Eu percebi que ele estava decepcionado comigo. — Então, o que está acontecendo?

— Até agora os proprietários de terras atacavam os magos pouco antes do ritual do bode — explicou meu mestre —, normalmente quando eles deixavam o forte e partiam para Killorglin. Desta vez, porém, será diferente. Farrell Shey acredita que, em cerca de uma semana, a maioria dos magos partirá para a cidade, mas eles sempre enviam alguns homens à frente para garantir sua acomodação e construir a torre para a plataforma que usam no ritual. Ele esconderá alguns de seus homens em Killorglin e atacará de surpresa o primeiro grupo, e nós iremos com eles. Veja bem, precisamos tentar capturar um dos magos bodes e interrogá-lo. Talvez seja possível aprender alguns segredos da cerimônia; talvez até mesmo como impedir ou resistir a ela.

"Sem dúvida, a parte difícil será chegar a Killorglin sem que os espiões dos magos avisem de nossa presença. Por isso, Shey está convocando grupos de homens armados. Eles vão passar o dia vasculhando as regiões próximas e eliminando o perigo."

— Mas com toda essa atividade, os magos não vão imaginar que alguma coisa está acontecendo? — perguntei.

— Sim, rapaz, mas não vão saber exatamente o que é. É muito melhor do que deixar que os espiões informem a Staigue sobre a nossa partida da casa e a direção que seguimos.

Os homens da Aliança da Terra retornaram ao anoitecer e declararam que toda a área estava segura. Então, o Caça-feitiço, Alice e eu deixamos os cães e nossas bolsas para trás e partimos para Killorglin sob a proteção da escuridão, na companhia de cerca de uma dezena de homens robustos sob o comando de Shey.

Viajamos a pé, através das montanhas, e seguimos um arco lento conforme subíamos rumo ao nordeste enquanto uma garoa fria e pesada lentamente transformava a trilha em lama. Conforme o amanhecer se aproximava, caminhamos pelas margens de um imenso lago antes de chegar à pequena cidade de Killarney. Abrigamo-nos em um celeiro fora da cidade, dormimos durante o dia e depois partimos novamente.

Já não chovia mais, o que facilitou a viagem. Logo estávamos seguindo as margens do rio Laune, encoberto pela névoa, e chegamos aos arredores de Killorglin ainda de madrugada. Acampamos em um grande campo enlameado nos limites da cidade e nos juntamos aos outros grupos que chegavam na expectativa da Feira de Puck. Aquecemos nossas mãos perto da fogueira e perguntamos a Farrell Shey sobre os grupos imensos de pessoas que já estavam se reunindo.

— Fico surpreso por ver tanta gente aqui tão cedo — disse o Caça-feitiço. — A feira ainda vai demorar alguns dias.

Sob a luz da aurora cinzenta, o campo estava agitado com as atividades. Algumas pessoas tinham montado barracas e vendiam comida: salsichas, cebolas e cenouras. Havia também um grande número de animais: os cavalos galopavam para cima e para baixo no campo e representavam um grande risco para quem se encontrava a pé.

— Essas pessoas não parecem estar passando fome — comentei.

— Sempre há aqueles que prosperam, independentemente do quanto as coisas estejam ruins — retrucou Shey. — Podem acreditar, há um monte de bocas famintas por aí. Muitas pessoas estão fracas demais para caminhar até Killorglin. Apesar disso, a cada ano a feira fica maior. Inverno ou verão, não há diferença: mesmo com tempo ruim, centenas de pessoas são atraídas para cá. E vêm de quilômetros de distância. Muitos são comerciantes que trazem animais para vender ou trocar, mas também há funileiros e cartomantes, além de ladrões; em particular, gatunos. Em pouco tempo, a cidade estará cheia demais para acomodar todos. Este campo é apenas um dos muitos que estarão lotados a ponto de explodir.

— E quanto aos magos? — indagou o Caça-feitiço.

— Eles terão reservado a maior parte das acomodações na cidade, especialmente as que têm vista para a feira triangular, no Centro, onde a plataforma foi erigida. Durante o festival principal, Killorglin efetivamente pertence a eles. Mas desta vez nós lhes faremos uma surpresa!

• • •

Entramos na cidade no fim da manhã, abrindo caminho em meio às ruas estreitas, rumo ao Centro, onde ocorria uma feira. As barracas estavam montadas no coração de Killorglin, onde o calçamento era de pedras. A maioria das cidades pequenas tem uma praça ou área retangular para as feiras, mas esta era, de fato, triangular e descia até uma vereda que conduzia a um morro íngreme na direção de um rio e de uma ponte distantes.

Shey vestira uma capa de lã grosseira para esconder as roupas finas, e ninguém olhou duas vezes para nós. Misturamo-nos com a multidão enquanto ele reservava um quarto no que parecia a menor e mais dilapidada das muitas estalagens que tinham vista para a feira agitada. Rapidamente, ponderamos que era uma excelente opção; ao contrário da maioria das estalagens, chegava-se até ela por uma rua paralela ao limite oeste do triângulo com calçamento de pedras, e assim poderíamos entrar e sair sem sermos vistos por quem estivesse na feira.

— Esta é a última estalagem que os magos escolheriam — disse Shey, alisando para trás os cabelos brancos. — Eles gostam de conforto e também protegem seu prestígio social; somente o melhor para eles. Se a estalagem estiver reservada por alguma razão, este local será usado unicamente pelos servos.

Voltamos ao campo, onde os homens de Shey estavam preparando a comida sobre uma fogueira. No entanto, antes de o sol se pôr, ouvimos falar que um pequeno grupo de magos viajara pelas passagens ao norte do forte circular de Staigue e, caminhando durante a noite, dirigia-se a Killorglin. Eles estariam ali antes do amanhecer. Havíamos chegado bem a tempo.

Pegamos algumas provisões para a nossa vigília e voltamos para o quarto com vista para a feira, de onde poderíamos observar a chegada de nossos inimigos. Fechamos as cortinas da janela e deixamos uma pequena abertura no centro. O céu não tinha nuvens, e uma lua que minguara três dias depois da lua cheia lançava uma luz prateada sobre as ruas vazias.

Cerca de duas horas antes do amanhecer, ouvimos o *clip-clop* de cascos. Vimos dois cavaleiros acompanhados de quatro homens que carregavam grandes fardos sobre os ombros.

— Os magos são os únicos a cavalo — explicou Shey. — Os outros são trabalhadores que construirão a plataforma.

Os dois cavalos eram de raça pura, garanhões pretos destinados a correr, e seus cavaleiros estavam armados com grandes facas curvas que se alargavam à medida que chegavam à ponta — facas conhecidas como cimitarras. Os magos desmontaram e caminharam até o ponto mais alto do triângulo com calçamento de pedras. Eram homens altos e robustos, com sobrancelhas peludas e escuras, e barbas pontudas e curtas conhecidas como cavanhaques, que imitavam o tufo de pelo no queixo de um bode.

Eles apontaram para as pedras do calçamento e, imediatamente, os quatro carpinteiros começaram a erguer a estrutura de madeira elevada que abrigaria a plataforma. Os fardos consistiam de ferramentas e do que pareciam peças de madeira especialmente fabricadas. Dois homens logo saíram e voltaram depois de alguns minutos com duas grandes vigas de madeira. Elas deveriam ser fabricadas no local, prontas para atender às suas necessidades. Nem bem eles as tinham pousado ao lado das ferramentas, partiram novamente e retornaram com mais madeira. Em pouco tempo, os sons de marteladas e pancadas perturbaram a paz da noite e, aos poucos, a torre começou a tomar forma.

Durante todo aquele dia, os carpinteiros trabalharam enquanto os magos se agachavam no terreno ou rondavam a torre que crescia, dando instruções.

Os habitantes de Killorglin ficaram longe do local da feira, e naquele dia nenhuma barraca foi montada.

— Eles estão assustados com os magos? — perguntei. — É por isso que não terá feira hoje?

— Eles estão assustados, sim — respondeu Shey. — Durante a construção da plataforma, eles normalmente se distanciam da área. Mas assim que o bode é posicionado, eles voltam, e a feira fica mais movimentada que nunca; embora fique cheia, sobretudo, daqueles que compram barris de cerveja e garrafas de vinho. Muitas pessoas se embriagam, talvez para escapar aos horrores que os magos trazem para a cidade. Para outras, é um dos dois pontos altos do ano, e tudo é feito em excesso.

— Quando vocês planejam agarrar um dos magos? — perguntou o Caça-feitiço.

— Ao anoitecer — respondeu Shey. — Também queimaremos a torre de madeira. Sem dúvida, eles a construirão de novo, mas isso significará que trarão novo material de Staigue. Assim, os preparativos vão ficar um pouco atrasados.

— Será que eles usarão magia negra para se defender?
— perguntou meu mestre.

— Poderão tentar — respondeu Shey —, mas... —
Ele olhou fixamente para nós. — Tenho fé em nossa força
combinada. Estou confiante no sucesso.

— Bem, eu tenho a minha corrente de prata — disse o
Caça-feitiço. — O garoto também tem. Isso vai amarrá-lo
de modo mais seguro que qualquer corda

A corrente de prata agia contra as feiticeiras e a maioria
dos magos. Parecia simples: estávamos em maior número
que os dois magos e seus trabalhadores, e haveria o ele-
mento-surpresa. Mas então, pelo canto do olho, notei a
expressão de Alice. Ela parecia preocupada.

— Qual é o problema, Alice?

— Amarrar o mago não é o que me incomoda — disse
ela. — Mas o que vem depois, quando os outros desco-
brirem o que aconteceu. Eles virão atrás de nós; e são
muitos.

— Tudo isso foi levado em consideração e cuidadosamente planejado, garota — disse o Caça-feitiço. — Os
cavalos capturados e quaisquer outros prisioneiros serão
levados para sudoeste, pelo caminho de onde viemos.
Mas nós quatro, com o prisioneiro especial, iremos em
outra direção; seguiremos pelo litoral. Há um castelo lá,
Ballycarbery, o lar de outro proprietário de terras; é uma
fortaleza resistente, onde poderemos interrogar o mago
preso em segurança.

O sol se pôs e, quando a luz começou a diminuir, era hora
de agirmos.

Abaixo de nós, a estrutura estava praticamente concluída: uma coluna de madeira alta e quadrada se equilibrava nas pedras do calçamento; com mais de nove metros de altura, ela agora dominava a área da feira. Era uma obra impressionante para apenas um dia de trabalho. Os trabalhadores exaustos estavam guardando as ferramentas, e dois magos aguardavam pacientemente com os braços cruzados e os cavalos amarrados a um poste na esquina mais distante. Nossos homens informaram que eles tinham reservado quartos na maior das estalagens à nossa frente e, em breve, se recolheriam para passar a noite.

Deixamos nossa posição privilegiada, descemos para a rua e nos dirigimos para o limite da área da feira, com todo o cuidado para nos mantermos nas sombras. Com o Caça-feitiço e Shey à frente, começamos uma aproximação lenta e furtiva, e sabíamos que nossas forças armadas se moviam atrás de nós e impediam qualquer chance de fuga.

Subitamente os cavalos amarrados empinaram e resmungaram, nervosos. Eles devem ter sentido o nosso cheiro, e, ficando alertas no mesmo instante, os dois magos desembainharam as cimitarras e assumiram uma posição defensiva, com as costas voltadas um para o outro. Shey e meu mestre saíram das sombras e começaram a avançar contra os nossos inimigos, com Alice e eu bem atrás deles. Eu ouvi os gritos de comando e outros passos correndo em meio à escuridão conforme nossas forças convergiam para o alvo.

O mago mais próximo ergueu a arma, mas o Caça-feitiço lançou a corrente de prata enquanto corria. Com um estalar poderoso, ela subiu bem alto e formou uma espiral perfeita. Foi um lançamento bom e preciso, e caiu sobre a cabeça e os ombros do mago, prendendo os braços dele nas laterais, de modo que a cimitarra caiu sobre as pedras do calçamento com um estrondo. O lançamento foi tão bom que parte da corrente apertou sobre os olhos e a boca do homem, e ele não conseguia ver nem falar. Amarrar a boca era muito importante ao lidar com uma feiticeira capaz de pronunciar feitiços de magia negra. Os magos também usavam feitiços; por isso, meu mestre não se arriscou.

O outro mago girou para encarar Shey, e ouviu-se um som metálico de algo raspando quando as duas lâminas bateram com força. Então, o mago gritou, deixou a cimitarra cair e tombou de bruços; ele ficou deitado ali e se contorcia conforme o sangue começava a se acumular debaixo dele. Os quatro trabalhadores caíram de joelhos com as mãos erguidas acima das cabeças e imploraram por suas vidas. Os homens de Shey nos circulavam agora, e, em questão de minutos, os carpinteiros foram amarrados com cordas e levados junto com os dois cavalos.

Em seguida, enquanto nossos homens se preparavam para viajar para o sudeste, rumo a Killarney, o Caça-feitiço, Shey, Alice e eu levamos nosso prisioneiro na direção do Castelo de Ballycarbery, perto da pequena cidade de Cahersiveen.

Na estrada e longe de Killorglin, olhei para trás e vi fumaça escura e um brilho vermelho acima dos telhados das casas. Os homens de Shey estavam queimando a plataforma de madeira; o esforço dos trabalhadores fora em vão. Tudo dera certo, mas eu ainda me preocupava que o fogo agisse como um farol e atraísse em peso nossos inimigos até a cidade.

CAPÍTULO 6
UM INSTRUMENTO DE TORTURA

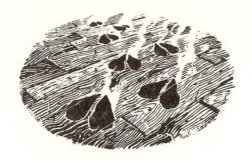

Ballycarbery parecia ser uma fortaleza sólida, com grossas paredes de pedra e um único portão que dava para o oeste. No entanto, o castelo não tinha fosso nem ponte levadiça e, pela minha experiência com tais fortificações, isso me parecia ser seu principal ponto fraco, o que significava que um inimigo poderia se aproximar subindo pelos baluartes. Como fortaleza, ela parecia já ter visto dias melhores. Seus muros também estavam cobertos de hera. Certos invasores poderiam usá-la para escalar os muros.

O mago ainda estava amarrado pela corrente de prata do Caça-feitiço e fora levado até as masmorras para aguardar o interrogatório pela manhã. Recebemos camas confortáveis no castelo e não perdemos tempo em deitar e pegar no sono. Antes de adormecer, dei uma olhada no cântaro de sangue e não pude evitar de pensar que, antes, nossa situação costumava ser muito diferente. Em fortificações como aquela, apodrecíamos em masmorras escuras e úmidas, esperando a morte enquanto nossos inimigos se encontravam numa posição de poder.

Tornei a sonhar. Era o mesmo pesadelo no qual eu era perseguido pela Morrigan na forma de um corvo. Mas este sonho parecia ser um pouco menos assustador que o anterior. A deusa ainda se aproximava aos poucos, mas eu corria rápido e chegava cada vez mais perto do refúgio invisível.

Subitamente, acordei suando frio, e meu coração batia com força, mas eu me sentia com um pouco mais de coragem. Será que eu estava aprendendo a ficar mais forte sempre que tinha o pesadelo?

Nesse momento, aconteceu algo mais assustador do que qualquer terror noturno.

Ouvi o *pam, pam, pam* abafado de passos que se aproximavam da minha cama, acompanhado pelo crepitar de madeira queimada. Tentei abrir meus olhos, mas as pálpebras estavam pesadas demais; minha respiração era irregular, meu coração batia dolorosamente no peito. Compreendi que algo imenso estava perto da cama; uma coisa que estendia a mão na minha direção. Depois, senti o hálito quente no meu rosto e um odor fétido. E uma voz que eu conhecia bem demais falou ao meu ouvido esquerdo. Era o Maligno:

— Agora falta pouco para você pertencer a mim, Tom. Quase posso tocá-lo. Mais um pouco e o cântaro falhará! Então, você será meu!

Abri meus olhos e esperei ver a imensa cabeça do Maligno com os chifres curvos e a boca cheia de dentes pontiagudos. Mas, para meu alívio, não havia nada. Fiz um esforço para sair da cama e logo percebi que fora mais que um sonho: ali também um par de pegadas de cascos fora queimado nas tábuas do soalho. As manchas eram mais profundas do que na última ocasião, no meu quarto na estalagem. O tempo estava se esgotando. O poder do cântaro de sangue estava quase no fim.

Eu não contei para Alice nem para o Caça-feitiço o que havia acontecido. Por que aumentar seus temores? Era algo em relação ao qual nada poderíamos fazer. Eu apenas torcia para que Grimalkin chegasse logo.

Após o café da manhã, fomos até as masmorras com Shey e três guardas armados para começar a interrogar o prisioneiro.

— Ele não recebeu comida nem água — observou Shey conforme nos aproximávamos da porta da cela. — Isso deve ter afrouxado um pouco a língua dele.

Dois guardas se uniram a nós no interior da cela fria e úmida enquanto o outro nos trancou com o mago e ficou de vigia no lado de fora. Ninguém queria se arriscar, e os poderes de nosso inimigo, sem dúvida, não foram subestimados.

A cela era espaçosa e evidentemente destinada ao interrogatório de prisioneiros. Embora não houvesse lugar para dormir, além de um colchão de palha em um canto, havia uma mesa e três cadeiras, e uma delas tinha tiras de couro para atar o prisioneiro. Com habilidade, o Caça-feitiço desenrolou a corrente de prata do mago, que rapidamente foi amordaçado e depois teve os braços amarrados às costas. Finalmente, ele foi atado à cadeira, e o Caça-feitiço e Shey sentaram-se em frente a ele.

Havia uma vela na mesa e uma tocha em um suporte na parede, ao lado da porta, que forneciam luz mais que suficiente para o que precisávamos. Viam-se também um grande jarro de água e dois pequenos cálices. Alice e eu ficamos de pé atrás do Caça-feitiço e de Shey, enquanto os dois guardas se posicionaram próximo à cadeira do prisioneiro.

— Nós vamos lhe fazer algumas perguntas — disse Shey, e seu hálito transformou-se em vapor sob a luz da vela. — Seja sábio e as responda com sinceridade. Se não fizer isso, as consequências serão calamitosas. Você entendeu?

O mago acenou com a cabeça. Após um sinal de Shey, um dos guardas retirou-lhe a mordaça da boca. Imediatamente o prisioneiro começou a engasgar e a tossir; ele parecia estar lutando para encontrar as palavras.

— Água... deem-me água, por favor! — implorou finalmente com voz rouca.

— Você terá água daqui a pouco — disse-lhe Shey. — Mas, primeiro, responda às nossas perguntas! — Então, ele se virou para o Caça-feitiço e fez um gesto afirmativo com a cabeça.

— Por que a cerimônia do bode falha algumas vezes? — perguntou meu mestre sem demora.

— Não vou lhe dizer nada! — retrucou o mago com uma expressão de reprovação. — Absolutamente nada!

— Nós vamos tirar isso de você de um jeito ou de outro — disse Shey. — Há um modo difícil e um modo fácil. Você escolhe...

— Viver ou morrer aqui não tem importância para mim.

— Então, você é um homem corajoso ou um louco! — interrompeu Shey. — Sem dúvida, o último — emendou ele, enfiando a mão no bolso e retirando um pequeno instrumento de metal, que pousou sobre a mesa diante do mago. Parecia um par de pinças. — Você sentirá dor antes de morrer. Uma dor terrível! É isso que você quer?

O Caça-feitiço olhou com expressão de reprovação e seus olhos faiscaram.

— O que é que você quer dizer com isso? — quis saber ele, apontando para o instrumento.

Farrell Shey pegou a ferramenta, que agora eu via ser mais parecida com um alicate de ferreiro.

— É um instrumento versátil — disse ele em voz baixa —, que pode ser usado de vários modos para persuadir um prisioneiro relutante a falar. Pode amassar os dedos ou extrair os dentes dele.

— Não concordo com tortura! — A voz do Caça-feitiço soou irritada. — E somente um tolo a utiliza. Submeta um homem à dor, e ele dirá qualquer coisa simplesmente para acabar com ela. Muitas pessoas acusadas falsamente de feitiçaria confessam sob tortura. O alívio temporário da dor é imediatamente acompanhado pelo sofrimento maior da execução e da morte. Portanto, afaste esse instrumento ou não prosseguirei com isso!

Eu sentia orgulho de ser um caça-feitiço. Éramos honrados pelo modo como fazíamos o nosso trabalho.

Shey olhou com ar de reprovação e franziu os lábios com raiva; mesmo assim, guardou o instrumento de tortura no bolso. Sem dúvida, os longos anos de contendas entre os magos e os proprietários de terras haviam causado grande inimizade, com atrocidades cometidas pelos dois lados. O poder das trevas estava aumentado e corrompendo até mesmo quem se opunha a elas. Eu mesmo havia cedido, ao usar as trevas para sobreviver; portanto, não estava em posição de julgar ninguém.

Meu mestre, então, repetiu a pergunta:

— A cerimônia do bode, por que ela falha algumas vezes?

O mago hesitou, mas então fixou os olhos no Caça-feitiço e resmungou:

— Porque o que nós fazemos não agrada ao nosso deus.

— Mas vocês não *sabem* o que o agrada? — perguntou o Caça-feitiço. — Vocês vêm realizando seus rituais das trevas há séculos. Sem dúvida, a essa altura já deveriam saber, não é?

— Depende de muitas coisas. São variáveis que não podem ser previstas.

— Que variáveis?

— Estou com sede. Minha garganta está seca. Me dê um pouco de água e lhe contarei...

Num impulso e sem esperar a resposta de Shey, dei um passo à frente, peguei o jarro e despejei um pouco de água no cálice mais próximo; depois, eu o ergui até os lábios do mago e o inclinei levemente. O pomo de Adão do homem moveu-se conforme ele engolia a água com sofreguidão. Quando terminou, falei pela primeira vez desde que entrei na sala.

— Qual é o seu nome? — perguntei.

— Cormac — retrucou o mago.

Shey me fitou com ar de reprovação, mas o Caça-feitiço sorriu e acenou com a cabeça como se aprovasse a minha iniciativa.

— Então, Cormac — disse ele. — Quais são as variáveis?

— A escolha do bode é importante. Ele se torna o hospedeiro sagrado no qual Pã, nosso deus, deve entrar. Ele não vai assumir o corpo de um animal que não lhe agrade. Sete bodes são escolhidos no início. Juntos, temos que escolher o melhor. O processo não é fácil. Nossos videntes debatem a escolha durante dias.

Meu mestre acenou com a cabeça.

— Quais são as outras variáveis? — quis saber ele.

— Temos que fazer sacrifícios humanos; três ao todo. Eles também têm que ser perfeitos. Um deles deve ser uma mulher, e ela tem que querer morrer e oferecer a própria vida com alegria. Os outros dois têm quer ser magos que também ofereçam voluntariamente as próprias vidas ao deus. Eu sou um dos sacrifícios. O outro morreu pelas *suas* mãos ao lado da torre de madeira! — disse ele, olhando com raiva para Shey.

O Caça-feitiço assentiu, pensativo.

— Então, os dois magos que se oferecem para morrer são os responsáveis por vigiar a construção da plataforma?

— Sim, é um costume antigo.

— E o que acontecerá agora que um dos voluntários morreu?

— Chamava-se Mendace. Era um homem corajoso cuja morte nas mãos de nossos inimigos é aceita por Pã como se ele tivesse tomado parte na cerimônia. Isso não prejudicou a nossa causa.

— E quanto a você, Cormac? — perguntou meu mestre. — Se você morresse aqui, então a sua morte seria igualmente aceitável?

— Sim. Se vocês me matarem, contribuirão diretamente para o ritual — respondeu o mago e, pela primeira vez, sorriu. — Por essa razão, não tenho medo. E dou as boas-vindas à morte!

— E se nós preferirmos não matá-lo?

Cormac não respondeu, e dessa vez foi o Caça-feitiço quem sorriu.

— Então, assim que o processo tem início não são permitidas substituições? Para garantir o sucesso, deve ser você e mais ninguém! Portanto, se nós o mantivermos em segurança até o evento, o despertar de Pã provavelmente fracassará...

O mago baixou o olhar e fitou a mesa por um longo tempo, sem dizer uma única palavra.

— Acho que o silêncio de Cormac diz tudo — concluiu o Caça-feitiço, virando-se para Shey. — Já cumprimos o nosso objetivo. Tudo que temos a fazer agora é mantê-lo preso aqui. Este castelo pode se defender contra um ataque dos magos?

— Nenhum castelo é inexpugnável — respondeu Shey.

— E nossos inimigos estarão desesperados; eles poderiam muito bem vir até aqui para lutar contra nós.

— Então você precisa trazer quantos homens forem possíveis para defendê-lo e também abastecê-lo bem contra o cerco — aconselhou meu mestre. — As coisas não poderiam ser melhores. Resistam aqui e então, no meio do verão, antes que eles possam tentar novamente e estejam fracos como nunca, marchem diretamente contra Staigue e acabem com eles de uma vez por todas; esse é o meu conselho.

Shey sorriu.

— É um bom conselho, John Gregory. Faremos exatamente isso. Séculos de luta poderiam finalmente acabar com a sua derrota. Eu lhe agradeço.

Alice fora uma testemunha silenciosa do interrogatório, mas agora ela olhava severamente para o prisioneiro.

— Quem é a mulher? A que se ofereceu para o sacrifício? — perguntou ela.

Por um momento, pensei que ele não fosse responder, mas então ele a olhou nos olhos.

— É uma feiticeira. Uma das nossas aliadas.

Alice acenou com a cabeça e, em seguida, trocou um olhar rápido e nervoso comigo. Então, uma das feiticeiras celtas estava na região e teria ido a Killorglin para se sacrificar. Agora, não restava dúvida de que ela viria até aqui e se juntaria ao cerco do Castelo de Ballycarbery.

CAPÍTULO 7

O CERCO DO CASTELO BALLYCARBERY

Shey enviou mensageiros com notícias sobre a situação, e imediatamente foram iniciados os preparativos para a defesa do castelo. Fiquei aliviado ao ver um grande número de homens cortando a hera dos muros para evitar que o inimigo a escalasse.

No dia seguinte, os homens dos proprietários de terras começaram a chegar. Havia muito menos do que eu esperara — não eram mais que cinquenta —, mas cada pequeno grupo trazia consigo armas, comida e mantimentos muito além das próprias necessidades, de modo que o castelo estava agora adequadamente abastecido para o cerco antecipado — embora provavelmente contássemos com menos de oitenta homens.

— Pensei que você conseguiria encontrar mais homens para unir à sua causa — disse o Caça-feitiço, enquanto olhávamos dos baluartes a oeste para o que o líder da

Aliança da Terra nos dissera que seria o último contingente a chegar. Ele consistia em cinco homens armados e duas pequenas carroças, cada uma puxada por um burro que parecia sobrecarregado com a carga e prestes a cair.

— Não é melhor nem pior do que eu esperava — disse Shey. — Cada proprietário de terras também deve cuidar das próprias defesas e manter servos em número suficiente com ele.

O Caça-feitiço acenou com a cabeça e ponderou sobre a resposta enquanto fitava o sol, que baixava na direção do mar.

— Quando eles atacarão?

— Hoje à noite ou amanhã — retrucou Shey. — Virão pelo leste, através das montanhas.

— Quantos?

— Provavelmente 150, pelo nosso cálculo mais recente.

— Tantos assim? — O Caça-feitiço ergueu as sobrancelhas, surpreso. — Quantos deles são magos?

— No total, há provavelmente uns quinze, além de meia dúzia de aprendizes. Talvez dois terços deles venham até aqui. O restante permanecerá no forte de Staigue.

— E os outros? Quem são seus servos e defensores?

— Eles mantêm cerca de trinta homens armados e talvez outros dez que trabalham como cozinheiros e artesãos, como açougueiros, tanoeiros e pedreiros. Mas, quando se trata de uma batalha, eles conseguem atrair muitos mais para aumentar suas fileiras. Esses recrutas são retirados do meio dos pobres que vivem no limite da fome e moram em cabanas minúsculas em terrenos muito pequenos. Eles combatem ao lado dos magos em troca de comida para a família, mas também por sentirem medo. Quem pode recusar a convocação quando um emissário dos magos visita sua cabana solitária e o recruta? As pessoas que eles recrutam agora terão poucas armas e, com frequência, estarão enfraquecidas pela fome.

— E, sem dúvida, você e seus servos terão comido bem durante o inverno; estarão fortes e serão mais capazes de lutar... — disse o Caça-feitiço.

Eu ouvi o tom de desaprovação na voz do meu mestre, mas Shey não pareceu notar. Concordei com o Caça-feitiço. Tínhamos que nos defender contra as trevas e a ameaça representada pelos magos, mas, como costumava ser o caso neste mundo, os poderosos lutavam pelas terras ou pelo orgulho enquanto os pobres sofriam.

— Isso certamente é verdade — retrucou Shey. — Teremos comida e mantimentos no interior do castelo enquanto os recrutas do lado de fora receberão apenas porções pequenas. Estimo que, em menos de uma semana, se não tiverem derrubado nossos muros, os magos serão obrigados a se retirar, derrotados. Nós os atormentaremos durante todo o caminho até o forte. E talvez Staigue caia finalmente e nos dê a derradeira vitória.

Naquela noite, dormi bem, mas fui acordado de um sono profundo por Alice, que sacudia meu braço. Ainda estava escuro do lado de fora, e ela segurava uma vela.

— Eles estão aqui, Tom! — gritou ela com a voz cheia de preocupação. — Os magos! E há um monte deles!

Eu a segui até a janela que dava para o leste e olhei para fora. Havia luzes serpenteando na nossa direção até onde conseguíamos enxergar. Nossos inimigos certamente haviam chegado com força total. Seria impossível contá-los, mas, julgando pela quantidade de luzes, havia mais do que Shey previra.

— Não se preocupe, Alice — falei, tentando tranquilizá-la. — Temos comida suficiente aqui para algumas semanas, e, de qualquer forma, assim que a época da cerimônia passar, o cerco será em vão e eles irão embora.

Sentamo-nos juntos perto da janela e demos as mãos, sem dizer uma única palavra. Fogueiras inimigas começaram a faiscar e ganhar vida, e circundaram completamente o castelo. Sem dúvida, Alice estava pensando a mesma coisa que eu: a feiticeira celta estaria lá, sentada próximo a uma daquelas fogueiras. Era ela quem buscava vingança? Será que ela sabia que eu estava aqui? Tranquilizei-me com a ideia de que ela não podia me alcançar — os grossos muros do castelo a manteriam a distância.

Mas a aurora trouxe uma notícia que abalou algumas de minhas esperanças. Alguns bois lentamente arrastavam algo na direção do castelo — um grande cilindro de metal sobre rodas. Era um canhão de cerco — um grande, de dezoito libras!

Alice e eu já tínhamos visto um canhão poderoso assim em ação. Ele fora usado pelos soldados para derrubar as paredes da Torre Malkin. Atirava com grande precisão, e as imensas bolas de canhão atingiam quase exatamente o mesmo local na parede, até que finalmente ela cedera e estava aberta para os invasores. Mas muito dependeria da habilidade dos canhoneiros daqui. Será que eles tinham experiência suficiente para romper as defesas do Castelo de Ballycarbery?

Nem Shey nem seus homens pareciam muito perturbados com o que acontecia do lado de fora de nossos muros. Após um farto café da manhã com aveia e mel, Alice e eu nos juntamos a ele e ao Caça-feitiço nos baluartes.

— Você sabia que eles teriam um canhão de cerco? — perguntou meu mestre.

— Eu sabia que tinham um em sua posse. Foi fabricado em Dublin há mais de cinquenta anos e visto em ação duas vezes, nas quais se mostrou uma arma formidável. Os magos o compraram e transportaram para cá no ano passado. Mas nossos espiões informaram que eles não têm canhoneiros experientes.

O canhão foi arrastado até uma posição a oeste do castelo. Estudei os homens amontoados ao redor dele. No cerco da Torre Malkin, lembrei-me de que o barulho era ensurdecedor, mas notara a habilidade dos canhoneiros: como eles trabalhavam como uma equipe eficiente e cada um desempenhava sua tarefa com uma economia de movimentos.

Entre nossos defensores armados havia seis ou sete arqueiros, com seus arcos longos, que agora começavam a mirar nos canhoneiros. No entanto, a distância era grande demais, o vento estava contra eles e as flechas caíram a pouca distância.

Observei girarem a pesada bola de ferro até a boca do canhão e acenderem o pavio. Agora os canhoneiros cobriam os ouvidos.

Ouviu-se uma pancada surda e uma nuvem de fumaça saiu da boca do canhão quando a bola de ferro começou sua trajetória. Ela caiu bem perto dos muros do castelo e deslizou pela relva irregular até parar em uma moita de tojo. Isso causou um coro de provocações dos defensores nos baluartes.

O inimigo levou cinco minutos para disparar o próximo tiro. Este acertou a parte inferior de um dos muros do castelo. O impacto causou um estrondo, e alguns pedaços de pedra caíram na grama. Não foi um bom tiro, mas, dessa vez, não houve provocações. A próxima bola voltou a cair perto; depois disso, o tiro de canhão resultou em um golpe em alguma parte dos muros de pedra. O barulho era apavorante, mas nenhum dano sério fora feito à rocha.

Shey saiu para conversar com seus homens e dava tapinhas nas costas de cada um em retribuição. Ele era um bom comandante e tentava manter o ânimo deles.

— Eles devem ser extremamente precisos e atingir sempre o mesmo ponto no muro — observei para o Caça-feitiço. — Esses homens não têm a habilidade necessária para abrir uma rachadura.

— Então vamos torcer para que não aprendam rápido, rapaz — observou meu mestre —, pois eles têm muitas bolas de ferro e mais ou menos uma semana para melhorar a pontaria!

Era verdade. Além dos barris de água para resfriar o canhão e muitos sacos de pólvora, havia dezenas de pirâmides de bolas de ferro empilhadas bem perto do grande canhão e carroças com mais munição, que aguardavam ao longe. Tudo que lhes faltava no momento era o conhecimento para usar de modo eficaz a arma potencialmente perigosa que tinham.

Após cerca de uma hora, o canhão silenciou e um homem se aproximou do portão do castelo. Estava desarmado e trazia uma bandeira branca que ondulava com o vento que vinha do oeste. Ele parou próximo ao portão e gritou sua mensagem para nós. Parecia apavorado.

— Meus mestres exigem que vocês libertem o mago Cormac e o entreguem a nós imediatamente. Façam isso e partiremos em paz. Se não o fizerem, as consequências serão catastróficas. Vamos derrubar seus muros, e todos os que estão dentro deles serão mortos!

O rosto de Shey se contorceu com raiva e observei os arqueiros pegarem os arcos e mirarem no mensageiro, que estava a poucos segundos da morte. Mas Shey fez um gesto para eles e os homens baixaram as armas.

— Volte e diga a seus mestres que nós nos recusamos! — gritou ele. — O tempo está quase acabando. Este castelo não pode ser invadido pelos tolos que eles contrataram como canhoneiros. Em breve, será a vez de vocês serem sitiados. Destruiremos seu forte até que nenhuma pedra permaneça de pé.

O mensageiro virou-se e caminhou de volta até as fileiras dos nossos inimigos. Cinco minutos depois, o canhão tornou a atirar.

• • •

O Caça-feitiço decidiu que aquela era uma oportunidade para eu continuar os meus estudos. No fim da tarde, ele me deu uma lição — no momento, eu estava estudando a história das trevas. O Caça-feitiço estava me contando sobre um grupo de magos chamados os Kobalos, que supostamente viviam mais ao norte. Embora ficassem eretos, não eram humanos e tinham aparência de raposas ou lobos. Mas havia pouca evidência de que realmente existissem — somente as anotações de um dos primeiros caça-feitiços, um homem chamado Nicholas Browne, apontava a existência deles. Eu já havia lido sobre eles e nada disso era novo para mim; por isso, tentei levar o Caça-feitiço para um tema que eu considerava muito mais interessante. Afinal, lidávamos com magos hostis e malévolos que idolatravam Pã.

— E quanto a Pã? — perguntei. — O que nós sabemos a respeito dele?

O Caça-feitiço retirou o Bestiário da bolsa e folheou até chegar à seção sobre os deuses antigos. E entregou o livro para mim.

— Leia isso primeiro e depois faça suas perguntas — ordenou.

A entrada sobre Pã era bem curta e eu li rapidamente:

PÃ (O DEUS COM CHIFRES)

Pã é o Deus Antigo, originalmente cultuado pelos gregos, que governa a natureza e assume duas formas físicas distintas. Em uma de suas manifestações, é um garoto e toca uma flauta de juncos; suas melodias são tão poderosas que nenhum pássaro canoro pode se igualar a elas, e até as pedras se movem sob sua influência.

O Destino 103 LIVRO 8

Em sua outra forma, ele é uma divindade assustadora da natureza, e sua aproximação enche os humanos de terror — a palavra "pânico" deriva de seu nome. Agora sua esfera de influência se ampliou, e ele é venerado pelos magos bodes da Irlanda. Depois de oito dias de sacrifício humano, Pã atravessa um portal das trevas e entra brevemente no corpo de um bode. Ele distorce a forma do animal para algo horrível de se contemplar..

— É uma entrada muito curta — comentei. — Não sabemos muita coisa sobre Pã, sabemos?

— Você tem razão, rapaz — retrucou meu mestre —; por isso, aprenderemos o que pudermos enquanto estivermos aqui. As coisas mudaram desde que escrevi isso. Agora sabemos que a cerimônia ocorre duas vezes por ano em vez de uma. Mas o que sempre considerei interessante foi a dualidade de Pã. Em uma de suas formas, ele é um músico que parece quase benévolo. A outra forma é terrível e evidentemente pertence às trevas.

— E por que as trevas *existem*? — perguntei. — Como foi que começou?

— Ninguém sabe a respeito com certeza e só podemos especular. Tenho pouco a acrescentar às especulações que fiz no meu Bestiário há muitos anos. Mas ainda acredito que as trevas se alimentam da maldade humana. A ambição e o desejo de poder dos seres humanos as tornam ainda mais fortes e perigosas. Se pudéssemos apenas modificar os corações dos homens e das mulheres, as trevas seriam enfraquecidas. Tenho certeza disso. Mas vivi tempo suficiente para saber que seria mais fácil impedir o avanço das ondas que chegar a essa condição. Somente podemos ter esperança.

— Seria um começo se conseguíssemos amarrar o Maligno — sugeri.

— Certamente seria, rapaz. — O Caça-feitiço franziu a testa. — As coisas não poderiam estar muito piores do que estão neste momento. Veja, o próprio Farrell Shey, um inimigo das trevas, está disposto a usar tortura para prevalecer. Isso mostra apenas como as coisas se tornaram ruins.

Subitamente, percebi que o canhão silenciara.

— O canhão parou de atirar — falei. — Talvez tenha ficado superaquecido e o cano tenha rachado.

Era necessária muita água para manter o cano resfriado. Se os canhoneiros fossem descuidados com isso, o canhão poderia até explodir, matando todos ao redor. Aqueles homens não eram especialistas. Havia um perigo real de que isso acontecesse.

Antes que o Caça-feitiço pudesse responder, um mensageiro bateu à porta e entrou no cômodo sem ser convidado. Fomos convocados com urgência aos baluartes.

Conforme subíamos as escadas, éramos empurrados por homens armados, que também estavam subindo. Alguma coisa devia estar acontecendo — seria uma nova ameaça?

Alice já estava lá em cima; ela veio em nossa direção enquanto piscávamos sob o sol, que estava baixando na direção do mar. Protegeu os olhos com a mão e apontou.

— Os magos estão reunidos ao redor do canhão. Eles estão tramando alguma coisa. Shey está realmente preocupado.

Nem bem ela mencionou o nome dele, o proprietário de terras caminhou até nós, e os soldados nos baluartes deram um passo para o lado para permitir sua passagem.

— Acho que estão tentando realizar algum tipo de magia — disse ele. — Havia pouco perigo de que controlassem as trevas em Killorglin porque somente enfrentamos dois deles. Agora, são nove e estão combinando suas forças...

Baixei os olhos na direção do canhão. Os magos formaram um círculo ao redor dele. Depois eu percebi que o foco de sua atenção não era o grande canhão: os canhoneiros estavam ajoelhados, e os magos tinham as mãos em suas cabeças e ombros. Eles estavam transferindo de alguma forma, poder para eles. Que tipo de poder?, eu me perguntei. O conhecimento e as habilidades de canhoneiros experientes? Parecia provável.

Nos baluartes, os defensores fizeram silêncio. Mas podíamos ouvir o vento que vinha do mar e soprava ao longe, além do suave cântico dos magos. Ondas de frio subiram e desceram pela minha espinha. Mesmo a distância, eu era capaz de detectar o uso de magia negra. Ela era forte e perigosa.

Descobrimos o *quão* perigosa ela era dez minutos depois, quando o canhão tornou a atirar. O primeiro tiro dos canhoneiros acertou bem no muro, embaixo, à esquerda do portão principal. Então vieram o segundo e o terceiro. Eles atingiram quase exatamente o mesmo local. Mesmo uma hora antes de escurecer, podíamos ver claramente os danos. O muro era espesso, mas a camada externa de pedras já começava a se romper. Havia uma pequena pilha de escombros na grama.

A escuridão trouxe uma pausa para o ataque, mas, sem dúvida, ele voltaria junto com o amanhecer, e me parecia que poderiam muito bem derrubar o muro até o próximo pôr do sol.

CAPÍTULO 8
THIN SHAUN

A madrugada trouxe nuvens e a aproximação da chuva, mas os canhoneiros dos magos recomeçaram o ataque com sua recém-descoberta precisão. Embora o vento estivesse soprando agora do sul em vez de diretamente por trás do canhão, nossos arqueiros foram capazes de lançar flechas nas proximidades da arma e causaram um atraso de cerca de uma hora enquanto ele era reposicionado fora de alcance.

No entanto, essa maior distância não fez diferença para a mira dos canhoneiros, e o mesmo ponto no muro foi submetido a um pesado ataque, com balas de canhão atingindo o mesmo local a cada cinco minutos, e pausas maiores enquanto eles usavam água para resfriar a arma.

No fim da tarde, a situação se tornara crítica: um pequeno buraco fora aberto no muro do castelo.

De acordo com Shey, não seria necessário muito mais dano para enfraquecer os baluartes acima e criar uma pilha de pedras ao lado do portão sobre a qual nossos invasores poderiam subir para tomar o castelo.

Desesperado, ele liderou uma força com cerca de vinte homens a cavalo saindo do portão principal; eles atacaram diretamente o canhão, com intenção de matar os canhoneiros. Foram interceptados, primeiramente, pelos cavaleiros inimigos e depois por soldados a pé. Apesar das defesas inimigas, pareciam estar vencendo: os homens de Shey ganhavam terreno, lutavam e abriam caminho até o canhão. Em alguns minutos, eles teriam cumprido seu objetivo, mas então alguém interveio.

Um homem alto e forte, com cabeça raspada e cavanhaque, juntou-se ao combate. Ele trazia um imenso machado de guerra com duas lâminas, e o usava com efeito mortal. Derrubou dos cavalos dois de nossos homens com um único golpe, e imediatamente a maré virou. Nossos inimigos combateram com vigor renovado, e Shey foi obrigado a improvisar uma retirada até o portão. Nem bem este foi fechado, o inimigo já estava nos muros.

Eles não ficaram lá por muito tempo. Os arqueiros da Aliança mataram e feriram alguns deles; o restante se retirou para trás dos canhoneiros. Eu imaginei que eles atirariam no mesmo instante, mas, em vez disso, o homem imenso se aproximou sozinho do portão. Ele não trazia bandeira branca, mas apoiara o imenso machado no ombro.

Ao contrário do mensageiro, parecia confiante e caminhava empertigado.

Shey subiu novamente para os baluartes e parou ao lado do Caça-feitiço.

— Aquele é Magister Doolan, o Açougueiro, o líder dos magos — disse ele.

Doolan parou bem embaixo e ergueu o olhar para nós.

— Quem vai descer e me enfrentar? — zombou, e a voz poderosa ressoou no alto.

Ele não teve resposta e soltou uma longa gargalhada irônica.

— Vocês todos são covardes. Não há um homem de verdade entre vocês! — gritou ele, e começou a caminhar de um lado para o outro diante dos muros, girando o machado para nós em tom de desafio.

— Matem-no! — ordenou Shey aos arqueiros.

Eles começaram a lançar flechas nele. O homem não vestia armadura, e sua morte parecia certa. Mas, por alguma razão, as flechas erraram ou caíram pouco depois. Será que ele estava usando algum tipo de magia contra eles? Se os magos podiam, com um feitiço, transformar canhoneiros inexperientes em experientes, sem dúvida, podiam fazer o oposto. Então, uma flecha voou diretamente para o alvo e parecia destinada a atingir o coração do homem grande, mas ele girou o imenso machado de guerra como se fosse mais leve que uma pena e desviou a flecha inofensivamente para o solo.

Com outra gargalhada, ele se virou de costas e voltou para as próprias fileiras; cada flecha atirada atrás dele caía pouco depois. No mesmo instante, os canhoneiros inimigos tornaram a atirar.

Finalmente, a luz começou a diminuir e os canhoneiros pararam de atingir o ponto fraco no muro oeste, mas sabíamos que o dia seguinte seria crítico: esperava-se um ataque total ao castelo assim que o muro desabasse.

Pouco depois do anoitecer, tivemos uma reunião com Shey.

— O castelo cairá amanhã, provavelmente pouco depois do anoitecer — admitiu ele. — Sugiro que, assim que o muro cair, vocês fujam e levem junto o prisioneiro. Posso dispensar quatro soldados para acompanharem vocês. Vou ficar aqui com o restante deles. Vamos lutar até o fim e venderemos caro as nossas vidas.

O Caça-feitiço acenou a cabeça com ar grave.

— Sim, essa parece a melhor opção — disse ele. — Mas eles não vão nos ver?

— Há um pequeno portão secreto ao sul, escondido por arbustos e um monte de terra. A atenção do inimigo estará na abertura do muro. Vocês têm uma boa chance de ir embora.

— Precisamos manter o mago vivo e longe das mãos deles — disse o Caça-feitiço. — Para onde deveremos ir? Existe outro refúgio?

— Não. Vocês terão que voltar para a minha casa em Kenmare. É o local mais seguro. — Shey balançou a cabeça

O Destino 🦇 111 🦇 LIVRO 8

e suspirou. — Mas não será fácil. Vocês enfrentarão uma jornada perigosa. Ao sul e ao leste há pântanos extensos. Sugiro que sigam pelo rio Inny. Depois margeiem o rio até as montanhas. Meus homens conhecem o caminho. Eles os guiarão, passarão bem ao norte de Staigue e evitarão o forte. Depois voltarão pelo sudeste até Kenmare.

— Não seria melhor fazer isso agora, bem antes do amanhecer? — sugeri. — O senhor diz que o portão está bem escondido, mas os espiões dos magos podem ter conhecimento dele. Teríamos uma chance muito melhor sob o disfarce da escuridão.

Alice sorriu em aprovação, mas, por um momento, pensei que o Caça-feitiço fosse dispensar a minha ideia; depois, coçou a barba e assentiu.

— O rapaz pode muito bem ter razão — disse ele, virando-se para Shey. — Isso seria um problema?

— De modo algum. Poderiam partir em uma hora.

Portanto, fizemos nossos preparativos. O mago foi trazido da cela e amarrado com uma corda, e os braços foram atados às laterais do corpo. Ele também foi vendado e amordaçado para que não conseguisse gritar nem pedir ajuda, mas suas pernas ficaram livres. Isso feito, despedimo-nos de Shey e desejamos-lhe boa sorte na futura batalha.

Fomos conduzidos ao portão sul pelos quatro soldados destacados como nossa escolta; depois de subir os degraus de pedra até ele, os guardas ouviram com atenção se havia sons de atividade do lado de fora. Satisfeitos pelo fato de que tudo estava tranquilo, fizeram um sinal para o líder de um pequeno esquadrão de soldados armados que estava à espera. Esta força ficava ali para evitar um ataque ao portão pelo lado de fora.

O líder abriu a porta de metal com uma grande chave. Ela abria para o lado de dentro, e ele puxou-a, revelando uma cobertura de solo e rochas. Dois homens deram um passo à frente com pás e rapidamente abriram caminho através dela; o ar frio subitamente soprou em nossos rostos.

Enquanto eles trabalhavam, o Caça-feitiço olhou para cada um de nós e disse com voz pouco mais que um murmúrio:

— Se as coisas derem errado e nós nos separarmos, nos encontraremos no rio.

Agora estava escuro como breu. Como não podíamos usar tochas nem lanternas, era essencial que ficássemos juntos. Havia um monte de terra a cerca de cinco passos do portão — para escondê-lo de observadores —, mas ainda havia uma chance de que soldados inimigos estivessem esperando um pouco além. E se os magos tivessem descoberto a existência daquele portão secreto? Uma feiticeira poderosa de Pendle certamente poderia ter farejado.

Era um momento de perigo, e os quatro soldados saíram primeiro e subiram o declive íngreme para buscar cobertura na copa dos arbustos no topo. Ouvimos com atenção, mas tudo estava em silêncio. Nossa rota de fuga era clara. O Caça-feitiço empurrou o prisioneiro cambaleante à frente dele, e Alice e eu o acompanhamos. Ajoelhamo-nos na grama e ouvimos com atenção o som da porta sendo trancada atrás de nós.

Estávamos sozinhos agora; se fôssemos atacados, não poderíamos esperar ajuda de quem estivesse dentro do castelo. Subimos a encosta e nos abaixamos ao lado da nossa escolta. Havia fogueiras visíveis a distância ao sul, oeste e leste. O inimigo nos cercou completamente, mas havia intervalos entre as fogueiras, e alguns eram maiores que os outros. Uns poucos inimigos estariam de guarda, alertas para o perigo, mas, com sorte, a maioria estaria dormindo.

Começamos a rastejar morro abaixo, um após o outro. No sopé, arrastamo-nos para a frente, com três de nossas sentinelas mais adiante, e o Caça-feitiço ao lado do quarto soldado, trazendo o prisioneiro entre eles. Alice estava bem atrás deles, e eu fechava a fila.

A cada dois ou três minutos, parávamos e ficávamos, imóveis, com o rosto para baixo no solo úmido. Depois de cerca de quinze minutos assim, estávamos quase chegando ao círculo de fogueiras que dava a volta ao castelo. Estávamos na metade do caminho entre os dois, a cerca de cinquenta passos de cada um. Eu vi uma sentinela parada diante de um abrigo feito de peles de animais esticadas sobre uma estrutura de madeira. Havia também homens ao ar livre — aqueles que não conseguiram se acomodar nas tendas —, que dormiam próximos ao calor do fogo.

Era a parte de nossa fuga que trazia o maior risco. Se fôssemos vistos agora, dezenas de homens armados nos alcançariam em segundos. Partimos mais uma vez, deixando as fogueiras para trás, e a escuridão acolhedora aguardava para nos engolir e esconder de nossos inimigos.

Mais uma vez, paramos com o rosto virado para baixo. Mas então, quando voltamos a rastejar para a frente, um de nossos soldados abafou uma tosse. No mesmo instante, ficamos paralisados. Olhei para trás, do meu lado esquerdo, e vi que a sentinela do lado de fora da tenda mais próxima vinha em nossa direção. Prendi a respiração. Ela parou, mas continuou a olhar para onde estávamos. Eu podia ver o soldado à minha frente cuspindo e engasgando. Ele lutava contra uma vontade quase irresistível de tossir. Se não conseguisse fazer isso, colocaria nossas vidas em risco.

Ele perdeu a batalha e deixou escapar um som explosivo e alto. A sentinela gritou alguma coisa, desembainhou a espada e começou a correr em nossa direção. Ouviram-se outros gritos, e mais soldados inimigos se aproximaram. Pusemo-nos de pé e começamos a correr. Nossa única esperança era nos perdermos dos perseguidores na escuridão.

Nossa escolta correra para salvar a própria vida; por isso, corremos também. Durante alguns instantes, vi Alice correndo à minha frente, mas então alcancei o Caça-feitiço, que lutava com Cormac, o mago cativo. Agarrei o outro ombro do homem, e, juntos, meu mestre e eu o arrastamos. Mas foi em vão. Quando olhei para trás, vi tochas bruxuleando e ouvi o bater de pés. Eles estavam nos alcançando rapidamente. Caminhar era uma tarefa cada vez mais difícil. O solo era irregular e eu estava chapinhando na água. Entrávamos no pântano.

Sem dúvida, havia trilhas seguras através dele, mas agora nós nos espalháramos, nossos guias estavam em alguma parte mais adiante, e temi que pudéssemos pisar em falso em terreno perigoso, que poderia nos engolir. A maior ameaça estava agora bem em nossos calcanhares e, agindo ao mesmo tempo e por instinto, eu e o Caça-feitiço soltamos o prisioneiro; nós o empurramos para que ficasse de joelhos e giramos, com os bastões em prontidão, para encarar os agressores.

Lembro-me de ter me perguntado onde estava Alice: ela não tinha armas nem poderia enfrentá-los, mas também não podia se afastar muito da proteção do cântaro de sangue. Depois, precisei me concentrar na ameaça imediata. Um mago de barba brandia uma espada na mão direita e uma tocha na esquerda, corria na minha direção e mirava um golpe na minha cabeça, com a boca bem aberta para mostrar os dentes; ele parecia um animal selvagem.

Ignorei a espada e bati a base do meu bastão na testa dele. O golpe acertou em cheio, e sua força foi maior graças ao impulso para a frente. Ele caiu e a espada girou de sua mão. Mas havia outros homens armados e então todos eles estavam à nossa volta. Durante alguns momentos, fiquei de pé com as costas coladas às do meu mestre. Mais uma vez, quase que ao mesmo tempo, pressionamos os botões em nossos bastões e usamos a lâmina retrátil. Agora, era matar ou morrer. Lutamos desesperadamente, giramos e golpeamos, mas então, sob a pressão do ataque, nós nos separamos.

Ameaçados por todos os lados e sem ninguém para proteger as minhas costas, eu já estava começando a me cansar; o ataque era incessante. Mas, quando comecei a achar que não tinha mais jeito, vi a minha chance. Três soldados estavam me causando dificuldades, mas apenas um trazia uma tocha. Tirei-a da mão dele com um golpe, e ela caiu, apagando com o impacto no chão inundado e lançando-nos nas trevas.

Na confusão, corri para o que pensei que fosse o sudeste, na direção do rio Inny. O Caça-feitiço dissera para nos encontrarmos lá, se algo desse errado. Bem, as coisas realmente tinham dado errado, e eu estava cada vez mais preocupado com Alice. Se ela estivesse muito longe do cântaro de sangue, o Maligno viria atrás dela.

Nossa tentativa de escapar com o refém fora um desastre. Separamo-nos e estávamos fugindo, e os magos certamente haviam-no resgatado. Agora, eles dariam prosseguimento à cerimônia. Tempos sombrios aguardavam a Aliança.

A certa altura, parei, olhei para trás e ouvi com atenção. Não havia sinais de perseguição, mas meus olhos, agora ajustados à escuridão, permitiam-me ver as fogueiras distantes, que não passavam de minúsculos pontos de luz no escuro. Por isso, segui com mais cautela e usei meu bastão para testar a profundidade da água à minha frente. Em mais de uma ocasião isso evitou que eu me afogasse ou fosse puxado para dentro do pântano. Mesmo assim, eu tropeçava constantemente em grandes tufos de capim ou entrava até os joelhos em águas geladas e fétidas.

Minha lembrança do mapa de Shey me deu poucas pistas em relação a quanto tempo levaria a jornada, e a caminhada foi difícil. Lembrei-me de que precisava permanecer bem ao norte das montanhas para alcançar o rio. Tirando isso, meu conhecimento do terreno era vago, mas eu sabia que, em alguma parte no limite sul das montanhas, estava o forte circular de Staigue. Alguns magos e seus servos ainda estariam ali. Era um local a ser evitado a todo custo.

Era difícil avaliar a passagem do tempo, mas finalmente o céu à frente começou a clarear e eu soube que não faltaria muito para amanhecer. Eu esperava que isso me permitisse orientar-me usando as montanhas como referência e encontrar o rio, mas não foi o que aconteceu. Logo gavinhas de névoa serpenteavam na minha direção, e rapidamente um nevoeiro denso me envolveu. O ar estava parado e, a não ser pelo som da minha respiração e do barulho das minhas botas através do pântano, tudo estava em silêncio.

Mais tarde, sob a luz do amanhecer, vi uma cabana erguer-se diante de mim em meio à névoa. Um homem alto e magro, que trazia uma pá por cima do ombro, saiu pela porta. Ele usava um casaco com capuz, não muito diferente do meu, mas não havia cabelos visíveis na testa. A distância, ele parecia um cortador de turfa que partia para um dia de trabalho duro, ansioso para aproveitar ao máximo as breves horas de claridade do inverno. Ele avançou para me interceptar e me deu um sorriso largo. Foi então que percebi a palidez do seu rosto estreito. Não era o rosto de alguém que trabalhava ao ar livre.

— Você parece perdido, rapaz. Aonde está indo? — quis ele saber, e sua voz era rouca como o coaxar de um sapo-boi. A pele estava muito esticada nas maçãs do rosto; vista de perto, parecia amarelada, como se ele tivesse adoecido recentemente. Os olhos eram encovados, como se afundassem no crânio, com pálpebras caídas e rugas na pele que se fechavam sobre elas.

— Estou indo até o rio — falei. — Tenho que encontrar alguns amigos lá.

— Você está meio fora do caminho; deveria estar caminhando por ali — disse ele, apontando para o que parecia ser uma direção mais ao leste. — Você andou durante toda a noite?

Acenei com a cabeça.

— Ora, nesse caso deve estar com frio e com fome. A sra. Scarabek vai preparar alguma coisa para você comer e deixar que se aqueça perto da fogueira durante algum tempo — disse ele, e apontando para a porta principal da cabana. — Bata baixinho para não acordar o pequeno e peça a ela um pouco de comida para o café da manhã. Diga-lhe que Thin Shaun mandou você.

O Destino   119   LIVRO 8

A aparência do homem era estranha, mas eu precisava urgentemente de comida e abrigo. Fiz um gesto em agradecimento, aproximei-me da cabana e bati levemente à porta, tentando fazer o mínimo barulho possível.

Ouvi as passadas de pés descalços, e uma pequena fresta foi aberta na porta. O interior estava escuro, mas pensei ter conseguido distinguir um único olho que não piscava.

— Thin Shaun me enviou — falei, mantendo a voz baixa para não acordar a criança. — Ele disse que a senhora me daria um pouco de comida para o café da manhã, por favor. Se não for muito incômodo...

Não obtive resposta pelo que pareceu uma eternidade; depois, a porta se abriu silenciosamente e eu vi uma mulher que usava um xale de lã verde. Deve ser a sra. Scarabek, pensei. Ela parecia triste e, a exemplo de Shaun, tinha a pele muito pálida, e olhos com bordas vermelhas que sugeriam que estivera chorando recentemente ou que ficara acordada durante toda a noite. Provavelmente o bebê a havia mantido acordada.

— Entre — disse com voz gentil. Lembro-me de pensar que contrastava com a rouquidão coaxante de Thin Shaun. — Mas deixe seu bastão do lado de fora. Não haverá necessidade de trabalho de caça-feitiço aqui.

Sem desconfiar de nada, obedeci sem fazer perguntas, apoiei meu bastão contra a parede ao lado da janela e entrei na cabana. Era pequena e confortável com uma fogueira de turfa que reluzia na lareira. Dois banquinhos estavam de frente para o fogo, e contra a parede via-se um pequeno berço de balanço; antes de passar para a cozinha, Scarabek pôs a coisa em movimento para manter o bebê feliz.

Alguns momentos depois, ela voltou trazendo uma pequena tigela, que entregou a mim.

— Tome. É tudo que tenho, um pouco de mingau. Somos pobres. Os tempos são difíceis e tenho que pensar nas necessidades da minha família.

Agradeci e comecei a comer o mingau aguado com os dedos. Estava frio e um pouco viscoso, mas, depois do que ela acabara de dizer, tentei não demonstrar meu desagrado com ele. Não tinha realmente um gosto ruim — era apenas um pouco esquisito, com um travo picante. De modo estranho, porém, o mingau deixou a minha boca muito seca.

— Obrigado — falei quando terminei de comer o mingau. — Não acredito que fosse incomodá-la ao pedir um copo de água, não é?

— Você não precisa de água — disse Scarabek misteriosamente. — Por que não deita diante do fogo e descansa seus jovens ossos até escurecer?

As lajes de pedra eram duras e frias, apesar da proximidade do fogo, mas subitamente eu me senti muito cansado, e o que ela sugeriu parecia uma boa ideia. Então, eu me estiquei diante da lareira.

— Feche os olhos — ordenou Scarabek. — Isso seria prudente. Será melhor para todos nós assim que escurecer.

Lembro-me de ter pensado que as palavras dela eram realmente curiosas e me senti confuso. O que ela queria

O Destino 121 LIVRO 8

dizer? Como a escuridão poderia ser "melhor para todos nós"? Além disso, o sol não poderia ter nascido há mais de meia hora. Restavam outras nove horas até o anoitecer. Será que ela esperava que eu ficasse deitado ali durante todo esse tempo? E não havia uma coisa que eu tinha que fazer? Eu tinha que encontrar alguém. Mas não conseguia me lembrar quem era nem onde.

CAPÍTULO 9
PEQUENOS DEDOS FRIOS

Abri os olhos; a cabana estava escura e eu, rígido e com frio. O fogo se apagara, mas havia uma vela acesa na cornija da lareira.

Eu me sentia muito cansado e queria fechar os olhos e voltar a dormir profundamente. Estava prestes a fazer isso quando vi uma coisa que me fez soltar o ar com preocupação. O berço do bebê caíra e estava virado de lado!

Lá estava o bebê com metade do corpo para dentro, metade para fora, ainda enrolado em um cobertor de lã. Tentei chamar a mãe dele, mas, quando abri a boca, tudo que saiu foi um coaxar fraco. Percebi que estava respirando rápido; meu coração se agitava dentro do peito com batimentos irregulares e assustadores, que me fizeram ter medo de que ele estivesse prestes a parar a qualquer minuto. Eu não conseguia mover os braços e as pernas.

Será que eu estava muito doente?, eu me perguntei? Será que eu pegara algum tipo de febre nos pântanos?

Depois, acreditei ver o cobertor do bebê se mover. Ele deu um tipo de puxão e começou a subir e a baixar ritmicamente, sugerindo que a criança ainda respirava e sobrevivera à queda. Tentei chamar a mãe novamente, mas apenas consegui emitir um grito fraco; o esforço lançou meu coração num ritmo veloz e agitado, e comecei a tremer, achando que estava morrendo.

Subitamente, percebi que agora o cobertor de lã se movia de modo diferente. Parecia vir lentamente na minha direção. Qual era a idade do bebê? Será que tinha idade suficiente para engatinhar daquele jeito? Embora estivesse totalmente coberto pelo cobertor e não pudesse ver aonde ia, ele se dirigia para mim. Será que podia ouvir a minha respiração? Será que buscava conforto? Por que Scarabek não viera dar uma olhada nele?

Foi então que ouvi um som estranho. Vinha do bebê. Apesar do silêncio total do cômodo, eu não ouvia qualquer som de respiração — apenas um tipo de clique rítmico. Parecia o som de trincar de dentes. Subitamente fiquei apavorado. Bebês tão pequenos assim não tinham dentes!

Não, tinha que ser outra coisa. No instante em que esse pensamento entrou na minha cabeça, um tremor frio percorreu toda a minha espinha, um aviso de que uma criatura das trevas estava muito próxima. Em desespero, tentei mexer os braços e as pernas, mas eles ainda estavam paralisados. Fiquei deitado ali, observando-o impotente.

Conforme o bebê se aproximava de mim, o cobertor de lã parecia agitar-se, e ouvi um grande arquejo, como se o ser embaixo do cobertor estivesse prendendo a respiração por um longo tempo e agora precisasse desesperadamente de energia para algum esforço imenso.

A criatura alcançou meu pé e parou por alguns instantes. Mais uma vez, ouvi o que parecia ser outra inspiração profunda; dessa vez, porém, identifiquei o som; meu primeiro palpite fora errado. Ela estava farejando — farejando como uma feiticeira, e reunia informações a meu respeito. Deixou minha bota e começou a se mover ao lado do meu corpo, parando na altura do meu peito. Mais uma vez, farejou com um barulho alto.

Estremeci quando então a criatura subiu lentamente no meu peito. Eu me dei conta dos quatro membros pequenos que se moviam pelo meu corpo. Mesmo através das minhas roupas, eles pareciam muito frios, como quatro blocos de gelo. Fosse o que fosse, finalmente chegara ao meu rosto, e comecei a entrar em pânico: meu coração batia com mais força ainda. O que era aquilo? Que coisa terrível estava oculta debaixo do cobertor que se movia?

Tentei rolar para o lado, mas não consegui encontrar forças. Tudo que eu podia fazer era levantar um pouco a minha cabeça. Nem eu conseguiria impedir com as minhas mãos que ele se aproximasse. Elas tremiam inutilmente ao lado do corpo enquanto fios de suor escorriam da minha testa e entravam em meus olhos. Eu não conseguia me defender.

Agora, a criatura alcançara a minha garganta e se erguera um pouco sobre as mãos minúsculas como se quisesse espiar o meu rosto, e isso fez com que o cobertor caísse e, ao mesmo tempo, eu visse o rosto dela.

Esperei ver um monstro, e meus temores se concretizaram totalmente — mas não do modo que eu esperava.

A cabeça não era maior do que a de um bebê de dois ou três meses, mas ele tinha o rosto de um homem pequeno e velho; era malévolo, cheio de uma necessidade desesperada. E parecia muito com Thin Shaun, o cortador de turfa que me enviara até ali para obter comida. Subitamente compreendi que, embora eu tivesse me alimentado, recebido um pouco de mingau aguado, *eu* também era o alimento — a refeição daquele ser grotesco. O que eu comera deveria ter algum tipo de poção para me fazer dormir e me deixar fraco e impotente. Agora, a boca da criatura se abrira bastante e revelava dentes compridos, semelhantes a agulhas, que apontavam para a minha garganta.

Senti os dedos pequenos e frios no meu pescoço; depois, uma pontada súbita e aguda de dor conforme os dentes furavam a minha carne. A criatura começou a sugar e fazer barulho, e eu senti o sangue sendo drenado do meu corpo — e, com ele, a minha vida.

Não tinha forças para resistir. Havia pouca dor, apenas uma sensação de flutuar em direção à morte. Não faço ideia de quanto tempo isso prosseguiu, mas, em seguida, vi que Scarabek caminhava, decidida, até o cômodo e sua sombra bruxuleava no teto sob a luz da vela. Ela cruzou a sala e delicadamente retirou a criatura de cima de mim; conforme ela era afastada, senti um puxão na minha garganta quando os dentes foram retirados. A mulher levou a criatura de volta ao berço, que ainda estava caído de lado, e envolveu-a novamente no cobertor de lã.

Ela começou a cantar para a criatura em voz baixa: uma cantiga de ninar que poderia ter sido usada para acalmar uma criança humana. Depois, ajeitou o berço e colocou a criatura dentro dele, arrumando com cuidado o cobertor para mantê-la aquecida.

Scarabek voltou e baixou os olhos para mim, e eu vi que o rosto dela havia mudado. Antes, ela devia ter usado algum encantamento para se disfarçar. A verdade agora se revelara e eu a reconheci no mesmo instante. Não restava dúvida: ela era a feiticeira celta dos meus sonhos. Eram aqueles os olhos — um verde, outro azul — que eu vira na nuvem quando nos aproximamos da Irlanda e quando enfrentei o boquirroto em Dublin, e estremeci diante da malevolência que irradiava deles.

Mas como isso era possível? Como poderia ter retornado dos mortos, se os cães haviam comido o coração dela?

—Tom Ward! Como você caiu fácil nas minhas mãos! Desde que se aproximou da costa venho observando e esperando! — gritou ela. — Foi necessário o *mais simples* dos feitiços para atrair você à minha cabana. E como você

O Destino 127 LIVRO 8

me obedeceu direitinho, deixando seu precioso bastão na soleira da porta. Agora, está totalmente em meu poder. Minha vida vai terminar em breve, meu espírito será oferecido em sacrifício a Pã. Você também vai morrer, mas somente após sofrer terrivelmente pelo que fez à minha irmã.

Irmãs... Elas eram gêmeas? Eram muito parecidas. Eu queria perguntar, mas estava fraco demais para respirar. Quanto sangue a pequena criatura havia sugado?, eu me perguntei. Fiz um esforço para permanecer consciente, mas minha cabeça começou a girar e mergulhei na escuridão. A feiticeira prometera me fazer sofrer, mas eu já me sentia perto da morte — embora não sentisse medo; somente um cansaço terrível.

Quanto tempo fiquei inconsciente, eu não sei, mas, quando acordei, ouvi vozes: um homem e uma mulher conversavam em voz baixa. Tentei compreender o que eles diziam — algo sobre túmulos antigos e uma viagem para o norte. Finalmente, consegui encontrar forças para abrir os olhos. Os dois estavam parados acima de mim: a feiticeira Scarabek e o homem que se chamava Thin Shaun.

Mas será que ele era realmente um homem ou outra coisa? O capuz fora puxado para trás e revelava uma cabeça emaciada que poderia quase ser a de um cadáver. O crânio estava nitidamente visível, a pele era fina e seca como um pergaminho, e a cabeça calva, coberta com pele ressecada, descamada.

— Ele esconde uma arma mortal no bolso esquerdo da capa — disse Scarabek. — Tire-a dele, Shaun. Não posso suportar o toque dela.

Thin Shaun enfiou a mão no meu bolso. Não tive forças para resistir, e ele retirou a minha corrente de prata. Ao fazer isso, vi a dor em seu rosto: com um tremor, ele a deixou cair no chão, fora do meu alcance.

— Ele usou isso para amarrar a minha irmã antes de ela ser morta. Mas não vai precisar usar de novo. A vida como aprendiz de caça-feitiço acabou. Agora, vamos levá-lo para o norte, Shaun — disse a feiticeira. — Vou feri-lo profundamente e deixar que sinta um pouco do sofrimento que eu senti.

Fiquei desesperado com a perda da corrente de prata, mas, pelo menos, ele não descobrira o cântaro de sangue no meu bolso.

Thin Shaun se aproximou, me ergueu e me jogou por cima do ombro, assim como meu mestre carregaria uma feiticeira amarrada antes de colocá-la em uma cova. Ele me segurou pelas pernas, de modo que minha cabeça pendesse na direção dos calcanhares dele. Faltavam-me forças para resistir, e eu me dei conta de um estranho cheiro de mofo que emanava dele, um odor de locais subterrâneos úmidos. Mas o que realmente me incomodava era a frieza extrema de seu corpo; embora eu pudesse sentir e ouvir a respiração dele, era como se eu estivesse sendo carregado por um cadáver.

Curiosamente, embora meu corpo estivesse fraco, minha mente se tornara estranhamente alerta. Tentei praticar o que o Caça-feitiço me ensinara e observar com cuidado a minha situação.

Deixamos a cabana e caminhamos para o norte: Scarabek tomara a dianteira e levava a criatura no xale de lã, perto do peito como se fosse um bebê humano. Talvez fosse seu familiar. Uma feiticeira costumava dar o próprio sangue ao familiar, mas, com frequência, acrescentava-se o sangue das vítimas a ele. Os familiares mais comuns eram gatos, ratos, aves e rãs, mas, algumas vezes, as feiticeiras usavam uma criatura mais exótica. Eu não tinha um nome para a coisa que ela estava carregando; certamente não fora mencionada no Bestiário do Caça-feitiço. Mas eu estava lidando com uma feiticeira de uma região estranha e desconhecia totalmente seus poderes e hábitos.

Ao leste, o céu começava a clarear. Devo ter dormido durante, pelo menos, um dia e uma noite. O nevoeiro estava subindo e eu conseguia ver a massa de duas montanhas erguendo-se à frente e à direita. E, então, captei a visão de outra coisa: a forma inequívoca de um túmulo antigo — e nos movíamos diretamente para ele. Era pequeno, pouco maior que duas vezes a altura de um homem, e coberto com grama. Quando estávamos a menos de quatro metros, vi um intenso clarão de luz amarela. Ele diminuiu, e vislumbrei a silhueta da feiticeira contra uma abertura redonda.

Instantes depois, a brisa se extinguiu e o ar imediatamente se tornou mais quente; estávamos cercados pela escuridão, bem dentro do túmulo. Houve um repentino clarão de luz, e eu vi que a feiticeira segurava uma vela preta, que ela acabara de acender com magia. No interior do túmulo antigo havia uma mesa, quatro cadeiras e uma cama, para a qual ela apontou.

— Ponha-o ali por enquanto — instruiu ela, e Thin Shaun me derrubou sem cerimônia sobre a cama. — É hora de alimentá-lo novamente...

Fiquei deitado ali por alguns minutos e fiz força para me mover. Eu ainda sofria por causa da estranha paralisia. A feiticeira se dirigiu para outro quarto, mas Shaun continuava parado ali em silêncio, e seus olhos que não piscavam olhavam para mim. Eu começava a me sentir um pouco mais forte, e meu coração e a respiração gradualmente voltavam ao normal. Mas imaginei que agora Scarabek iria me oferecer mais mingau misturado com veneno. Se ao menos eu conseguisse recobrar o pleno uso dos meus braços e pernas.

Ela voltou alguns minutos depois, trazendo uma pequena tigela.

— Erga a cabeça dele, Shaun — ordenou ela.

Com a mão direita, Thin Shaun agarrou meu ombro, ergueu a parte de cima do meu corpo e deixou-a quase ereta. Desta vez, a feiticeira tinha uma pequena colher de madeira e, quando ela a trouxe até mim, segurou minha testa com firmeza enquanto, com a mão esquerda, Shaun empurrava minha mandíbula para baixo e forçava minha boca a ficar bem aberta.

A feiticeira continuou a enfiar o mingau aguado e picante na minha boca até eu ser forçado a engolir ou engasgar. Quando a mistura desceu pela garganta, ela sorriu.

— É o suficiente por agora, pode soltá-lo — disse ela.

— Em excesso isso o matará, e, primeiramente, eu tenho outros planos para ele.

Thin Shaun me deitou na cama e parou ao lado de Scarabek. Eles olharam para mim enquanto minha boca ficava seca e o quarto começava a girar.

— Vamos sair e pegar a garota. — Ouvi a feiticeira dizer. — Ele vai ficar seguro o suficiente aqui.

A garota — *Que garota?*, eu me perguntei. Será que eles se referiam à Alice? E então, mais uma vez, eu senti meu coração agitar-se e caí na escuridão. Durante algum tempo, fiquei inconsciente, mas continuei a ter sonhos em que voava e caía. Por alguma estranha razão, fui forçado a pular de um precipício e abri bem os braços, como se fossem as asas de um pássaro. Mas quando me lancei para baixo desde o céu escuro, o solo que eu não enxergava se apressou a me encontrar.

Senti alguém me sacudir com força pelo ombro; depois, jogaram água fria no meu rosto. Abri os olhos, vi Thin Shaun me fitando e senti seu hálito pútrido. Ele recuou e revelou que havia mais duas pessoas no cômodo. Uma delas era a feiticeira; a outra, Alice.

Meu coração quase parou. Alice parecia desgrenhada e suas mãos estavam amarradas atrás das costas.

— Oh, Tom! — gritou ela. — O que fizeram com você? Você parece tão doente...

Mas a feiticeira a interrompeu.

— Preocupe-se com você, criança! — gritou ela. — Seu tempo na Terra está quase no fim. Em uma hora, eu a entregarei a seu pai, o Maligno.

CAPÍTULO 10
NAS GARRAS DO MALIGNO

Quando Thin Shaun tornou a me erguer, ouvi Scarabek gritar uma palavra de magia negra. Segundos depois, estávamos parados do lado de fora do túmulo antigo. Mais uma vez, apesar da escuridão, via-se a lua crescente; o ar estava gelado, e a geada já se formava sobre o solo pantanoso e fofo.

Caminhamos para o norte. O punho da feiticeira se fechava nos cabelos de Alice enquanto a arrastava. O familiar fora deixado no túmulo antigo.

Alice ficara fora da proteção do cântaro de sangue; então por que, eu me perguntei, o Maligno já não viera atrás dela? Ambos esperávamos que, na primeira oportunidade, ele se vingasse.

Por que a feiticeira o convocaria agora? Nesse caso, o cântaro de sangue impediria que ele se aproximasse. Será que ela sabia a respeito dele? Será que o quebraria e nos entregaria ao Maligno?

A paisagem era sombria e não havia árvores, mas estava coberta com arbustos e sarças, e a feiticeira finalmente nos conduziu a uma moita emaranhada. Ela arrastou Alice até um imenso arbusto com espinhos e amarrou-a pelos cabelos aos galhos entrelaçados. Enquanto eu observava do ombro de Thin Shaun, horrorizado com o que estava acontecendo, Scarabek deu três voltas ao redor da sarça, em sentido anti-horário, e entoou feitiços das trevas. Alice começou a chorar. Seu conhecimento do ofício lhe dizia exatamente o que a feiticeira estava fazendo.

— Oh, Tom! — gritou Alice. — Ela fez um acordo com o Maligno. Ela quer que você sofra também. E ele estará aqui em breve.

— Isso mesmo, ele estará! — concordou Scarabek. — Então, é hora de pôr você ali para que o Maligno venha e pegue a garota. Vamos acabar logo com isso! — ordenou ela a Thin Shaun.

Eu esperara — e torcia — para ser amarrado ao lado de Alice. Sem que a feiticeira soubesse, eu ainda tinha o cântaro de sangue em meu bolso; sendo assim, ele não poderia me machucar.

Mas fui levado para longe dela, acima na encosta. Do alto, olhamos novamente para baixo. Alice parecia minúscula, mas eu ainda conseguia distinguir seu esforço desesperado para se libertar da sarça.

Pouco depois, descobri como eu me enganara a respeito de Scarabek: ela sabia de tudo!

— Estamos longe o suficiente agora — disse ela —, e a garota está além da proteção do cântaro que ela preparou. Portanto, esta é a primeira dor que você vai sentir: você assistirá o Maligno tirar a vida e a alma da sua amiga bonita! Ele está encantado com a oportunidade de fazê-lo sofrer. Mas não se preocupe, não vou deixar que ele ponha as mãos em você! Pretendo entregá-lo à Morrigan.

Subitamente raios cortaram o céu a oeste, e nuvens escuras deslocaram-se para o continente e obscureceram as estrelas. Segundos depois, foram seguidos pelo ribombar de trovões, e então, no silêncio que o acompanhou, ouvi um novo som — o de passos distantes, mas muito pesados, e cada um deles foi acompanhado de um sibilar explosivo.

Embora em grande parte ainda invisível, o Maligno apenas começava a se materializar. Ele assumiria a forma do que as feiticeiras chamavam de "a majestade apavorante", uma forma destinada a incutir medo e assombro em todos que o avistavam. Alguns diziam que essa visão poderia matar uma pessoa no mesmo instante. Sem dúvida, isso era verdade para quem tinha uma predisposição nervosa, mas eu estivera bem próximo dele naquela forma antes e Alice também, e nós dois havíamos sobrevivido ao encontro.

Estávamos longe demais para ver as pegadas que se aproximavam. Elas eram tremendamente quentes, e embora os cascos fendidos pudessem queimar e deixar sua impressão em soalhos de madeira, em um terreno pantanoso e frio como aquele, elas fariam apenas com que o solo respingasse, crepitasse e irrompesse em jorros de vapor a cada contato.

Embora as nuvens estivessem agora quase a meio caminho no céu, a lua ainda estava acima daquela cortina escura que avançava, e sob a sua luz eu vi o Maligno se materializar completamente. Mesmo àquela distância, ele parecia imenso: forte e musculoso, o torso em forma de barril, todo o corpo coberto com pelos tão grossos quanto o couro de um boi. Imensos chifres se curvavam a partir da cabeça, e a cauda serpenteava para cima em um arco atrás dele.

Meu coração fora parar na minha boca enquanto ele caminhava na direção de Alice, que lutava em vão para se livrar das sarças. Eu conseguia ouvir seus gritos de terror. Tentei me libertar do aperto de Thin Shaun, mas ele era muito forte e, fraco como eu estava, meus esforços foram em vão.

Elevando-se acima de Alice, o Maligno baixou a imensa mão esquerda, emaranhou o punho nos cabelos dela, como a feiticeira havia feito, e a afastou da sarça, erguendo-a de modo que o rosto dela estivesse no mesmo nível do dele. Ela gritou mais uma vez quando os cabelos foram puxados do arbusto, e começou a chorar. O Maligno agigantou-se como se pretendesse arrancar a cabeça de Alice.

—Tom! Tom! — gritou ela. — Adeus, Tom. Adeus!

Ao ouvir essas palavras, meu coração subiu para a minha boca e eu mal conseguia respirar. Era isso? Estava realmente acabado? O Maligno a mantinha em suas garras, e não havia mais nada que eu pudesse fazer para salvá-la. Mas como eu viveria sem Alice? As lágrimas começaram a escorrer pelo meu rosto e solucei incontrolavelmente. Era a dor da perda iminente, sim, mas também as dores resultantes da minha ligação com Alice.

Éramos tão próximos que eu sabia exatamente o que ela estava passando. Eu sofria o que ela sofria. Nunca mais estar à vontade neste mundo; antecipar uma eternidade de dor e terror enquanto sua alma padecia nas trevas, a mercê do Maligno, que imaginaria torturas infinitas para compensar o incômodo e a dor que ela lhe causara por minha causa. Tudo por minha causa. Era simplesmente coisa demais para suportar.

Um instante depois, acabou. Fez-se um clarão de luz, um ribombar de trovões e uma explosão de ar quente que queimou nossos rostos. Eu apertei bem os olhos, e, quando fui capaz de tornar a abri-los, o Maligno desaparecera e, com ele, Alice.

Mais uma vez a dor da perda deu um nó em meu estômago. Agora Alice estava além deste mundo; eu nunca me sentira tão solitário. Enquanto Thin Shaun me carregava, Scarabek caminhava a meu lado e cuspia insultos cruéis.

Embora ela sorrisse com satisfação ao ver minhas lágrimas, que desciam copiosamente feito a chuva que caía sobre nós, eu não me importava nem um pouco com suas

O Destino 🦇 137 🦇 LIVRO 8

palavras cruéis. Minhas lágrimas eram por causa de Alice e de mim. Agora o mundo mudara terrivelmente. Eu havia perdido minha mãe e meu pai, e as duas perdas me deixaram arrasado, mas isto era diferente. Esta era uma dor que superava até mesmo aquelas perdas. Eu chamara Alice de minha amiga, andara de mãos dadas com ela, havia sentado ao seu lado. Mas somente agora que ela fora arrancada para sempre eu percebera plenamente a verdade.

Eu amava Alice, e agora ela se fora.

Depois de retirar a criatura do túmulo antigo, voltamos para a cabana, e Thin Shaun me jogou na cama feito um saco de batatas podres.

Scarabek olhou para mim com escárnio.

— Mesmo se você chorasse um oceano — sibilou ela —, sua tristeza nunca conseguirá se aproximar da minha. Eu amava a minha irmã como a mim mesma, pois, na verdade, ela era eu e eu era ela!

— O que você quer dizer? — eu quis saber. Apesar da minha angústia, o caça-feitiço dentro de mim esperava pouco abaixo da superfície. Meu mestre me ensinara a usar cada oportunidade para aprender sobre nossos inimigos e ficar em melhor posição para finalmente derrotá-los.

— Nós éramos gêmeas — respondeu ela. — Feiticeiras gêmeas de um tipo tão raro que somente uma vez antes algo assim foi visto nesta terra. Compartilhamos nossa mente — uma única mente controlava os dois corpos. Eu via através dos olhos dela e ela, através dos meus.

— Mas seus olhos não são como os dela. Um é azul e o outro, verde; por que é assim? — perguntei, curioso.

— Antigamente meus olhos eram azuis, mas após a morte da minha irmã, perambulei pelas Colinas Ocas e busquei poder — retrucou a feiticeira. — Todos que ficam muito tempo ali mudam. Mas éramos mais próximas do que você jamais vai conseguir imaginar. As experiências que ela teve, eu também tive. A dor que ela sentiu, eu senti também. Eu estava lá quando você a traiu e matou. Metade de mim foi arrancada quando ela morreu.

— Se você estava lá, então sabe que eu não a matei — protestei. — Foi meu mestre, Bill Arkwright.

— Não minta! Vocês trabalhavam juntos. Você planejou a morte dela. Era um truque, seu estratagema.

Balancei a cabeça sem força.

— Isso não é verdade. Eu teria mantido a minha parte da barganha.

— Por que eu deveria acreditar no aprendiz de um caça-feitiço? O que você diz pouco importa e não fará diferença nos meus planos.

— O que você vai fazer comigo agora? — indaguei. Era melhor saber o pior. Apesar da minha angústia, eu ainda calculava as chances contra mim; buscava qualquer oportunidade de escapar, por menor que fosse. Minha corrente de prata ainda estava no solo onde Thin Shaun a jogara. Mas, quando olhei para ela do canto do olho, Scarabek me deu um sorriso malvado.

— Esqueça isso. Seus dias de empunhar tal arma acabaram. Você estará fraco demais para usá-la, servindo de refeição para Konal. Ele vai estar faminto novamente em uma hora.

— Konal é seu familiar?

A feiticeira balançou a cabeça.

— Não. Konal é meu amado filho, e seu pai é Thin Shaun, o guardião do túmulo antigo, cujo tempo na Terra está chegando ao fim. O guardião tem apenas um filho, que nasce de uma feiticeira; a criança que o substituirá e continuará seu ofício.

— O guardião? Por que ele é chamado assim?

— O nome é adequado. Os guardiões cuidam dos muitos túmulos que estão espalhados pela região. Antigamente, eles continham os ossos dos mortos antigos, mas agora são refúgios para as feiticeiras celtas. Shaun mantém a magia forte e acalma aqueles que a fizeram, pois seus espíritos nunca estão muito longe. E oferece sangue para eles.

Um pensamento terrível me atingiu. Será que Thin Shaun precisava de sangue como o filho? Ergui o olhar para o guardião, que me deu um sorriso cruel.

— Eu vejo o medo em sua face — disse ele. — Você acha que quero drenar você também? Estou certo?

Eu me encolhi para longe dele. Será que ele podia ler a minha mente?

— Ora, você não precisa ter medo por causa disso — disse Thin Shaun. — Eu ofereço o sangue de animais. É muito raro um guardião retirar sangue humano. Entretanto, se a sede é muita, ele drena as vítimas até sua morte.

— Mas nada disso interessa a você, que talvez tenha menos de uma semana para viver — interrompeu a feiticeira. — Em breve, estaremos em Killorglin, e o seu sofrimento se intensificará. Já conversamos o suficiente. Shaun, traga mais mingau!

Eles me obrigaram novamente a comer, desta vez, uma porção pequena; depois, enquanto eu ficava deitado ali, com a boca seca e uma sensação áspera na garganta, o mundo começou a girar e a feiticeira trouxe a criança até onde eu estava deitado. Ela descobriu parcialmente o cobertor e deitou Konal perto do meu pescoço. Poucos minutos depois, senti seus dentes pontiagudos me furando, e, enquanto Scarabek me observava e sorria, o sangue começou a ser drenado lentamente.

Meus pensamentos ainda se ocupavam do destino de Alice, e a tristeza alojada em minha garganta e no peito quase me fazia engasgar. Era um alívio ficar mais fraco; o mingau envenenado e a lenta perda de sangue me lançaram em uma inconsciência piedosa.

CAPÍTULO 11
O BODE DE KILLORGLIN

Lembro-me de pouca coisa. Acho que usamos cavalos — como se fosse muito longe, eu ouvi o som de cascos e meu corpo se agitava e balançava repetidamente. Não tinha certeza se estava em uma carroça ou amarrado às costas de um pônei — talvez, ao longo da jornada, as duas coisas.

A recordação clara que tenho em seguida é de que estava sentado num montinho de palha suja em um sótão imundo. Estava cheio de lixo e havia cortinas de imensas teias de aranha cobertas com carcaças ressecadas de moscas; as aranhas estavam enroladas em cantos escuros, prontas para pular em cima da vítima seguinte. A luz do dia entrava pela única janela, uma claraboia no teto inclinado, diretamente acima de mim. Eu ouvi o grasnido e o tamborilar de gaivotas caminhando no telhado. Estava sozinho no cômodo, com as mãos amarradas atrás das costas, embora minhas pernas estivessem livres.

Eu me sentia trêmulo, mas na segunda tentativa consegui fazer um esforço e ficar de pé. E ouvi outros sons: o ocasional *clip-clop* de cascos, e pessoas gritando à maneira cantada dos mercadores de feira. Suspeitei que agora eu voltara a Killorglin. Inclinei-me contra a maçaneta da porta, mas ela estava trancada; por isso, dei a volta no sótão e procurei alguma coisa que pudesse usar para me ajudar a fugir. Talvez alguma coisa afiada para cortar as cordas...

Nem bem eu começara minha busca, o cômodo ficou escuro. Seria uma nuvem pesada no céu que encobrira o sol? Ou uma tempestade que se aproximava? Os sons da rua também desapareceram aos poucos até que não consegui ouvir mais nada do outro lado das paredes da minha prisão: eu fora aprisionado num casulo de silêncio.

Em seguida, a temperatura começou a cair e me avisou da aproximação de uma criatura das trevas. Sentei-me, encolhido, com as costas contra a parede, de modo que nada pudesse chegar perto de mim por trás. Eu não tinha armas para me defender. Se ao menos as minhas mãos estivessem livres, pensei. O fato de estarem amarradas fazia com que eu me sentisse vulnerável.

Alguma coisa começou a murmurar no meu ouvido. No início, pensei que poderia ser um boquirroto, e todo o meu corpo se sacudiu com medo, mas depois percebi que se tratava de outro tipo de espírito. Suas palavras, ditas pela metade, eram ininteligíveis, mas tinham uma força malévola. Momentos depois, outras criaturas se juntaram a ela — eu não tinha certeza de quantas eram, mas as entidades estavam próximas e vi clarões de uma luz roxa sinistra enquanto davam a volta no sótão sombrio e se aproximavam cada vez mais. Dedos finos começaram a puxar minhas orelhas e então mãos poderosas se agarraram à minha garganta e começaram a apertar. Era um fantasma estrangulador, poderoso, e eu estava impotente contra ele.

Um sétimo filho de um sétimo filho tem certa imunidade contra tais espíritos perigosos, mas eu nunca encontrara um tão forte; comecei a sufocar quando dedos invisíveis apertaram a minha traqueia. Lutei para respirar e tentei pensar em alguma coisa do meu treinamento que pudesse me ajudar. Ofeguei e senti minha consciência se esvair.

Mas então, subitamente, a pressão no pescoço diminuiu e o murmúrio das vozes felizmente silenciou. No entanto, meu alívio durou apenas segundos porque uma voz profunda e assustadora as substituiu — a voz do Maligno.

— Sua pequena amiga, Alice, agora está aqui comigo — provocou ele. — Você gostaria de ouvi-la?

Antes que eu pudesse responder, ouvi alguém soluçar. Os sons pareciam me alcançar de uma grande distância, mas eu escutava uma garota chorando. Seria, de fato, Alice ou era um truque do Maligno? Não era sem motivo que um de seus títulos era Pai das Mentiras.

— Ela está com medo e sofrendo, Tom. Você duvida? Em breve, vai se juntar a ela. Falta pouco para poder alcançá-lo agora. Você está perto... muito, muito perto.

Era verdade. Eu não podia vê-lo, mas senti o hálito quente e fétido em meu rosto e a proximidade de algo imenso e assustador. O Maligno estava agachado sobre mim e se esticava para me agarrar.

— Você gostaria de falar com a sua amiga, Tom? Talvez ouvir a sua voz diminua um pouco o sofrimento dela... — disse com voz áspera.

Mesmo eu sabendo não ser uma boa ideia, chamei o nome de Alice. Eu simplesmente não suportava os gritos dela na escuridão.

— Alice! Alice! Sou eu, Tom — gritei. — Aguente, seja forte. Eu vou tirar você daí! Vou trazer você para casa!

— Mentiroso! — gritou Alice. — Não minta para mim. Você não é o Tom. Já fui enganada o suficiente!

— Sou eu, Alice, juro.

— Diabo! Demônio! Apenas me deixe em paz.

Como eu poderia convencê-la de que era realmente eu? O que eu poderia dizer para provar uma coisa dessas acima de qualquer dúvida? Antes que eu pudesse pensar em algo, Alice começou a gritar que estava sentindo dores terríveis.

— Por favor, pare de me machucar. Pare! Pare! Não posso suportar mais. Oh, por favor, não faça isso!

Então, ela parou de implorar, mas começou a chorar e gemer como se estivesse sentindo muita dor.

— Já ouviu o suficiente, Tom? — perguntou o Maligno. — Não falta muito para você compartilhar do tormento dela. E o que ela está passando é muito pior do que o que passa uma feiticeira que está sendo testada. Pense nas pontadas de alfinetes pontiagudos; imagine o peso de pedras pesadas apertando o peito; sinta as chamas do fogo bruxuleando cada vez mais perto de você. A carne borbulha e o sangue ferve. A dor é imensa, mas a morte finalmente traz

O Destino 145 LIVRO 8

alívio. Para Alice, porém, não há descanso. Ela está aprisionada nas trevas para tormentos eternos. Eternos! Isso significa que vão durar *para sempre*! E, em breve, voltarei para pegar você. O poder do cântaro está acabando.

Senti que o Maligno se afastava de mim, e os gritos de Alice foram se extinguindo até eu ser deixado em silêncio novamente. Eu tremia por causa da emoção. Não podia fazer nada para ajudar Alice; isso era mais do que eu podia suportar.

Gradualmente as coisas foram retornando ao normal: os gritos dos vendedores de rua podiam ser ouvidos do lado de fora e o sótão começou a ficar cada vez mais claro. Esforcei-me para ficar de pé e, quase louco pelo que ouvira, cambaleei de uma parede à outra até cair e perder mais uma vez a consciência.

O que me lembro a seguir é que Thin Shaun estava me sacudindo pelos ombros.

Eu estava sentado com as costas contra a parede ao lado da porta. No soalho, ao meu lado, havia uma tigela de um líquido escuro e fumegante, e uma colher. Shaun mergulhou a colher e colocou-a lentamente na minha boca. Tentei me virar, mas ele segurou a minha cabeça com a mão livre e empurrou a colher com força contra os meus lábios. Grande parte do líquido quente foi derramada, mas percebi que não havia um travo picante — não era o mingau envenenado. Tinha gosto de sopa de rabada.

— Não há nada aqui para lhe fazer mal — disse Thin Shaun. — É para você se alimentar. — Ele deu um sorriso malvado. — Para manter você vivo mais um pouco.

Eu não tinha certeza se acreditava ou não nele, mas estava fraco e cansado demais para resistir e permiti que ele me desse a sopa até o fim.

Shaun destrancou a porta e me carregou para fora do sótão, mais uma vez jogado sobre o ombro dele como um saco de batatas. Agora era noite e a praça estava deserta, senão por um grupo de vultos encapuzados que se reuniam em volta de uma estrutura de madeira alta localizada no ponto mais alto do local da feira, triangular e em declive. Notei que a torre de madeira fora reconstruída.

Ao lado da estrutura, via-se um imenso bloco de pedras com uma estranha depressão curva no topo. Eu já vira um desses antes na aldeia de Topley, perto da fazenda onde eu nascera. Havia mais de cem anos não usavam aquele bloco, mas ninguém se esquecia de sua finalidade. Era um bloco de execução. A vítima apoiava a cabeça na pedra antes de o carrasco cortá-la.

Thin Shaun me colocou de pé e eu fiquei parado ali, balançando. A feiticeira agarrou meu braço para me equilibrar, e eu olhei nos olhos dela.

— Diga olá ao seu novo amigo! — zombou ela. —Vocês dois estão aqui para uma desagradável surpresa.

Na outra mão, ela segurava a coleira de um imenso bode. Na frente dos chifres, uma coroa de bronze fora presa à cabeça dele com arame farpado, que estava salpicado com o sangue do animal.

— Conheça o rei Puck! — continuou Scarabek. — Vocês dois vão dividir a plataforma, e a loucura e a dor que acompanham essa honra. Antes do fim da noite, convocaremos Pã.

O bode foi conduzido para as tábuas de madeira e amarrado bem apertado com correntes de prata ao redor das patas traseiras e preso a anéis de ferro. Desse modo, o animal foi confinado e poderia ser erguido. Fui empurrado para a plataforma, forçado a me ajoelhar ao lado do bode e, em seguida, me vendaram; minhas mãos ainda estavam amarradas atrás das costas. As tábuas de madeira começaram a estalar e a gemer enquanto, usando um sistema de cordas e polias, quatro homens começaram a nos erguer lentamente. Assim que a plataforma alcançara o topo da coluna de madeira, eles fixaram as cordas na posição para nos manter ali.

O bode começou a balir e a lutar, mas não conseguia se libertar. Eu me sentei e, de alguma forma, girei a cabeça e os ombros para deslocar a venda em meus olhos. Analisei o que estava à minha volta. Até onde eu conseguia ver, nenhum guarda ficara para me vigiar. Baixei os olhos para o local da feira com calçamento de pedras e telhados circundantes. Ao longe, eu era capaz de distinguir a ponte que cruzava o rio. O caça-feitiço em mim começou a avaliar as minhas chances de escapar.

E a escuridão desceu rapidamente. A não ser pelos magos e seus seguidores, a cidade parecia deserta. Sem dúvida, as pessoas estavam escondidas atrás de portas trancadas e obstruídas. Mais abaixo, ouvi o cântico se iniciar, e um frio percorreu a minha espinha de cima a baixo.

Os magos começaram a invocação.

Os cantos iniciais pareceram não ter efeito, mas eu notei que a brisa primeiro diminuiu, depois desapareceu completamente, e o ar tornou-se parado. Também parecia artificialmente quente, quase como uma noite agradável em pleno verão.

Em seguida, os magos arrumaram um círculo de velas sobre as pedras do calçamento ao redor da base da torre oca de madeira — contei treze; eles fizeram uma fileira, lentamente deram a volta nelas em sentido anti-horário, e seus cânticos aos poucos ficaram mais altos. O bode, que havia puxado as correntes e balido desesperadamente, agora estava parado e em silêncio — de tal forma que ele poderia ser considerado uma estátua. Mas então, após cerca de dez minutos, percebi que seu corpo inteiro tremia. As vozes se elevaram cada vez mais alto e culminaram num grito agudo das treze gargantas mais abaixo.

Naquele momento, o bode estremeceu e esvaziou suas entranhas; aquela nojeira viscosa espalhou-se pelas tábuas de madeira, e um pouco dela pingou sobre o calçamento de pedras mais abaixo. O fedor quase me fez vomitar e eu me afastei bem para a beirada, grato pela onda marrom ter parado pouco antes de mim.

Quando olhei novamente para baixo, os magos estavam indo embora. Percebi que era impossível descer da torre de madeira alta com as mãos amarradas; portanto, parecia prudente conservar a minha energia. Inclinei-me contra um poste largo de madeira, encolhi os joelhos e tentei adormecer. No entanto, foi em vão. Sob a influência do mingau com veneno, eu passara a maior parte dos dois dias anteriores inconsciente, e agora estava totalmente desperto.

Então, passei uma noite longa e infeliz com o bode na plataforma alta e tentei desesperadamente pensar em um modo de escapar. Mas não conseguia me concentrar — minha mente voltava às mesmas perguntas. O que acontecera a meu mestre depois que escapáramos do castelo? Será que ele tinha conseguido evitar a captura? Mas, sobretudo, sentia a angústia pela perda de Alice. Esses pensamentos davam voltas sem parar na minha mente, mas a única emoção ausente era o medo. Minha própria morte me aguardava a não mais que alguns dias e, ainda assim, por alguma razão, eu não estava nem um pouco temeroso.

O medo veio justamente pouco antes do amanhecer sob a luz suave da lua que desaparecia.

Subitamente percebi que o bode me fitava com atenção. Nossos olhos se encontraram e, por um momento, o mundo começou a girar. A cara do bode se modificava conforme eu a observava, e se esticava e contorcia de modo impossível.

Agora eu estava com medo. Será que a transformação ocorria porque Pã estava entrando no corpo dele? Eu quase acreditara que os rituais não tinham funcionado, mas então, com um tremor, percebi que talvez estivesse errado. Eu poderia acabar dividindo uma plataforma com um deus antigo famoso por levar medo e loucura àqueles de quem ele se aproximava.

Subitamente o bode soltou um balido alto e meu momento de terror passou. Um vento frio erguia-se e soprava do nordeste, e comecei a estremecer.

• • •

Ao amanhecer, os magos retornaram à praça e baixaram a plataforma até o chão. Fui arrastado sobre o calçamento de pedras enquanto felizmente alguém limpava a sujeira do bode nas tábuas de madeira. Minhas mãos foram desamarradas, e jogaram para mim uma tigela de sopa quente e duas fatias de pão grosso.

— Não queremos que você morra tão cedo! — disse um dos magos com voz maliciosa.

Comi vorazmente enquanto o bode também se alimentava e bebia água. Cercado por dezenas de olhos atentos, eu não tinha chance de escapar. Quando a tigela vazia foi tirada de mim, os magos recuaram e permitiram que um homem imenso e com a cabeça raspada desse um passo à frente e me confrontasse. Eu o reconheci de imediato.

— Baixe a cabeça, garoto! — sibilou uma voz no meu ouvido. — Este é Magister Doolan.

Quando hesitei, minha cabeça foi agarrada rudemente por trás e forçada para baixo. Assim que consegui esticar de novo o pescoço, ergui os olhos para o rosto do mais poderoso dos magos bodes, o que chamavam de Açougueiro de Bantry. Quando seus olhos encontraram os meus, vi que, na verdade, eram os olhos de um fanático: eles reluziam. Ali estava um homem com uma mente inflexível que faria qualquer coisa para avançar com sua causa.

— Você está aqui para sofrer, garoto — disse ele, erguendo a voz de modo que os magos reunidos pudessem ouvir todas as suas palavras. — Seu sofrimento é nosso

presente para Scarabek, em agradecimento por sua genero-
sidade ao oferecer a vida dela para a nossa causa. A vida de
um aprendiz de caça-feitiço deverá ser uma adição muito
bem-vinda aos nossos sacrifícios. E também servirá de lição
a qualquer um que pense em se opor a nós.

Ele apontou para o bloco do carrasco e sorriu com
frieza; depois, minhas mãos foram amarradas mais uma vez
e eu fui erguido até lá em cima.

Uma hora depois, o trecho triangular com calçamento
de pedras estava cheio de barracas. O gado foi conduzido
através das ruas até os cercados. Ao longo do dia, as pessoas foram se tornando mais barulhentas e sentavam-se nas
entradas das casas ou relaxavam apoiadas nas paredes, com
canecas de cerveja na mão. Aquela era a primeira manhã
dos três dias de feira, e os habitantes de Killorglin — além
daqueles que tinham viajado muitos quilômetros para estar
ali — começavam a se divertir com os festejos.

Quando o sol se pôs atrás das casas, o local da feira
tornou a ficar vazio. A plataforma foi baixada e eu fui
arrastado para a área com calçamento de pedras. Magister
Doolan aguardava com seu imenso machado de duas
lâminas. Agora ele se vestira de preto como um carrasco,
com luvas de couro e um comprido avental de couro de
açougueiro. Mas havia tiras de couro que cruzavam todo o
seu corpo: elas sustentavam facas e outras ferramentas de
metal, e me lembrei de Grimalkin, a feiticeira assassina,
que carregava suas armas de maneira semelhante. Ele se

virou e me olhou de cima a baixo como se estivesse avaliando o tamanho do caixão para mim, e então me deu um sorriso malvado.

Durante um momento apavorante, pensei que seria executado naquele instante. Mas eu estava enganado. Não havia sinal da feiticeira, mas ao lado do carrasco estava Cormac, o mago que tínhamos interrogado. Parecia que o momento de sua morte chegara. As velas foram acesas, e os magos se reuniram em torno da pedra de execução.

Cormac se ajoelhou e colocou o pescoço na cavidade da pedra. Abaixo de sua cabeça, estava um balde de metal. Alguém deixara o bode de pé ao lado do balde. Para minha surpresa, ele colocou a língua para fora e lambeu três vezes a bochecha do mago; depois, baliu baixinho. Ao ouvir isso, os outros magos acenaram com a cabeça e sorriram. Pareciam se parabenizar. Aparentemente, o ritual estava indo bem.

Doolan abriu a gola da camisa de Cormac e expôs seu pescoço. Depois, ergueu o machado de duas lâminas. Um dos magos que observava a cena começou a soprar num pequeno instrumento musical. Ele consistia de cinco cilindros finos de metal amarrados em fileira. O som era agudo, como o de uma flauta, e isso me recordou o vento assobiando através dos juncos na margem do lago. O som era melancólico — cheio de tristeza pela perda e pela morte inevitável.

Os magos começaram a cantar em uníssono; um lamento rítmico. Subitamente as duas vozes e as flautas ficaram em silêncio e eu vi o machado descer num arco

O Destino 153 LIVRO 8

rápido. Fechei os olhos e ouvi a lâmina de metal acertar a pedra; depois, algo caiu pesadamente dentro do balde. Quando tornei a olhar, Doolan segurava a cabeça de Cormac pelos cabelos e a sacudia por cima do bode para que o pescoço cortado borrifasse nele gotas de sangue. Pouco depois, o bode lambia vorazmente o sangue do homem de dentro do balde — sob efeito de algum feitiço de magia negra.

Cinco minutos depois, eles estavam prontos para erguer novamente a plataforma. Desta vez, não se preocuparam em me alimentar. De qualquer forma, eu não estava com fome: sentia-me enjoado pelo que havia testemunhado. Mesmo assim, eles esticaram um copo d'água até meus lábios e eu consegui dar quatro ou cinco goles.

No alto mais uma vez, observei os magos: o procedimento era exatamente o mesmo da noite anterior. Eles davam voltas em torno das velas, em sentido anti-horário. Desta vez, quando os cânticos alcançaram um clímax estridente, o bode simplesmente virou a cabeça e olhou direto para mim.

Será que um bode podia sorrir? Tudo que sei dizer é que ele parecia estar zombando de mim, e um calafrio desceu pela minha espinha. Agora eu tinha certeza de que o ritual estava funcionando. A qualquer momento, Pã entraria no corpo do animal e eu me sentaria naquela pequena plataforma ao lado dele e encararia a loucura e o terror.

A noite parecia interminável. Os magos foram embora e o vento soprava agora pelos telhados, impelindo rajadas de chuva fria no meu rosto. Dei as costas para tudo aquilo, baixei a cabeça e balancei-a para frente repetidas vezes até o capuz descer sobre ela. Depois, me agachei e tentei me proteger da melhor forma possível. Mas era inútil, e logo eu estava encharcado até os ossos. O bode começou a balir, cada vez mais alto; depois de algum tempo, parecia até que ele chamava o meu nome; em seguida, ria de modo insano. Com as mãos amarradas, eu não podia enfiar o dedo nos ouvidos para abafar o barulho.

Finalmente, o céu ficou mais claro e, em poucas horas, a feira estava novamente cheia de pessoas.

Voltara a escurecer, e a chuva começou a diminuir no momento em que a plataforma foi baixada e eu pus os pés no calçamento de pedras. Eu tremia por causa do frio. Agora estava realmente faminto e feliz com o prato de cordeiro e pão seco que os captores me ofereceram assim que minhas mãos foram desamarradas. Comi toda a comida com apetite.

Meus instintos me disseram que alguma coisa ia acontecer. Será que era a vez de a feiticeira ser sacrificada? Meu estômago deu um nó de nervoso ao pensar naquilo. Antes de morrer, sem dúvida, ela ia querer completar a vingança. Mas se eu estivesse prestes a ser executado agora, por que eles haviam se incomodado em me alimentar? O tempo passava. Os magos começaram a ficar agitados. E, então, Doolan chegou, com o machado sobre o ombro.

— Scarabek desapareceu — rosnou ele. — Acho difícil acreditar que ela nos decepcionaria desse jeito.

— E quanto ao guardião do túmulo antigo, senhor? — perguntou um dos magos.

—Também não há sinal dele, mas não podemos falhar agora! — gritou o Açougueiro. — Não quando as coisas estavam indo tão bem. Dois sacrifícios já foram feitos. — Ele se virou na minha direção e me fitou com os olhos cruéis e frios. — Executaremos o garoto primeiro para completar os três. Ele poderá apaziguar Pã até Scarabek retornar.

Ouviu-se um murmúrio de aprovação, e Doolan começou a calçar as luvas. Mãos ásperas me agarraram e arrastaram até o bloco de execução.

CAPÍTULO 12

PÃ, O DEUS ANTIGO

Havia simplesmente um número grande demais deles — eu não tinha esperança de resistir àquela força combinada. Os magos me forçaram a ficar de joelhos e, segundos depois, meu pescoço foi posicionado contra a pedra fria e úmida.

Comecei a tremer. Maior que o medo do machado era o fato de saber que, no momento da minha morte, eu seria imediatamente levado pelo Maligno. Lutei mais uma vez, mas alguém segurava meus cabelos e mantinha minha cabeça abaixada e o pescoço exposto, pronto para o machado; meus braços esticados eram puxados com tanta força que corriam o risco de serem arrancados das articulações. Eu estava impotente.

Percebi que o machado fora erguido, me retesei por causa do inevitável golpe e fechei bem os olhos. Tudo estava

O DESTINO 157 LIVRO 8

acabado. Pensei no Caça-feitiço. Eu falhara com ele. Depois, no último momento, ouvi passos caminhando na nossa direção.

— Esperem! — gritou uma voz que reconheci no mesmo instante. Era Thin Shaun, o guardião do túmulo antigo.

— Onde está Scarabek? — quis saber o Açougueiro.

— Ela vai pôr de boa vontade sua cabeça no bloco, não se preocupem — disse Thin Shaun. — Ponho minhas mãos no fogo por ela. Por que matar o garoto agora? Scarabek ainda não acabou com ele. Ainda resta o dia de amanhã. Garanto que então ela estará aqui.

— Mais uma vez eu lhe pergunto: onde ela está agora?

— Ela está presa, mas vou atrás dela para libertá-la. Ela não foi levada para muito longe...

— Nossos inimigos a pegaram; a Aliança?

— Inimigos a pegaram, sim, mas não são aqueles que conhecemos — respondeu Shaun. — Certamente, eles devem ter poder, pois levaram-na de surpresa. Mas vão se arrepender disso. Eles ainda terão que enfrentar a minha ira. Eu sou o guardião dos túmulos antigos. Eles desejarão nunca terem nascido!

Embora falasse em "ira", Thin Shaun parecia muito calmo e exibia pouca emoção. Perguntei-me se ele realmente era humano.

Ergueram-me para eu ficar de pé e continuei parado ali, tremendo, enquanto os magos se afastavam para discutir as novidades que Shaun trouxera. Dois servos ainda seguravam meus braços. De qualquer forma, eu estava fraco demais para correr.

Joseph Delaney 158 AS AVENTURAS DO CAÇA-FEITIÇO

Doolan voltou e dirigiu-se a Thin Shaun.

— Você tem até a mesma hora de amanhã à noite, quando realizaremos o quarto e último ritual; caso contrário, mataremos o garoto no lugar dela. Para nossos esforços serem bem-sucedidos, será fundamental que Scarabek esteja aqui voluntariamente.

Shaun acenou com a cabeça e partiu em seguida. Minhas mãos foram novamente amarradas e arrastaram-me para a plataforma perto do bode. Ela foi erguida rapidamente no ar e me ajoelhei em choque. Eu estivera muito próximo da morte e sentira o machado começando a baixar.

Assim que recuperei meus sentidos, pensei sobre o que Thin Shaun dissera. Quem poderia ter raptado Scarabek? Ela era poderosa — nada fácil de dominar. Talvez tivesse sido o Caça-feitiço? Afinal, Shaun afirmara que alguém "desconhecido" fizera isso. Nesse caso, meu mestre estaria correndo um grave perigo.

A noite passou com extrema lentidão e, muito antes de amanhecer, o bode começou a balir lastimosamente, como se sentisse dor. Sob o luar pálido, vi gotas de sangue pingarem das feridas na cabeça dele, onde o arame farpado o ferira. O sangue escorria pelo rosto, circulava os olhos e alcançava a boca, de onde emergia a língua que começava a lambê-lo.

Em seguida, os gritos do bode mudaram dramaticamente; tornaram-se poderosos, como se emitissem um desafio. Eu queria desviar o olhar, mas era incapaz de fazer

O DESTINO 🦇 159 🦇 LIVRO 8

isso: fui forçado a observar a cara dele começar a se distorcer e mudar para algo metade humano, metade animal.

Então veio o *temor* — uma sensação de terror causada por algo ofensivo e terrível —, mas era diferente do *temor* lançado por qualquer feiticeira. Eu enfrentara esses feitiços antes e costumava saber como superar seus efeitos. Mas aquilo tinha algo a mais, um ingrediente adicional: um toque de *compulsão* também. Senti uma necessidade súbita de me aproximar do animal, uma necessidade de tocá-lo. Incapaz de me controlar, eu me arrastei, de joelhos, até ficar tão perto que o hálito fétido da criatura me invadiu.

Agora o bode se transformara totalmente. Eu estava na presença de Pã. Ele tinha uma cara humana com um traço de bestialidade; selvagem e enrugada, destruída pelo clima. Os chifres haviam sumido, mas os cascos permaneciam; a única outra característica animal que restara foram os olhos: as pupilas eram fendas pretas que brilhavam de modo insano.

Pã oscilou nas quatro patas e ficou de pé, empertigado, erguendo-se acima de mim, com os cascos traseiros ainda amarrados pelas correntes de prata. E então deu uma risada longa e alta — com a hilaridade incontrolável e delirante dos loucos. Não diziam que ele deixava loucas as suas vítimas? Eu me sentia totalmente lúcido; meus pensamentos pareciam ordenados e lógicos. Tinha medo, sim, e respirava fundo para me acalmar, mas por enquanto parecia que o louco era ele, não eu.

Será que ser um aprendiz de caça-feitiço me ajudava a permanecer relativamente racional? Nem bem essa ideia entrara na minha mente, tudo começou a girar e eu fui lançado na mais completa escuridão. Senti como se estivesse caindo. Era como se a estrutura de madeira tivesse desmoronado abaixo de mim e eu me precipitasse direto para o calçamento de pedras.

Ouvi o vento soprar através dos juncos e a água fluir como música nas rochas próximas. Eu estava deitado de costas e imediatamente abri meus olhos e me sentei; a primeira coisa que percebi foi que minhas mãos não estavam mais amarradas.

Eu estava sentado na encosta gramada de um rio que reluzia como prata. Ergui o olhar e esperei ver a lua, mas o céu estava escuro. Então, notei que *tudo* à minha volta brilhava com uma fraca luz prateada. Na margem do rio, juncos altos balançavam com ritmo sob o vento leve que soprava na minha direção. E também emitiam aquele brilho prateado.

Onde eu estava? Como aquilo era possível? Era um sonho? Neste caso, eu estava estranhamente consciente: podia sentir o cheiro de flores na brisa, e o solo parecia muito sólido aos meus pés. À minha esquerda estava o limite de uma floresta, que continuava na outra margem. Havia árvores decíduas até onde os olhos podiam ver, os galhos estavam pesados com flores, e o clima era agradável. Parecia ser pleno verão, não a friagem anterior à primavera de Killorglin.

Fiquei de pé e ouvi um novo som. No início, pensei que fosse um sopro do vento que agitava os juncos, mas havia notas definidas e achei aquilo irresistível. Eu queria ouvir mais.

Por isso, parti rio acima na direção do som e cheguei a uma clareira ampla e coberta de relva, onde tive uma visão impressionante. Ela estava cheia de centenas de animais — a maior parte, coelhos e lebres, mas havia algumas raposas e dois texugos, e todos olhavam na direção da fonte da música, com olhos arregalados e sem piscar, como se estivessem hipnotizados. Além disso, todas as árvores ao redor estavam cheias de pássaros de todos os tipos.

Um jovem, sentado sobre uma pedra, tocava uma flauta. Ela parecia ser feita de um simples junco, mas a música que ele criava era linda. Seus cabelos eram compridos, o rosto, muito pálido, e ele vestia uma roupa que parecia feita de relva e folhas. O rosto era totalmente humano, a não ser pelas orelhas, alongadas e pontudas. Os pés estavam descalços e as unhas dos dedos dos pés eram tão compridas que se curvavam em uma espiral.

Como eu tinha lido o Bestiário do Caça-feitiço, sabia que devia ser Pã. Essa era a sua forma menos ameaçadora. Algumas vezes, com a aparência de um garoto, o deus era considerado benevolente, a força vital da própria natureza.

O garoto ergueu o olhar e parou de tocar. Imediatamente as criaturas da floresta fugiram e o feitiço da música se rompeu. Em alguns segundos, restáramos apenas nós dois.

— Onde estou? — perguntei. Eu me sentia muito calmo e nem um pouco temeroso.

— Tem importância o lugar no qual você se encontra? — perguntou o garoto. Ele sorriu de modo agradável, mas as palavras seguintes me encheram de súbito terror. — Eu o trouxe para a região onde eu moro. Aqui é o que você chama de "as trevas", o lugar que você mais teme!

CAPÍTULO 13
UM PACTO

Ergui os olhos para as árvores, que ainda reluziam com a luz prateada. Seria aquilo tudo *realmente* as trevas?, eu me perguntei. Certamente não era o que eu havia imaginado. Mas Pã estava certo. Fora o meu maior medo de todos — ser arrastado para as trevas após a minha morte. Só que eu tinha imaginado que seria o Maligno quem faria isso.

— Não imaginei que as trevas fossem assim — falei, e minha voz não passou de um murmúrio.

— Porque isso não são as trevas — retrucou Pã com delicadeza.

— Mas você acabou de dizer que eram...

— Ouça com atenção, garoto. Falei que é um lugar que vocês *chamam* de as trevas. Na verdade, este é um mundo de sombras que se encontra entre o Limbo e as trevas. É um local de descanso. Para mim, são as Colinas Ocas, mas o povo da Irlanda chama de Tech Duinn: ou, algumas vezes, de Outro Mundo. Os deuses deles gostam deste lugar, bem como seus heróis mortos. Mas a maioria dos seres humanos não pode ficar aqui por muito tempo; suas lembranças desvanecem na luz prateada e se perdem para sempre. Somente os heróis resistem. Mas você não tem que temer isso agora, porque apenas a sua alma está aqui. Seu corpo se encontra na plataforma com aquele animal fedorento.

— E a Morrigan? Ela está aqui também? — perguntei, e, nervoso, ergui o olhar para as árvores.

— Ela vem aqui de vez em quando, mas não está aqui agora.

— Eu morri? — quis saber.

— Não ainda — retrucou Pã —, mas, se ficar aqui por muito mais tempo, certamente morrerá. Seu corpo mal respira. Você tem que retornar o mais rápido possível; portanto, não vamos perder tempo. Eu o trouxe aqui para que pudéssemos conversar. Isso exigiu todas as minhas forças: eu continuo sendo arrastado de volta para o corpo do bode, e está se tornando mais difícil resistir à magia negra dos magos. Ficar no seu mundo me enlouquece; e eu infecto outras pessoas com a mesma loucura.

— Sobre o que você quer conversar? — perguntei. Será que ele ia realmente me devolver ao mundo?

— Eu preciso que você faça uma coisa para mim. Em troca, você poderá manter a sanidade.

Acenei a cabeça com cautela. O que um dos deuses antigos poderia querer de mim? O que eu poderia fazer que ele mesmo não conseguiria?

— Tudo que você tem que fazer é soltar os cascos do bode das correntes de prata que o amarram.

— Como posso fazer isso? Minhas mãos estão amarradas — recordei.

— Você pensará em alguma coisa, tenho certeza — disse Pã com um sorriso. — Então, assim que você tiver se libertado, eu farei o restante.

— O restante? O que você fará, então?

— Sairei do corpo do bode e fugirei ao controle dos magos. É odioso ser invocado dessa maneira.

— Eu achei que os deuses antigos queriam ser venerados... — observei.

— Os magos não me veneram realmente, não de modo respeitoso; apenas me usam para seu próprio benefício. Ao empregar esses rituais arcaicos, eles me forçam a entrar no corpo do bode e drenam meu poder aos poucos. Isso me enfraquece e os fortalece.

— Eles já adquiriram poder? — perguntei.

— Um pouco; sua magia das trevas ficará forte por algum tempo — disse ele.

— Vou fazer o melhor que puder — concordei. — Mas há mais uma coisa que eu gostaria que você fizesse...

Pã ergueu as sobrancelhas.

— Eu tenho uma amiga, ela se chama Alice e foi trazida viva para as trevas. Você poderia encontrá-la para mim e soltá-la também?

— Quem a trouxe para cá?

— O Maligno — retruquei.

— Então, não há esperança — disse o deus. — Nas trevas, há muitos domínios diferentes. Eu também tenho um lá. Cada ser tem o seu domínio, que é gerado pelo próprio poder. O Maligno faz as próprias regras e possui o maior domínio de todos. É um local terrível para um mortal ficar, vivo ou morto. Se pudesse, eu ajudaria. Mas não tenho poder. Temos que voltar agora. Não estou forte o suficiente para nos manter aqui por mais tempo.

Acenei com a cabeça e Pã recomeçou a tocar a flauta. À nossa volta, ouvia-se o mover e o bater de asas enquanto as criaturas entravam na clareira, convocadas pela música irresistível.

Subitamente, o som de flautas cessou; tudo começou a desaparecer e a minha visão escureceu mais uma vez.

Dei por mim deitado na plataforma. Fiz um esforço para me sentar e olhei para baixo, na direção do local da feira, para me certificar de que ninguém estava observando. E olhei para o bode. Ele soltou um balido; por isso, eu dei-lhe as costas e empurrei as mãos na direção de sua boca. Eu pensara em um meio de soltar as minhas cordas.

O bode farejou a corda e então começou a mastigá-la com apetite. Uma ou duas vezes, ele mordiscou a minha pele e eu me encolhi, mas bastaram poucos minutos para que o animal me soltasse.

Esfreguei as mãos para restaurar a circulação; depois, voltei minha atenção para o problema que era soltar o bode. As correntes de prata que o prendiam destinavam-se a manter preso um ser das trevas ou um animal da Terra. Não havia meio pelo qual eu conseguisse abrir os elos com as mãos nuas. Eu tinha comigo a chave especial que poderia abrir a maioria das trancas. Sem saber quando eu voltaria a precisar dela, decidi que, embora pudesse usá-la para quebrar um dos elos, não valia a pena danificá-la, a menos que eu tivesse que fazer isso.

Voltei minha atenção para as presilhas que prendiam as correntes às tábuas de madeira. A claridade da lua me deixava enxergar bem a situação. A madeira era nova e forte, e não havia meio de poder soltá-las. Mas então vi que a corrente estava presa a dois pequenos anéis de ferro, fixados na madeira com dois parafusos. Será que eu conseguiria soltá-los? Os magos, evidentemente, nunca imaginaram que alguém tentaria. E se não tivessem apertado com muita força?

Pensei por um momento, antes de remexer no meu bolso novamente e encontrar uma moeda. Introduzi a beirada na cabeça do parafuso e girei. Ele não cedeu. Empurrei com o máximo de força que consegui; finalmente, ele começou a se mover. Pouco depois, eu estava retirando o parafuso apenas com meus dedos.

O segundo parafuso se mostrou muito mais difícil. Eu quase desisti de movê-lo, e a ranhura na cabeça do parafuso começou a se deformar, mas finalmente ele girou. O anel de ferro afastou-se das tábuas, e o bode foi libertado.

A criatura olhou para mim e baliu ao mesmo tempo. Parecia retesar o corpo; então, para meu espanto, ele pulou da plataforma.

Observei, horrorizado, enquanto o bode se lançava no chão e atingia as pedras do calçamento com uma pancada abafada. Ele não gritou no momento do impacto, mas suas patas se crisparam algumas vezes e uma poça de sangue começou a se formar debaixo dele. A coroa caiu de sua cabeça e rolou para longe no local da feira. Agora eu percebia que era através da morte do bode que Pã pretendera se libertar.

O deus não deixou nosso mundo em silêncio: uma ventania uivante irrompeu do nada, arrancou todas as janelas que davam para o local da feira e derrubou as telhas do telhado, que se espatifaram nas pedras do calçamento. As portas foram sopradas das dobradiças e gritos rasgaram o ar da noite.

Temendo que ela pudesse cair a qualquer momento, comecei a descer da plataforma, e meus pés buscaram os suportes da torre de madeira. Mas eu não precisava ter me preocupado — o vento se dirigia aos magos, que tinham quartos com vista para a feira; a torre, bem no centro da tempestade, mal se movia.

O luar iluminou toda a área sem me oferecer um lugar para me esconder, e, quando alcancei o solo, vi magos caminhando para a estrutura de madeira. Um deles soltou um grito angustiado ao se aproximar do corpo do bode. Comecei a correr pelo triângulo, na direção da rua em sua base, mas alguém, segurando uma faca curva e comprida, bloqueou o meu caminho. Girei ao redor dele e fui na direção do rio, que estendia-se como uma fita prateada ao longe. Havia árvores além dele; áreas sombrias e escuras. Assim que atravessasse a ponte, eu teria uma boa chance de escapar.

Olhei para trás e vi que me seguiam. Tentei correr mais rápido, mas meu corpo não respondia, ainda fraco depois de passar longos dias e noites na plataforma, exposto ao clima e comendo pouco. Quando voltei a olhar para trás, meus perseguidores estavam me alcançando rapidamente. Mas agora eu me aproximava da ponte. Ainda havia uma chance remota de conseguir cruzá-la e escapar até as árvores.

Essa esperança durou pouco. Ouvi o som de cascos que galopavam e soube que estava a poucos minutos de ser recapturado ou morto. O primeiro cavaleiro se aproximou de mim pelo lado direito. Vi o brilho de uma espada sob a luz da lua e me abaixei para o lado esquerdo enquanto a espada baixava na direção da minha cabeça. Se ele pretendia me matar com aquele golpe ou se apenas estava usando o lado cego da espada, eu não sabia dizer, mas os outros cavaleiros rapidamente me cercaram, apontaram as armas para mim e esperaram até que os que estavam a pé nos alcançassem.

Instantes depois, mãos ásperas me agarraram, e eu fui arrastado de volta para o declive na direção do local da feira. Magister Doolan aguardava ao lado da torre, com expressão severa.

— Você tem muitas respostas a nos dar, garoto! — disse ele, batendo duas vezes com os punhos na minha cabeça e fazendo meus ouvidos zumbirem. — Eu adoraria picá-lo lentamente em pedacinhos, mas vou dá-lo à feiticeira. Ela saberá melhor do que eu como fazer você sofrer.

Com isso, minhas mãos e pés foram amarrados e eu fui jogado no lombo de um cavalo. À minha volta, ouvi uma confusão enquanto os magos e seus seguidores se preparavam para partir de Killorglin. Pouco depois, nós partimos rumo ao sul em um longo comboio. Sem dúvida, os magos temiam que a Aliança aproveitasse aquela oportunidade para atacar, e nós nos apressamos tanto que quem estava a pé teve que correr para acompanhar os cavalos.

Eu tivera um breve gosto da liberdade. Agora parecia que estávamos indo para o refúgio dos magos, o forte circular de Staigue. De acordo com Shey, suas defesas eram impenetráveis. Depois de entrar, eu estaria morto. Eles me entregariam para a feiticeira.

Apesar de tudo, eu me permiti a pequena satisfação de considerar que os magos foram obrigados a abandonar a cerimônia.

Ela falhara, e fora eu que a impedira.

CAPÍTULO 14
A CABEÇA DA FEITICEIRA

Ao amanhecer, estávamos avançados nos morros do sul. Agora chovia forte e eu estava encharcado até os ossos. Baixei a cabeça contra o flanco do cavalo, subindo e descendo desconfortavelmente, de modo que tudo que eu via era o solo pantanoso.

A primeira visão que tive do forte de Staigue foi quando fui retirado do cavalo e soltaram os meus pés. Ergui o olhar para o que pareceu ser um muro gigante de pedra seca que se erguia acima de nós; as pedras haviam sido colocadas com habilidade umas sobre as outras, sem o uso de lama nem argamassa para uni-las. "Forte circular" era um bom nome para ele, pois ele era exatamente isso: um imenso círculo de pedras para defesa. Todos estavam descendo dos cavalos e pouco depois descobri o motivo. Somente entrava-se no forte por um portão muito estreito, que era pequeno demais para um daqueles animais.

Depois de passar pela abertura no muro, tive a minha primeira visão do interior da fortificação dos magos. Não havia telhado, mas as paredes eram muito altas, com nove lances de escada com degraus de pedra que conduziam a baluartes, a partir dos quais os invasores poderiam ser repelidos. O solo em seu interior fora revolvido até virar lama macia, mas estava salpicado com algumas construções de madeira. Não havia dúvidas de que o forte de pedra era muito antigo, mas as construções de madeira pareciam relativamente recentes. Algumas aparentavam ser moradias, mas a construção central, arredondada, provavelmente tinha uma finalidade diferente; eu estava sendo arrastado para ela.

Não entramos de imediato. Fui forçado a me sentar na lama, e quatro guardas armados com espadas me cercaram. Enquanto aguardávamos, a estreita abertura através da qual havíamos entrado no forte foi fechada com pedras. O trabalho foi feito com tanta habilidade que não havia um único sinal do local onde ficava a entrada. Imaginei que alguém havia permanecido do lado de fora para levar os cavalos para o abrigo.

Finalmente ergueram-me e puseram-me de pé, e o Açougueiro abriu caminho até o edifício maior. Em seu interior, via-se um estrado circular, elevado. Ele fora pintado e polido, e na superfície havia um imenso pentagrama do tipo que os magos usavam para convocar um demônio ou outra entidade sobrenatural. Havia várias cadeiras e uma mesa arrumadas no centro.

Ao redor do estrado, o solo era lama, e deveria haver, no mínimo, nove guardas armados de pé, com barro até os tornozelos. Sobre o estrado, viam-se sete magos descalços e, próximo à beirada, estava Thin Shaun. Ele segurava no colo o filho, Konal, ainda enrolado em um cobertor. O capuz de Shaun estava puxado para a frente, a cabeça abaixada e nas sombras.

Doolan se aproximou da beirada da estrutura de madeira e se dirigiu a ele.

— Onde está Scarabek? — perguntou sem rodeios.

— Eu falhei. Apesar de meus esforços, ela ainda é prisioneira. Mas o inimigo deseja trocá-la pelo garoto. Eu o aconselho a deixá-lo ir. — Shaun acenou para mim. — Depois, vocês poderão sacrificar Scarabek da próxima vez que tentarmos o ritual.

— Quem é esse inimigo? — quis saber o líder dos magos, aborrecido.

Thin Shaun ergueu a cabeça e, com a mão esquerda, puxou o capuz de modo que seu rosto ficasse visível. Mesmo antes de ele falar, eu sabia a identidade do inimigo que o vencera. O sinal dela estava marcado na testa do homem, e dele ainda pingava sangue.

— O nome dela é Grimalkin, uma assassina que vem de um poderoso clã de feiticeiras do outro lado das águas.

Nunca encontrei alguém com tanta habilidade. Toda a minha força e magia se mostraram inúteis diante dela. Fiquei completamente à sua mercê — admitiu Shaun.

Subitamente, eu me enchi com esperança renovada. Grimalkin estava aqui!

— Ela está sozinha ou conta com a ajuda de outros membros do clã? — quis saber Doolan.

— Está sozinha.

— Então, podemos lidar com ela.

Shaun desviou os olhos.

— Embora tenhamos falhado em despertar o deus, a tentativa rendeu alguns frutos... — A voz do Açougueiro estava cheia de confiança. — O ritual tornou nossa magia mais forte. Ela é apenas uma; se enchermos um dos magos com nossa força combinada, apenas um de nós será o suficiente para matá-la. Ele será o carrasco dela!

Doolan baixou a cabeça e começou a murmurar para si mesmo; as palavras que ele proferia estavam na língua antiga — ele estava usando magia negra. Enquanto fazia isso, os outros sete magos se ajoelharam, amontoados na beirada do estrado, e entoaram por mais ou menos um minuto antes de subitamente ficarem em silêncio.

Depois, eles se aproximaram de Doolan, esticaram os braços e puseram as mãos em sua cabeça, ombros, costas e peito. Recomeçaram a entoar e, em resposta, o homem que chamavam de o Açougueiro fechou os olhos e começou a estremecer.

Lembrei-me de que eles haviam realizado um ritual semelhante com os canhoneiros no cerco do castelo Ballycarbery. Antes de os magos investirem-nos de poder,

O DESTINO 🦇 175 🦇 LIVRO 8

eram incompetentes; depois, tornaram-se tremendamente precisos e destruíram o muro do castelo. Doolan já era formidável. Será que poderia tornar-se mais perigoso? Poderia representar uma ameaça real para Grimalkin?

Finalmente os magos ficaram em silêncio e retiraram as mãos.

— Eu vou agora! — disse o Açougueiro, mostrando os dentes. — Vou trazer comigo a cabeça de nossa inimiga!

Ele deixou o salão, e eu fui arrastado para fora atrás dele. Fiquei me perguntando como ele sairia do forte. Sem dúvida, eles não teriam que remover as pedras que agora bloqueavam a entrada. O mago caminhou até os degraus mais próximos que conduziam aos baluartes no topo do muro. Ao lado deles, encontrava-se um pilar de ferro. Amarrado a ele e enrolado em sua base, via-se um comprido pedaço de corda forte. Ele segurou a extremidade e arrastou a corda atrás dele conforme ia subindo. Observei-o jogá-la para baixo e para o lado de fora do muro. Depois, ele escalou até o topo e desapareceu de vista. Iria descer pela corda para alcançar o solo.

Após alguns instantes, o Açougueiro soltou um grito, e um dos guardas correu até o pilar e começou a erguer a corda. A extremidade apareceu por cima do muro e deslizou pelos degraus como uma cobra. Depois disso, fui obrigado a me agachar novamente na lama. Então, aguardamos.

Esperamos durante todo o dia; nada aconteceu. Eles mudaram a guarda duas vezes. Eu estava totalmente encharcado mais uma vez, tremia por causa do frio e da umidade, e faltava pouco para morrer de fome.

Então, ao anoitecer, ouvi um grito distante. Soava como uma criatura sentindo uma grande dor.

Um dos guardas cuspiu na lama.

— Apenas um animal — disse ele. No entanto, minha experiência como aprendiz de caça-feitiço me dizia que era mais provável que fosse um ser humano.

De vez em quando, um mago subia até os baluartes e espiava noite adentro. Agora, mesmo com a elevação da região, a lua deveria estar visível no leste. Mas nuvens densas prometiam mais chuva e a noite ficava mais escura. Lanternas pendiam de ganchos na parede; no entanto, por alguma razão, a luz que emitiam era fraca, como se a própria escuridão fosse viscosa e densa. Eu ouvia as vozes dos magos, mas elas eram abafadas e indistintas.

Depois, uma voz gritou alto e claro além do muro.

— Baixem a corda!

Reconheci aquela voz grave e brusca. Era o Açougueiro. Será que ele fora bem-sucedido?, eu me perguntei.

Um guarda jogou a extremidade da corda para baixo, e, instantes depois, Doolan estava de pé nos baluartes; o soldado ergueu uma lanterna perto do rosto dele. O Açougueiro desceu os degraus. Quando alcançou a lama na base e se aproximou da primeira lanterna na parede, percebi que ele trazia alguma coisa na mão esquerda. Agora, Thin Shaun emergira da cabana redonda, e meia dúzia de magos o acompanhava bem de perto.

Eles aguardavam atrás de mim enquanto Doolan caminhava pela lama. Com a mão direita, ele sacou do cinto uma faca comprida e manchada de sangue; na mão esquerda, casualmente erguida pelos cabelos, via-se uma cabeça cortada. Meu estômago se revirou. O Açougueiro ergueu-a para que os magos pudessem dar uma boa olhada nela.

Reconheci aquela face — ao mesmo tempo, bela e cruel, com maçãs do rosto altas e lábios pintados de preto.

— Atenção! A cabeça da feiticeira! — gritou.

Eu olhava para o rosto da feiticeira assassina.

Grimalkin estava morta.

CAPÍTULO 15
O ANJO DAS TREVAS

Meu coração foi parar nas botas. Tudo estava perdido. Minha esperança de fuga fora arrancada de mim. Grimalkin também fora nossa única esperança real de amarrar o Maligno. Eu estava triste. Ela fora uma feiticeira malévola, a assassina do clã Malkin, mas lutamos lado a lado. Sem a ajuda de Grimalkin, eu já estaria morto.

— Onde está Scarabek? — perguntou Thin Shaun.

— Está em um lugar seguro — disse-lhe Doolan —, mas foi ferida em combate. Eu vim na frente para dar as notícias. Ela gostaria que eu lidasse com o garoto e lhe desse a morte lenta que ele merece. Vou começar agora — afirmou ele, erguendo a faca e lambendo o sangue da comprida lâmina.

Fui posto de pé, e as cordas foram cortadas. Depois, Shaun me agarrou pelos cabelos e me arrastou na direção do líder dos magos.

— A morte chegou para você, garoto! — gritou ele. — Olhe para seu rosto terrível!

O Açougueiro, Doolan, sorriu de modo sombrio. Depois, disse uma coisa muito estranha:

— A morte enviou o anjo das trevas em seu lugar!

O anjo das trevas? O que ele queria dizer com isso?

Olhei para Doolan e vi que havia algo de estranho nele. Uma luz roxa brilhou ao redor da cabeça dele e seu rosto pareceu derreter. Ele estava mudando de forma. Seus lábios agora tinham ficado pretos. A testa parecia mais estreita também; as maçãs do rosto, mais altas. Não era mais o rosto do líder dos magos.

Era Grimalkin.

Como sempre, a feiticeira assassina estava vestida para lidar com a morte: tiras de couro cruzavam seu corpo, e cada uma continha mais de uma bainha; elas abrigavam as facas e as tesouras que usava para cortar os ossos dos polegares dos inimigos derrotados. De seu ombro esquerdo pendia um pequeno saco de estopa. Que nova arma aquilo conteria?, eu me perguntei. Seus lábios estavam pintados de preto, e, quando ela abriu a boca, vi aqueles dentes terríveis, cada um lixado até se tornar uma ponta afiada. Ela parecia perigosa; uma assassina completa.

A feiticeira assassina ocultara-se com magia negra para enganar os inimigos. Senti uma onda de alegria: eu ainda não estava morto. Na mão esquerda, Grimalkin trazia a cabeça cortada de Doolan, que agora ela jogava com desprezo na

Joseph Delaney   180   AS AVENTURAS DO CAÇA-FEITIÇO

lama a seus pés. Com um movimento fluido e uma força terrível, ela lançou a faca comprida na minha direção. Mas eu não era o alvo, e Grimalkin raramente errava.

Thin Shaun gritou, e sua mão se contorceu antes de soltar os meus cabelos. Virei-me e observei enquanto ele caía de joelhos na lama, com a faca enfiada até o cabo em seu peito. Os magos à minha volta entraram em pânico e começaram a caminhar para trás e afastar-se da feiticeira.

Grimalkin correu para a frente, agarrou o meu ombro esquerdo e me girou para trás dela. Escorreguei e caí com as mãos e os joelhos na lama. Agora ela estava entre mim e nossos inimigos, agachada e pronta para atacar. Um dos guardas jogou uma lança na direção do peito dela. A mira era boa e o movimento, rápido, mas, no último segundo, ela desviou a arma com a beirada da mão e, ao mesmo tempo, jogou outra faca. O guarda morreu antes mesmo que sua lança caísse no solo. Fiz um esforço para ficar de pé.

— Corra para a escada! Use a corda! — gritou a feiticeira, apontando para o muro.

Fiz como ela ordenou, mas eu não estava bem fisicamente depois de longos dias e noites de prisão e maus tratos. Minhas pernas pareciam lentas, a lama grudava nas minhas botas e atrasava meu progresso. Olhei para trás e vi que, ainda assim, Grimalkin não tentava me acompanhar. Ela combatia uma dezena de magos e guardas, girava e feria. Ouvi gritos e gemidos de agonia enquanto suas lâminas estraçalhavam e golpeavam, fazendo com que os inimigos recuassem.

O DESTINO 181 LIVRO 8

Eu alcançara os degraus; comecei a subir o mais rápido que conseguia, mas minhas pernas estavam pesadas como chumbo. Agora eu estava nos baluartes e voltei a olhar para baixo. Grimalkin recuara e lutava perto do pilar de ferro ao qual estava amarrada a extremidade da corda.

Subitamente identifiquei um grande perigo. Assim que ela deixasse sua posição e tentasse escapar, eles cortariam a corda. Sem dúvida, ela devia conhecer o risco, pensei. Subi com dificuldade na beirada do muro e comecei a descer. Fiquei tonto, girei algumas vezes na corda e achei difícil me segurar.

Finalmente, sem fôlego e fraco por causa do esforço, alcancei o solo e ergui o olhar. Ouviam-se gritos além dos baluartes; depois, Grimalkin apareceu no topo do muro e começou a descer rapidamente. Meu coração estava na boca, mas subitamente ela se encontrava ali ao meu lado e apontava para o leste.

— Nossa melhor chance é seguir o litoral por ali! — disse ela.

Sem esperar resposta, Grimalkin partiu; acompanhei da melhor maneira que consegui, mas ela começou a ficar cada vez mais à frente. Parou e voltou até mim. Ao me virar, vi luzes de tochas a distância.

— Há muitos deles para combater — disse ela. — Em breve, pedirão cavalos também. Você tem que caminhar mais rápido. Nossas vidas dependem disso.

Minha mente estava preparada, mas meu corpo simplesmente não conseguia acompanhar as exigências dela.

— Eu não consigo — falei. — Fiquei amarrado durante dias e comi muito pouco. Me desculpe, mas não tenho forças.

Sem dizer outra palavra, a feiticeira me agarrou pelas pernas e me ergueu até os ombros como se eu não passasse de um saco de penas. Depois, ela se dirigiu para o leste.

Grimalkin correu durante, pelo menos, uma hora. Em certo momento, pulou um córrego; em outra ocasião, escorregou e caiu de joelhos em um declive. O que me lembro a seguir é que fui levado até um abrigo e baixado até o solo. Depois, caí num sono profundo. Quando acordei, Grimalkin preparava alguma coisa sobre uma fogueira, e a fumaça subia por uma chaminé.

Eu me sentei lentamente e olhei à minha volta. Estava claro, e nós nos abrigáramos em uma cabana abandonada. Eu não vi mobília alguma, e os animais obviamente tinham usado o local antes de nós. Havia fezes de ovelhas sobre as lajes de pedra próximas à entrada. A cabana não tinha porta, e a única janela estava quebrada. Ventava um pouco, mas o telhado ainda estava intacto e seco.

A feiticeira assassina, agachada junto à lareira, girava lentamente dois coelhos transpassados em espetos. Ela se virou e me deu um sorriso que mostrava os dentes pontiagudos.

Depois, para minha surpresa, vi meu bastão apoiado na parede, no canto extremo do cômodo.

— Recuperei seu bastão na cabana de Scarabek e o deixei aqui a caminho de Staigue. Você está se sentindo melhor agora? — perguntou ela.

Acenei com a cabeça.

— Sim, e obrigado por salvar a minha vida. De novo. — Fiz um gesto na direção do fogo. — Você não se preocupa com a fumaça que sai da chaminé? Eles ainda estão procurando por nós?

— Sim, mas não vão nos encontrar aqui. Ocultei este lugar com magia. Assim que a noite cair, continuaremos nossa jornada.

— Aonde estamos indo? — perguntei.

— Para Kenmare, para nos encontrarmos com seu mestre.

— Você já conversou com ele?

— Sim. Ele conseguiu voltar até lá, embora Alice não estivesse com ele e eu não tenha tido mais contato com ela. Ela está muito distante da proteção do cântaro de sangue.

Eu abaixei a cabeça.

— O cântaro de sangue não pode ajudá-la agora — falei com tristeza. — A feiticeira celta, Scarabek, deu Alice ao Maligno, e ele a levou para seu domínio.

— Pobrezinha — retrucou Grimalkin. — Sendo assim, ela está perdida. Não há nada que possamos fazer por ela. Eu queria ter sabido disso. Deixei que Scarabek partisse. Ela servira a seu propósito; era apenas um meio de libertar você. Eu deveria tê-la matado!

Ao ouvir essas palavras, senti uma pontada de dor no coração. Confirmei o que já desconfiava sobre Alice, mas, ao ouvir dos lábios da feiticeira assassina, aquilo ganhou uma irreversibilidade terrível.

—Agora que está livre, Scarabek virá atrás de mim mais uma vez — falei para ela. — Eu estava com Bill Arkwright quando ele matou a irmã gêmea dela, e ela quer vingança antes de me entregar ao Maligno.

—Você não tem que se preocupar. Estará seguro comigo ao seu lado — disse Grimalkin. — Além disso, eu trouxe mais uma coisa da cabana da feiticeira.

Ela me entregou o saco de estopa que eu notara antes. Eu o abri e, para a minha alegria, vi que continha a corrente de prata.

— Afaste-a de mim — pediu Grimalkin. — Basta erguê-la no saco para queimar meus dedos. Não posso suportar a proximidade dela!

Então, ela esticou um dos espetos para mim.

— Coma. Você vai precisar de suas forças.

Durante um tempo, comemos em silêncio. O coelho estava delicioso. Eu estava faminto e queimei várias vezes a boca na ânsia de devorar tudo.

— Como o seu mestre recebeu a notícia sobre o cântaro de sangue? — perguntou Grimalkin. — Ele me disse pouca coisa; parecia desanimado e imerso nos próprios pensamentos. Não deve ser fácil para ele aceitar que seu aprendiz é protegido por magia negra.

— Ele recebeu a notícia muito mal — respondi, e automaticamente chequei se o cântaro de sangue ainda estava dentro do meu bolso. — Por um momento, pensei que ele fosse quebrá-lo no mesmo instante... e mandar nós três para as trevas para sempre, mas então ele se acalmou:

foi como se o seu plano tivesse dado a meu mestre nova esperança. A vida tem lhe pregado peças nos últimos meses. Sua casa e a biblioteca foram incendiadas e destruídas; eram o patrimônio que ele deveria manter a salvo. Desde então, ele não é mais o mesmo.

— Bem, ele não imaginava que teríamos que ser aliados novamente depois da Grécia. Isso também não será fácil para ele — observou ela.

— Alice lhe contou que o cântaro rachou e começou a falhar?

Grimalkin concordou com a cabeça.

— Contou, e é essencial lidar com o Maligno o quanto antes.

— Como você escapou da Escócia? — perguntei.

— Assustando um pobre pescador para que me trouxesse até aqui — retrucou ela com um sorriso cruel. — Eu o paguei ao poupar sua vida.

— E como estão as coisas lá no Condado? — perguntei, lambendo os últimos fragmentos do coelho suculento dos meus dedos.

— No momento, as coisas estão muito ruins. As pessoas não têm nada; os soldados inimigos levaram tudo. Mas eles não vão nos controlar para sempre.

— Mas, talvez, nós ainda precisaremos esperar um longo tempo antes de nos arriscarmos a voltar para casa — sugeri.

Pensei na minha família, que morava no Condado. Como eles sobreviviam à ocupação inimiga? Talvez a fazenda tivesse sido atacada e os animais, levados para servir de alimento às tropas. Será que meus irmãos, Jack e James, tentaram resistir? Nesse caso, poderiam estar mortos.

— O inimigo avançou longe demais: suas forças e linhas de suprimento estão acabando — afirmou Grimalkin. — E eles ainda não conquistaram a maior parte dos condados ao norte. Além deles, os habitantes das Terras Baixas, na Escócia, estão se reunindo; na primavera, os habitantes das Terras Altas se juntarão a eles. Depois, lançarão um ataque juntos, e os homens do Condado se rebelarão novamente; nós, feiticeiras, também faremos a nossa parte. Haverá muitas mortes. Levaremos o inimigo para o sul; depois, para o mar. As cristalomantes viram isso acontecer.

As feiticeiras cristalomantes *viam* realmente o futuro, mas eu sabia que elas também podiam estar erradas; portanto, não disse nada. Em vez disso, dirigi os pensamentos de Grimalkin na direção do inimigo mais poderoso.

— Você realmente acredita que podemos amarrar o Maligno? — perguntei.

— Eu teria vindo até aqui se fosse diferente? — Ela deu um breve sorriso. — Embora seja necessário discutir tudo com John Gregory. A tentativa será perigosa, e poderia ser o nosso fim. É um grande risco, mas, sim, eu acredito que isso poderá ser feito. O importante é o local em que o Maligno é amarrado. Tem que ser possível ocultá-lo daqueles que teriam chances de libertá-lo.

— Com magia negra?

A feiticeira assassina concordou com a cabeça.

— Sim. Vou fazer um feitiço de ocultação com magia negra ao redor do local. Mas ele deve ser remoto; ninguém poderá se deparar com ele por acaso.

Após o anoitecer, seguimos rumo a Kenmare. Eu me sentia mais forte agora e estava contente por ter o bastão na minha mão e ouvir o som metálico familiar da corrente de prata no meu bolso. Na maior parte do tempo, caminhamos lado a lado em silêncio, mas eu estava preocupado ao pensar na situação de Alice, e finalmente tornei a mencionar o assunto.

— Não há mesmo esperança para Alice? — perguntei. — Nenhum meio de fazê-la voltar?

— Temo que não possamos fazer nada. Queria que fosse diferente.

— Mas e se conseguíssemos amarrar o Maligno? Isso não faria diferença?

— Quando destruirmos o cântaro de sangue, ele virá, desesperado para pegar você. Deixará Alice para trás e ali ela permanecerá. Sei que é algo terrível de aceitar, mas console-se pensando que, assim que ele estiver amarrado e distante de seu domínio, a dor de Alice certamente será menor. Ele não estará lá para castigá-la.

A tentativa de Grimalkin de me consolar falhou. Pensei em Alice, presa nas trevas, solitária, com medo e em um tormento inimaginável. E me recordei das palavras de Pã.

O Maligno faz as próprias regras e possui o maior domínio de todos. É um local terrível para um mortal ficar, vivo ou morto.

CAPÍTULO 16
O COVIL DO DRAGÃO

Chegamos a Kenmare mais ou menos duas horas antes de amanhecer e nos aproximamos do muro alto que cercava a mansão fortificada de Shey. Interceptada por guardas agressivos no portão, Grimalkin sacou a espada e mostrou-lhes os dentes pontiagudos. Sob a luz das lanternas, ela parecia uma feiticeira totalmente assustadora, e os homens, embora me reconhecessem, ficaram cautelosos com ela e se prepararam para o ataque.

Eram cinco, mas eu não acreditava que eles tivessem chance contra Grimalkin. No entanto, prevaleceu o bom senso, e eu os persuadi a enviar um deles de volta e acordar Shey e o Caça-feitiço. O guarda retornou rapidamente, resmungou um pedido de desculpas e fomos escoltados para dentro de casa.

Tive um breve encontro a sós com meu mestre e contei-lhe o que acontecera. Quando cheguei à parte em que o Maligno desaparecera e levara a assustada Alice para as trevas com ele, um bolo se formou na minha garganta, soltei um soluço e meus olhos se encheram de lágrimas.

O Caça-feitiço pôs a mão no meu ombro e fez um afago carinhoso.

— Não posso dizer muita coisa para fazê-lo sentir-se melhor, rapaz. Apenas tente ser forte.

Grimalkin e eu nos juntamos ao Caça-feitiço e a Shey no escritório da ala leste, onde uma fogueira de turfa ardia na lareira.

Eu nunca imaginaria ver o líder da Aliança da Terra novamente e achei que ele estava destinado a morrer quando os muros do Castelo de Ballycarbery foram destruídos. Mas ele nos contou que as forças inimigas tinham ido até lá apenas para pegar o mago que era nosso prisioneiro para que ele pudesse ser sacrificado. Assim que o objetivo foi alcançado, eles imediatamente cancelaram o cerco.

— Você fez bem, garoto! — parabenizou Shey. — Um dos nossos espiões nos deu a notícia. Magister Doolan está morto. Sem ajuda, você impediu o ritual. Foi necessária muita coragem para libertar o bode e empurrá-lo da plataforma.

— Eu não estava realmente sozinho — falei para ele. Então, expliquei a visita até as Colinas Ocas e como Pã desempenhara sua parte.

Todos ouviram em silêncio, mas, quando eu terminei, Shey esticou-se e me deu um tapinha nas costas.

— Foi muito corajoso — disse ele. — A maioria das pessoas teria enlouquecido com ele.

— De fato, mas somos sétimos filhos de sétimos filhos — explicou o Caça-feitiço. — Em tais situações, isso nos dá a resistência que falta a outros.

— Talvez — disse Grimalkin —, mas Tom é mais do que isso. Lembrem-se de que ele tem o sangue da mãe correndo em suas veias. Você realmente acredita que Pã se dignaria a cooperar com *você*, John Gregory, dessa forma? Acredito que não.

O Caça-feitiço não respondeu, mas também não discordou. Em vez disso, esticou o braço e pegou o mapa de Kerry que pertencia a Shey. Em seguida, desdobrou-o e abriu-o sobre a mesa.

— Tenho razão em dizer que mais uma vez vocês chegaram a um impasse com os magos? — perguntou ele, olhando diretamente para o líder da Aliança da Terra.

Shey concordou com a cabeça.

— Temo que sim. Os ritos podem ter sido encerrados prematuramente, mas eles ganharam algum poder; qualquer outro ataque agora pode ser arriscado.

— Bem, vamos tentar uma coisa muito perigosa, mas, se formos bem-sucedidos, isso também poderá ajudar a sua causa — prosseguiu o Caça-feitiço. —Vamos tentar amarrar o Maligno, o próprio Diabo. Se isso puder ser feito, o poder das trevas e de todos os seus servos será reduzido. Sim, e isso incluiria os magos. Precisamos de um lugar distante, um lugar adequado para amarrá-lo. Essa é a sua terra... onde você sugere? — perguntou, apontando o mapa.

Shey ficou de pé, apoiou as mãos sobre a mesa e examinou o mapa, traçando com o dedo indicador a linha do litoral sudoeste na direção de Cahersiveen, antes de movê-lo para o interior.

— Há uma igreja em ruínas aqui — disse ele, batendo num ponto com o dedo. — Kealnagore. Os nativos consideram-na assombrada; portanto, irão se manter a distância. Vocês não teriam opção melhor que essa.

— É perto demais do forte circular de Staigue — disse o Caça-feitiço. — A última coisa que queremos é um dos magos se deparando com ele, sobretudo enquanto nós o estivermos amarrando.

Shey moveu o dedo para o leste e bateu em Kenmare.

— Nesse caso, por que não fazer perto daqui? É provável que esta seja a área mais segura da interferência dos magos. E há um local que a maior parte dos habitantes evita: um círculo de pedras que fica do lado de fora da aldeia.

— Ele também é assombrado? — perguntou o Caça-feitiço.

Shey balançou a cabeça.

— Sem dúvida, tem alguma coisa ali, mas talvez não seja um fantasma. Eu o visitei uma vez por causa de uma aposta e o senti, embora não conseguisse ver nada. É um lugar sinistro, sobretudo após o anoitecer. Comecei a tremer; eu apenas sabia que havia alguma coisa por perto, algo grande e assustador. Mesmo à luz do dia, as pessoas se mantêm a distância.

— Bem, sugiro que visitemos esse círculo de pedra assombrado. — O Caça-feitiço sorriu. — Poderia ser exatamente o que estamos procurando!

Era uma manhã límpida e clara, e o solo estava salpicado com a geada. Ainda assim, havia pouco calor no sol e nossa respiração virava vapor no ar seco. Como o círculo de pedra não ficava muito distante da casa de Shey, partimos antes do café da manhã, assim que clareou. Era o tempo perfeito para caminhar, e levamos os cães. Eles corriam à frente e latiam, agitados, contentes por estarem ao ar livre e se reunirem a nós.

Pouco depois, conseguimos ver o círculo de pedra ao longe. Ele se encontrava em um pequeno morro, cercado em três lados pelas árvores. Nas minhas viagens com o Caça-feitiço, eu vira tais círculos formados com menires muito maiores. Algumas das pedras dali não passavam de pedregulhos. Contei doze delas.

Quando chegamos, os cães subitamente começaram a ganir, deitaram-se na beirada do círculo e não caminharam mais.

Senti alguma coisa no mesmo instante. Um tremor frio percorreu a minha espinha. Alguma criatura das trevas estava próxima. No entanto, para minha surpresa, meu mestre me deu um de seus raros sorrisos.

— Não poderia ser melhor, rapaz! — disse ele. — O que temos aqui é um dragão, e, além disso, um dragão especial! Este é o covil de um dragão!

Nós o seguimos até o círculo de pedra, e Shey parecia nervoso. A própria Grimalkin parecia tensa e apoiava a mão no cabo de sua maior espada. Eu me lembrava vagamente de ter lido sobre tais criaturas no Bestiário de meu mestre.

— A maioria das pessoas acredita que dragões são lagartos imensos que sopram fogo e fumaça, mas os verdadeiros dragões são elementais — explicou o Caça-feitiço. — Eles são espíritos do ar, invisíveis, porém imensos. Este provavelmente está enrolado no interior da montanha. Os dragões vivem suas vidas numa velocidade diferente da nossa. Para eles, a nossa vida passa num piscar de olhos. A maioria das pessoas mal pode sentir a presença de um dragão, mas este é particularmente forte. Você consegue sentir a malevolência dele? É o suficiente para manter as pessoas longe, e é exatamente isso que queremos. No entanto, isso não preocuparia um verdadeiro servo das trevas — continuou, franzindo a testa, virando-se para encarar Shey. — Não podemos garantir que esta área sempre permaneça segura e em suas mãos.

— Eu posso ocultá-la — disse Grimalkin. — Mesmo que os magos acampem perto das pedras, eles não suspeitarão do que há por aqui. Claro, há outros servos das trevas poderosos que conseguiriam ver além da minha magia. Mas, primeiro, as coisas mais importantes...

— Sim, não faz sentido postergar. Vamos começar os preparativos — disse o Caça-feitiço. — Tentaremos amarrá-lo aqui, bem no centro do círculo, no interior das espirais do dragão. Agora, preciso dos serviços de um pedreiro e também de um bom montador de cargas. Eles devem ser trabalhadores nos quais possamos confiar e que fiquem calados depois. Você poderia encontrá-los para mim? — perguntou, virando-se para Shey.

— Conheço um excelente pedreiro na região — disse ele. — Talvez o montador de cargas seja mais difícil, mas vou perguntar por aí.

— E eu preciso de uma coisa de você — disse Grimalkin. — Tenho que preparar as lanças e os pregos para amarrar o Maligno. Percebi que você tem estábulos amplos atrás da casa. Você tem uma forja?

— Sim, e um excelente ferreiro que vou deixar à sua disposição.

— A forja vai ser suficiente. Eu trabalho sozinha — disse Grimalkin, franzindo a testa. — Eu gostaria de começar a tarefa o quanto antes.

— Claro. Vou levá-la para lá imediatamente — disse Shey nervoso e visivelmente intimidado pela feiticeira.

— Isso — disse o Caça-feitiço —, e enquanto vocês fazem isso, o rapaz e eu vamos começar a cavar a cova.

De volta a casa, após um café da manhã leve, pegamos nossas bolsas e duas pás fortes para cavar. Parecia que o tempo continuaria bom pelo resto do dia. Fazia sentido começar. Não seria nada divertido ter que cavar na chuva.

— Bem, este é um bom local — disse o Caça-feitiço quando pousei as bolsas e as pás perto do centro do círculo de pedras. — Me dê a pá, rapaz!

Ele a enfiou fundo na terra fofa e soltou um grunhido satisfeito.

— Cavar deve ser relativamente fácil. Mas, primeiro, vou marcar os limites da cova — disse ele, tirando da bolsa uma régua dobrável. — Seria melhor fazermos grande; sem dúvida, o Maligno vai aparecer na mesma forma que apareceu da última vez; por isso, tem que ser, pelo menos, três vezes maior que a cova de um ogro. Espero que você tenha recuperado as forças depois de sua provação, rapaz.

Isso significava que haveria muita terra para retirar. Sem dúvida, seria eu quem cavaria mais, mesmo ainda me sentindo fraco, e ficaria com os músculos doloridos e as costas doendo.

Observei enquanto o Caça-feitiço marcava as dimensões da cova na terra nua de forma muito precisa, com pequenas estacas de madeira e cordas. Quando ele terminou, peguei a pá maior e comecei a cavar. Eu tinha um longo dia à minha frente. Na maior parte do tempo, meu mestre apenas observava, mas, a cada hora mais ou menos, ele me fazia parar e começava a cavar.

No início, enquanto eu trabalhava, eu continuava pensando na pobre Alice, mas depois de algum tempo, minha mente ficou vazia e a monotonia entorpecente de cavar com força tomou conta de mim. A certa altura, parei para tomar fôlego e me apoiei pesadamente no cabo da pá.

— E quanto à tampa de pedra para a cova? — perguntei. — Ficará muito mais pesada que o normal, e aqui não temos um galho do qual baixá-la.

Quando amarramos ogros, o montador de cargas costuma amarrar o bloco e pendurá-lo em um galho, usando-o para baixar a pedra. Por essa razão, sempre cavamos nossas covas debaixo de uma árvore grande.

— O montador de cargas terá que construir uma grua, rapaz, com uma trave na qual pendurar o bloco. Isso torna o trabalho mais difícil e levará tempo extra. Não apenas o montador de cargas tem que ser bom em seu ofício, mas também capaz de manter a boca fechada depois; ele e o ajudante devem ser corajosos. Você se lembra do que aconteceu com o pobre Billy Bradley?

Billy fora aprendiz de John Gregory antes de mim. O Caça-feitiço ficara doente e fora forçado a mandar Billy sozinho para amarrar um perigoso ogro estripador. As coisas saíram errado. A tampa de pedra prendera os dedos de Billy e, depois de terminar o sangue no prato da isca, o estripador arrancara os dedos dele com os dentes. Ele morrera por causa do choque e da perda de sangue.

Acenei com a cabeça tristemente.

— Os montadores de carga entraram em pânico — recordei.

— Isso mesmo, rapaz. Se tivessem mantido a calma, o montador de cargas e seu ajudante poderiam ter erguido a pedra de cima dos dedos de Billy em segundos e ele ainda estaria vivo hoje. Precisamos de um montador de cargas experiente, que não se assuste com facilidade!

Subitamente um pensamento me atingiu — o entalhe na pedra...

— Onde deixaremos a nossa marca quando a amarração tiver terminado? — perguntei. — Entalharemos um símbolo na parte de cima e poremos nossos nomes embaixo dele para mostrar que amarramos o próprio Maligno?

— Sem dúvida, seria o ápice do trabalho de uma vida — retrucou meu mestre. — Mas não deixaremos nenhuma marca desta vez. Ninguém deverá saber que ele estará aqui. Poremos um pedregulho no topo da pedra. Desse modo, no futuro, as pessoas simplesmente imaginarão que é parte do desenho com os menires e não pensarão em mexer nele. De qualquer forma, rapaz — prosseguiu ele —, você já descansou o suficiente; vamos parar com esta especulação inútil e voltar ao trabalho! Em vez de simplesmente cavar as dimensões da cova, por que não testa a profundidade dela justamente aí onde você está parado agora?

Eu estivera trabalhando metodicamente, acompanhando as marcas que o Capa-feitiço fizera, e mantinha a escavação mais ou menos regular. Mas o que ele disse fazia sentido. Era uma boa dica para anotar no meu caderno para futura referência; algo que, sem dúvida, meu mestre aprendera com a experiência. Tínhamos que saber se conseguiríamos alcançar a profundidade necessária. Por isso, comecei a cavar mais fundo.

E então senti um calafrio; será que o dragão percebera que eu estava perturbando seu covil?

CAPÍTULO 17
PALAVRAS EM UM ESPELHO

No dia seguinte, não tardou a atingirmos rocha sólida, e não conseguimos ir mais fundo. Eu torcia para que a cova fosse grande o bastante para nossos fins. Mais ou menos no meio da tarde, quando eu estava quase acabando, Grimalkin nos visitou. Por cima do ombro, ela trazia algo enrolado em juta — sem dúvida, as lanças que havia forjado.

— Será que ela é grande o bastante? — perguntou, baixando os olhos para a cova com ar de dúvida.

— Eu espero que sim. Ia fazer mais profunda, mas esta pedra pôs um fim a isso — falei para ela.

Grimalkin parecia preocupada.

— Já vi o Maligno maior que isso. Ele era um gigante, um monstro.

— Se era tão grande assim, não haverá nada que possamos fazer — falei.

— Lembre-se, eu dei à luz ao filho dele: o filho que ele matou — disse Grimalkin. — Ele não pode se aproximar de mim, a menos que eu queira. Isso poderia ser a nossa última linha de defesa.

Ela sorriu, entortando os lábios sobre os dentes afiados como agulhas.

— E talvez essa camada de rochas seja a nossa vantagem — disse ela. — Fabriquei lanças e também alguns pregos mais curtos. A pedra provavelmente servirá como uma base firme para o amarrarmos.

— Estamos prontos agora — disse o Caça-feitiço —, prontos como jamais estaremos. Podemos descansar e reunir nossas forças para a provação de hoje à noite.

Grimalkin balançou a cabeça.

— Não. Há mais trabalho a ser feito antes — disse ela. Ajoelhou-se, desenrolou a juta no solo e revelou as estacas e pregos. Eu não via nenhuma liga de prata. Elas pareciam ter sido fabricadas com aço puro.

— Preciso de prata para dobrar o aço — disse ela.

Eu sabia que não tinha escolha. Teria que oferecer a minha corrente de prata. Era um instrumento essencial para um caça-feitiço e um presente de minha mãe, mas desistir dela tornaria possível amarrar o Maligno.

— Pode usá-la — falei, entregando-a a Grimalkin.

Mas o Caça-feitiço franziu a testa.

— Nada disso, rapaz, um dia você vai precisar dela novamente. Usaremos a minha. Que uso poderia ser melhor? Além disso, meu antigo mestre, Henry Horrocks, tinha uma corrente, e eu a herdei após a morte dele. Ela está fora de perigo com o meu irmão, Andrew, em Adlington, na oficina de chaveiro. Um dia, quando for seguro retornarmos ao Condado, vamos pegá-la.

Quando ele acabou de falar, havia um traço de tristeza em seu rosto. Aquela corrente fora-lhe muito útil durante anos. Abrir mão dela estava sendo difícil.

Foram necessários quase dois dias para que Grimalkin fabricasse as armas a seu gosto. Atrás da casa, a forja soava com o bater rítmico do seu martelo. Ela derreteu a corrente de prata do meu mestre, antes de formar tiras que dobrou com habilidade no ferro das estacas e dos pregos com cabeça grande.

Na tarde do segundo dia, um dos servos de Shey avisou que Grimalkin gostaria de conversar comigo a sós. Entrei no barracão que abrigava a forja onde ela trabalhava. Com medo de perturbar a concentração dela, fiquei calado, aguardando com paciência em um canto, e observei enquanto ela fabricava uma lança. Ela usava luvas grossas de couro para proteger a pele de feiticeira do ferro e da prata. A lança pontuda e comprida em sua mão formava uma hélice fina, uma liga de prata e ferro fina que se contorcia. Era a última das quatro, os pregos já tinham sido completados.

Finalmente satisfeita, ela pousou a arma terminada em um banco perto da bigorna e então virou-se para me encarar, os olhos fixos nos meus.

— Preste atenção — disse ela, e seus olhos reluziam com uma cor vermelha por causa da luz refletida da forja.

O Destino 201 LIVRO 8

— Hoje à noite, nós o amarraremos. Custe o que custar. Eu daria a minha vida para conseguir isso, se fosse necessário.

Acenei com a cabeça.

— Eu temo que, no instante em que o Maligno perceber que está na cova, ele pare o tempo. E não serei forte o bastante para impedi-lo, embora jure que vou morrer tentando. — Ela franziu a testa. — Tenho pensado frequentemente no Maligno e em seus poderes. Quando ele parou o tempo, a iniciativa foi dele. Portanto, em vez de ficar na defensiva e tentar evitar isso, por que não atacar parando o tempo você mesmo no exato momento em que ele aparecer?

— Eu consegui fazer isso algumas vezes no passado, mas o efeito não durou. Ainda assim, farei o possível — tranquilizei-a.

— Se você conseguir, o tempo vai parar para todos nas proximidades da cova; todos, menos você. O Maligno vai entender rapidamente a situação, mas até lá você já terá enfiado a lança bem fundo em seu couro imundo.

Acenei com a cabeça. Talvez isso funcionasse. Grimalkin tinha razão. Desta vez, eu tomaria a iniciativa e atacaria primeiro.

Tentamos da melhor forma obter umas poucas horas de sono antes de escurecer. Precisávamos estar fortes, descansados e alertas para a tarefa à nossa frente. Nem me preocupei em me despir, embora, sem perda de tempo, tenha verificado o cântaro de sangue no meu bolso; a rachadura ainda parecia manter o Maligno a distância. Depois, deitei-me por cima das cobertas e fechei os olhos.

Pouco depois, adormeci profundamente sem sonhar, mas, ao perceber algo estranho, acordei com um pulo e me sentei ereto.

O espelho na mesinha de cabeceira bruxuleava. Um rosto apareceu. Era Alice! Os olhos dela estavam arregalados de terror: meu coração ficou apertado por vê-la naquele estado.

O espelho ficou embaçado. Ela soprara na superfície do espelho que usava. Começou a escrever e lentamente a mensagem apareceu.

Ajude-me, Tom!

Posso voltar com a sua ajuda!

As letras apareceram ao contrário no vidro: *Ajude-me, Tom! Posso voltar com a sua ajuda!*

Será que ela realmente podia escapar das trevas?, eu me perguntei. Subitamente, eu me enchi de nova esperança. Com rapidez, soprei no espelho e escrevi minha resposta no vidro embaçado.

Como posso ajudar?

Alice recomeçou a escrever, mas as palavras apareciam lentamente. Será que ela sentia dor? Qual era o problema?

Pã encontrou uma saída para mim.

Mas não consigo fazer isso sozinha, entende?

Tom, preciso da sua ajuda.

Dessa vez, li com mais facilidade, em menos tempo do que ela levou escrever: *Pã encontrou uma saída para mim. Mas não consigo fazer isso sozinha, entende? Preciso da sua ajuda, Tom.*

Poderia realmente haver uma saída para o nosso mundo? Pã deve estar ajudando Alice como retribuição pela ajuda com os magos. Mas ele havia dito que não *poderia* ajudar — que o Maligno era muito forte. E como era possível usar um espelho para se comunicar nas trevas?, eu me perguntei. Seria por esse motivo que ela demorava tanto para escrever cada mensagem? Rapidamente soprei no espelho e escrevi mais uma vez.

Onde fica a porta, Alice?

Desta vez, a resposta veio mais rápida.

Dentro do covil do dragão.

O *covil do dragão*? Era como o Caça-feitiço chamara o círculo de pedras onde tínhamos esperança de amarrar o Maligno.

Você quer dizer o círculo de pedras em Kenmare?

O espelho bruxuleou e escureceu. Meu coração foi parar nas botas. Alice se fora antes que eu pudesse obter essa informação vital. Mas quando comecei a me desesperar, o espelho tornou a se encher de luz e o dedo de Alice começou a escrever lentamente.

Sim, Kenmare. Venha sozinho,
Pã não vai abrir a porta para ninguém além de você...

Ela pedia que eu fosse sozinho — sem dúvida, isso fazia sentido. Grimalkin dissera ao Caça-feitiço que Pã lidara comigo somente por causa de minha mãe. Era perigoso ir desacompanhado, mas se esse era o único meio, então, eu não tinha escolha.

Abri as cortinas e olhei pela janela. Era o crepúsculo; em breve, estaria totalmente escuro. Eu podia ouvir o Caça-feitiço movimentando-se no quarto ao lado. Rapidamente enchi os bolsos da calça com o sal e o ferro de dentro da minha bolsa. Em seguida, peguei a corrente de prata e amarrei-a na cintura, escondendo-a debaixo da minha camisa.

Com as botas em uma das mãos e meu bastão na outra, passei pela porta na ponta dos pés e consegui chegar ao andar de baixo sem encontrar ninguém. Um dos servos me viu sentado no degrau calçando as botas. Ele acenou com a cabeça e eu retribuí o aceno antes de descer pela trilha e passar pelo portão principal.

Eu não conseguia ver nenhum dos guardas de Shey, mas eles costumavam ficar fora de vista. Provavelmente estavam escondidos nas árvores e me observavam agora, mas isso não tinha importância. Eles tinham ouvido falar um pouco do que pretendíamos fazer no círculo de pedras, mas não o suficiente para assustá-los demais. Pensavam que era um tipo de ritual para combater o poder das trevas dos magos; quando me vissem caminhando naquela direção, simplesmente pensariam que eu saíra um pouco mais cedo que os outros.

Pouco depois, eu estava em meio às árvores e me aproximava das pedras — o covil do dragão. Quando eu pisava no solo macio, meus pés estalavam os galhos ocasionais. Uma névoa branca permanecia próxima ao chão, mas ainda havia luz suficiente para evitar esbarrar em uma árvore ou tropeçar em um galho. Emergi no sopé do morro e ergui os olhos para os menires, visíveis contra o céu sem nuvens. As estrelas mais brilhantes já haviam surgido, mas a lua nasceria somente dali a muitas horas.

Meu coração batia rápido. Será que eu realmente conseguiria trazer Alice de volta?

CAPÍTULO 18

AS GARRAS DA MORRIGAN

Subi firmemente a montanha e estremeci com um calafrio que, de repente, percorreu a minha espinha. Era o aviso habitual de que uma criatura das trevas estava próxima, mas não dei atenção, concentrado em meu objetivo.

Instantes depois, eu estava parado no interior do círculo de pedras, perto da cova que tínhamos cavado para o Maligno. Tudo que eu conseguia ouvir eram as batidas do meu coração e a respiração aceleradas. A névoa parecia estar mais densa e erguia-se em espirais semelhantes a serpentes. Virei-me devagar nos calcanhares e examinei a área com um giro de 360 graus. A névoa parecia se elevar do solo. Era tanta que aquilo não parecia normal. Poderia ser o hálito do dragão?

Não, isso era absurdo. Dragões não cuspiam fogo com hálito quente; eram imensos espíritos elementais do ar. Isto era apenas névoa comum.

Então, enxerguei um brilho súbito no ar diretamente contrário à cova. Eu estava frente a frente com Alice. Meu coração deu um salto, mas depois vi que ela não estava sorrindo; ela não parecia nem um pouco contente em me ver — parecia apavorada. Seu rosto estava coberto de terra, e a parte branca dos olhos agitados era visível, os cabelos estavam emaranhados e a boca contorcida em uma careta de terror. Ela parecia estar de pé atrás da cortina reluzente. E era tão insubstancial. Sem dúvida, seria mais fácil simplesmente atravessar...

De repente, Alice lançou a mão esquerda na minha direção. Ela passou para o mundo onde eu me encontrava.

— Me ajude, Tom! — gritou ela. Alice parecia estar berrando, mas a voz era abafada e baixa. — Você tem que me puxar! Não consigo fazer isso sozinha!

Sem hesitar, agarrei a mão dela com firmeza; minha mão esquerda apertou a mão esquerda dela, que parecia muito fria: era como se eu estivesse segurando um cadáver.

Puxei com força, mas era como se Alice resistisse. Será que estava presa? Será que uma criatura a segurava? Puxei com mais força, mas o aperto na minha mão ficou mais forte e realmente doeu. Parecia que Alice tentava esmagar os ossos dos meus dedos. Então, enquanto eu era arrastado para a frente contra a minha vontade, o rosto dela começou a mudar. Não era ela. Era o rosto de Scarabek!

Tentei resistir, mas a grama era escorregadia, meus pés perderam o atrito, o bastão voou da minha mão... e fui arrastado para a cortina reluzente, a entrada para as trevas.

Fez-se um clarão de luz amarela, e Scarabek puxou meu braço; em seguida, soltou o aperto e, de repente, me fez girar para longe dela. Caí no chão com força e rolei várias vezes antes de parar de encontro ao tronco de uma árvore, o que me fez ficar totalmente sem ar.

Eu me ergui sobre os joelhos, arfei e rapidamente olhei ao meu redor. Eu estava em uma floresta, e todas as árvores pareciam imensas. Isso já era suficientemente estranho, mas todas as coisas também eram banhadas por uma luz prateada. Era como se ela irradiasse de tudo — árvores, solo e céu — e eu tinha certeza de uma coisa. Eu havia deixado o mundo que conhecia para trás.

Subitamente, compreendi a verdade. Aquilo não eram as trevas. Eu havia voltado para Tech Duinn, as Colinas Ocas — o local onde Pã me levara em espírito.

Ergui os olhos para Scarabek. Ela me deu um sorriso malvado, mas parecia desvanecer. Recordei-me do que Shey nos contara: as feiticeiras não conseguiam ficar ali por muito tempo.

— Vou deixá-lo aqui, garoto! Vou entregá-lo para a Morrigan. Ela virá atrás de você na décima segunda badalada do sino da meia-noite! Você não se esquecerá disso, tenho certeza! E tente não se esquecer de *quem você é!* — Scarabek gritou com voz zombeteira.

E então ela se foi, abandonando-me ao meu destino.

Fiquei de pé, e suas últimas palavras giravam dentro da minha cabeça. Esquecimento! Essa era uma ameaça real. O que foi que Pã me dissera?

Lembranças desvanecem na luz prateada e se perdem para sempre. Somente os heróis resistem...

Os heróis eram os da Irlanda — os antigos; os grandes, como Cuchulain. Apesar de sua magia, nenhuma feiticeira celta poderia ficar ali por muito tempo. Então, qual seria a minha chance? Eu estava no Outro Mundo — de corpo e alma. Como eu poderia ter esperança de sobreviver diante da Morrigan? Eu tinha sal e ferro em meus bolsos, e a corrente de prata amarrada na cintura. No entanto, eles não poderiam ferir uma deusa. Lembrei-me da luta com a Ordeen na Grécia — de como ela simplesmente ignorara a corrente de prata que eu lançara nela.

Não estou bem certo do que aconteceu em seguida, mas subitamente me vi rastejando de quatro em vez de caminhar, e me senti confuso e desorientado. Eu procurava o bastão, que fora derrubado da minha mão. Onde ele estava? Eu precisava desesperadamente de uma arma; sabia por instinto que sem uma arma não conseguiria sobreviver.

A meia-noite se aproximava rapidamente, e uma criatura terrível viria atrás de mim. Mas o que era ela? Algum tipo de demônio? Tudo o que eu lembrava era que uma feiticeira o enviara. Ela queria vingança por alguma coisa que eu lhe fizera. Mas o que eu tinha feito? O quê?

Por que eu não era capaz de me lembrar das coisas adequadamente? Minha mente redemoinhava com fragmentos de memória — pedaços que eu não conseguia juntar. Será que eu já estava sob algum tipo de encantamento das trevas? Subitamente, senti frio, muito frio. Alguma criatura das trevas estava se aproximando agora.

Em pânico, fiquei de pé com um salto e comecei a correr, desesperado, em meio às árvores, obstruído pelos galhos e arbustos espinhosos que arranhavam e rasgavam, mas sem me importar. Eu simplesmente *tinha* que fugir.

Agora eu ouvia uma criatura me perseguindo, mas ela não estava a pé. Havia um bater furioso de asas gigantes. Olhei para trás, por cima do meu ombro e desejei não ter feito aquilo, pois o que vi aumentou o meu terror e o pânico.

Eu estava sendo perseguido por um imenso corvo negro.

Um fragmento da minha memória despedaçada caiu no lugar.

O imenso corvo era a Morrigan, a sanguinária deusa antiga das feiticeiras celtas. Ela arranhava suas vítimas para marcá-las para a morte. Assombrava campos de batalha e bicava os olhos dos moribundos.

Um segundo fragmento de lembrança encaixou na posição correta.

Ele me encheu de esperança. Eu sabia que ainda tinha uma pequena chance de escapar dela. Mais à frente, encontrava-se um tipo de igreja: depois de entrar lá, eu estaria a salvo da deusa. Será que eu o alcançaria antes de ser agarrado pela Morrigan? Eu havia sonhado com essa situação tantas vezes, mas agora ela era real. Se não fosse pelo pesadelo recorrente, esse mundo com luz prateada das Colinas Ocas teria capturado cada fragmento da minha memória. Eu me perguntava se essa habilidade de aprender com os meus sonhos era outro dom que eu herdara de minha mãe.

As igrejas não costumam ser locais de refúgio das trevas. Os padres podem pensar assim, mas certamente os caça-feitiços, não. No entanto, por alguma razão, eu sabia que tinha que chegar àquela — ou encarar a morte.

Eu havia corrido muito, e prestara pouca atenção nos obstáculos, tais como galhos caídos e raízes. Inevitavelmente tropecei e caí. Fiquei de joelhos e ergui o olhar para o meu perseguidor.

A terrível criatura estava diante de mim e usava um vestido preto, ensanguentado, que descia até os tornozelos, parte mulher, parte corvo. Os pés dela estavam descalços, e suas unhas eram garras — assim como suas unhas das mãos —, mas sua imensa cabeça tinha penas e um bico mortal.

Ela começou a mudar de forma. O bico encolheu, os olhos de ave mudaram até a cabeça assumir uma aparência humana.

Um terceiro fragmento de memória encaixou em seu lugar.

Eu conhecia aquele rosto. Era a feiticeira celta, Scarabek. Sem dúvida, a Morrigan assumira aquela identidade para me recordar do meu crime contra as feiticeiras que a veneravam.

Subitamente, ao longe, ouvi o repicar de um sino. Seria o sino da igreja? Nesse caso, eu poderia seguir o som até a fonte e me refugiar!

Valia a pena tentar; por isso, na segunda badalada, fiquei de pé com um salto e comecei a correr na direção do som. Subitamente eu me perguntei qual era a distância. Conseguiria chegar lá a tempo? A terceira badalada soou muito perto, mas eu podia sentir a Morrigan atrás de mim, se aproximando cada vez mais a passos rápidos. Olhei para trás e vi que seu rosto fora substituído pela imensa cabeça de corvo. O bico afiado estava bem aberto, as garras pontudas esticadas para mim, prontas para rasgar a minha carne, mutilar meu corpo e espalhar as lascas de ossos.

Em meio às árvores, avistei o delineado prateado de um edifício. Era pouco mais que uma capela com uma pequena torre com um sino. Se ao menos eu pudesse alcançá-la!

Quando me aproximei, porém, seus contornos começaram a brilhar e lentamente mudar de forma. Os ângulos agudos arredondaram, a torre desapareceu e o local assumiu a forma de um túmulo antigo. Havia mais: debaixo do domo do telhado coberto de relva encontrava-se uma estrutura de pedra branca reluzente. Agora eu podia ver uma entrada aberta com uma verga de pedra entalhada com desenhos complicados; a escuridão absoluta me aguardava lá dentro.

As garras da Morrigan arranharam o meu ombro esquerdo, mas eu girei e mergulhei pela pequena entrada quadrada para dentro daquele refúgio escuro. Quando atingi o solo, ele parecia fofo; havia uma camada de palha amarela, e rodei algumas vezes antes de parar. Deixei que meus olhos se ajustassem lentamente à escuridão — e pouco depois eu fui capaz de distinguir o entorno.

Respirei fundo algumas vezes; depois, me agachei e olhei ao redor. No centro do teto alto da misteriosa capela, pendia um candelabro de ouro com sete braços e velas finas azuis quase transparentes. Mas a pouca luz não alcançava os quatro cantos da câmara onde a escuridão se acumulava em poças impenetráveis.

No entanto, o mais importante era que a luz misteriosa prateada desaparecera completamente. De fato, a capela era um refúgio do Outro Mundo, e minha mente, que se tornara cada vez mais preguiçosa e esquecida, parecia aguda e límpida novamente, e lembrei-me de tudo que acontecera.

Ouvi um rosnado baixo e então passos de pés pesados. Das sombras, emergiu um cão monstruoso. Comecei a tremer. Patas e os filhotes já completamente crescidos, Sangue e Ossos, eram animais assustadores, mas aquele cão tinha o tamanho de um cavalo da raça Shire, tão grande e poderoso quanto os três cães de trabalho juntos.

Seria o guardião daquele local? Se fosse, eu tinha pouca chance contra tal criatura. Mas não precisei me defender, pois um monstro ainda maior emergiu das sombras e pôs uma mão enorme sobre a cabeça do cão para detê-lo.

CAPÍTULO 19

O CÃO DE CALANN

Era um homem gigantesco com uma juba selvagem de grossos cabelos ruivos. Ele trazia uma lança na mão direita e, no cinto, uma espada.

Subitamente os cabelos vermelhos voltaram a atrair a minha atenção. Embora não houvesse brisa, os cabelos pareciam se mover. Estavam eriçados e se moviam-se lentamente, como juncos subaquáticos agitados em uma corrente circular.

— Você está seguro aqui, garoto — disse ele com uma voz grave e retumbante enquanto ajeitava-se ao lado do magnífico cão. — Este animal não vai tocar em você. Você deveria temer o que está do lado de fora. Eu também tenho medo da Morrigan, mas ela não pode entrar aqui. Este é um *sidhe*; um local de refúgio. Você tem um nome?

Minha garganta estava seca, e precisei engolir antes de conseguir falar.

— Tom Ward — respondi.

O DESTINO 215 LIVRO 8

— E o que você faz, Tom? O que o traz aqui?

— Sou aprendiz de caça-feitiço. Eu e meu mestre combatemos as trevas. Fui enganado por uma feiticeira e entrei no Outro Mundo; ela quer que a Morrigan venha atrás de mim.

— Bem, enquanto você estiver dentro deste *sidhe*, ela não poderá tocar em você. Nem mesmo uma deusa consegue entrar. Mas não seria prudente ficar aqui muito tempo, pois ele passa de modo diferente neste lugar. Ele não flui com a mesma velocidade que na Terra. Ele avança em grandes ondas. A meia-noite se aproxima. Muito em breve, os sinos badalarão a hora. Na décima segunda badalada, a hora vai avançar sem aviso: em um segundo passado aqui, muitos anos terão passado em seu mundo. Todos que você conhece estarão mortos. Vá rápido enquanto ainda tem algo para o qual retornar.

— Eu quero voltar, mas não sei o caminho. E como posso passar pela Morrigan?

— Você poderia lutar com ela. Já lutei com ela antes, mas sempre termina em dor, e eu acordo aqui e aguardo que minhas forças retornem.

— Quem é você? — perguntei.

— Antigamente me chamavam de o Cão de Calann porque eu matei este cão aqui com as mãos nuas. Agora, na vida após a morte, estamos amarrados juntos.

Eu me lembrei da história que Shey nos contara.

— Então você é Cuchulain, um dos grandes heróis da Irlanda...

Joseph Delaney   216   AS AVENTURAS DO CAÇA-FEITIÇO

O gigante sorriu ao ouvir isso.

— É assim que me descrevem, Tom? Gosto disso. O que mais dizem a meu respeito?

— Dizem que o senhor está descansando aqui e que vai retornar quando a Irlanda precisar.

Cuchulain deu uma risada.

— Eu... retornar? Não acredito nisso! Uma vida foi o suficiente para mim, por mais curta que tenha sido. Estou cansado de matar homens. Não, não haverá retorno, isso é certo. Mas estou disposto a ajudar *você* a voltar. Estou disposto a lutar, embora eu deva avisá-lo, não sou o melhor homem para acompanhá-lo. Em batalha, uma fúria tremenda toma conta de mim, e uma névoa vermelha embaça a minha visão. Nesse estado, já matei amigos, bem como inimigos. Lamentei depois, mas isso não apaga o que foi feito. E não traz de volta os mortos. Portanto, tome cuidado! A oferta foi feita: é pegar ou largar. Mas não perca muito tempo decidindo.

O imenso cão deitou-se e fechou os olhos, e um silêncio desceu entre Cuchulain e eu. Após alguns momentos, sua cabeça bateu em seu peito e seus olhos também se fecharam.

Se eu aceitasse a oferta de ajuda do herói, não havia garantia de que ele realmente pudesse me proteger contra a Morrigan. Ele não acabara de dizer que quando a enfrentara, isso havia terminado em dor e sofrimento? Ele sempre perdia. E havia também o frenesi da batalha que o dominava — ao lutar contra *ela*, ele poderia facilmente *me* matar. Mas se eu ficasse aqui, pensei, seria o mesmo que estar morto. Nunca mais tornaria a ver alguém que importasse. Embora eu soubesse agora que Alice estava perdida para mim, ainda restava a minha família. E o Caça-feitiço e Grimalkin. Até a minha chance de amarrar o Maligno estaria perdida, e eu seria um estranho em um mundo desconhecido. Eu tinha a obrigação de enfrentar as trevas. Precisava completar meu treinamento e me tornar um caça-feitiço por mérito próprio. Não, eu tinha que ir embora do *sidhe* — e o quanto antes, não importava o risco.

— O senhor conhece um caminho de volta para o meu mundo? — perguntei a Cuchulain.

O cão rosnou durante o sono, e ele afagou a cabeça do animal, com os olhos ainda fechados.

— Conheço algumas portas que levam de volta: a mais próxima não fica longe daqui. Poderíamos estar a meio caminho de lá antes que a deusa percebesse que havíamos deixado este refúgio.

— Eu *tenho* que escapar — falei para ele. — O senhor vai me ajudar?

Cuchulain abriu um olho e me deu um sorriso torto.

— Meu coração está acelerado! — gritou ele. — Posso sentir o cheiro do sangue da Morrigan. Vale a pena tentar. Desta vez, eu poderia ganhar. Desta vez, eu poderia arrancar a cabeça dela! — Ele deu uma risada. — Sabe, sou um eterno otimista. Nunca desisto! Essa é a verdadeira qualidade que destaca um herói. Nunca desistir, mesmo quando não há esperança! E eu acho que você tem essa qualidade, garoto. Você também é um herói!

— Eu não acho — falei, balançando a cabeça. — Sou apenas um aprendiz de caça-feitiço. E costumo sentir medo quando enfrento as trevas.

Cuchulain sorriu.

— Algumas vezes, até os heróis têm medo, Tom. É necessária a coragem de um herói para admitir o medo. Além disso, você está aqui no *sidhe* e ainda respira. Se você fosse menos que isso, teria sido destruído assim que entrou neste lugar.

Ele ficou de pé e pegou a imensa lança.

—Você não tem armas, Tom? — quis saber.

— Uso o bastão dos caça-feitiços, mas eu o perdi quando fui arrastado pela entrada, vindo do meu mundo. Não tenho nada além de sal, ferro e minha corrente de prata...

— A Morrigan não vai se incomodar muito com sal e ferro, e a corrente apenas a amarraria por alguns instantes. Ela mudaria de forma e se esgueiraria num piscar de olhos. Tome... pegue esta adaga — disse ele, enfiando a mão no gilê de couro e me entregando uma arma. — Acerte-a com força com isto aqui. Ela vai sentir, guarde as minhas palavras!

Para Cuchulain, aquilo poderia ser uma adaga, mas ele era um homem imenso, mais que o dobro do tamanho do ferreiro da aldeia de Chipenden. A arma que ele me entregou era uma espada. Parecia ser também uma espada especial, fabricada, sem dúvida, para um rei. O cabo era ornado e tinha a forma da cabeça de algum tipo de fera.

Com um choque, eu a reconheci. Era um suga-sangue, uma criatura que se ocultava em fendas perto da água e depois se esgueirava para beber o sangue de suas vítimas. O focinho comprido formava a lâmina serrilhada da espada; os olhos eram dois rubis imensos. Fazia sentido — a Irlanda tinha muitos pântanos e água, que seriam o lar dos suga-sangues; portanto, a espada fora fabricada à semelhança dele.

Segurei o cabo com a mão esquerda e testei seu equilíbrio. Parecia correto — quase como se ela tivesse sido feita para mim.

Então, eu vi a lâmina que fora fabricada com liga de prata. Tal arma poderia destruir um demônio. E, embora não fosse eficaz contra um dos deuses antigos, a lâmina ainda poderia ferir a Morrigan e obter um tempo precioso enquanto eu fugia.

Subitamente, vi que pingava sangue da espada e ele formava uma pequena poça vermelha no solo. Por um momento, pensei que havia me cortado com a lâmina afiada, mas então, para meu espanto, percebi que o sangue pingava dos dois olhos de rubi.

Cuchulain sorriu.

— Ela gosta de você, garoto! — exclamou ele. — Ela gosta muito de você. Da primeira vez em que segurei essa lâmina, um pouco de sangue pingou. Mas não foi tanto assim. Você *pertence* à lâmina. Ela é sua *dona*. Você pertencerá a ela até o dia de sua morte.

Como uma espada poderia ser a minha *dona*?, eu me perguntei. Certamente eu é que era dono da *espada*? No entanto, não era hora de contradizer Cuchulain.

— Você está pronto, Tom? — perguntou ele.

Concordei com a cabeça.

— Temos que nos mover rápido. Assim que sairmos do *sidhe*, vire à esquerda. Cerca de cinquenta passos e estaremos em um vau. Não será uma travessia fácil, mas do outro lado há uma gruta. Corra direto para dentro dela e não diminua o passo. A parede mais distante é a entrada para voltar ao mundo dos humanos, mas para ultrapassá-la você deverá correr o mais rápido que puder. Você entendeu?

Voltei a acenar com a cabeça.

— Estou pronto — falei.

Cuchulain segurou a lança e correu para fora do *sidhe*, com o cão imenso ao seu lado. Eu corri atrás dele, segurando a espada em posição. Mais uma vez fomos banhados pela luz prateada nauseante. Fiz um esforço para me concentrar e temi pela minha memória.

Ao sairmos, não havia sinal da Morrigan. Cuchulain e seu cão caminhavam mais à frente, e eu me esforçava para acompanhar quando então avistei o rio à frente, uma serpente gorda e prateada arrastando-se em meio às árvores. Subitamente me vi ao lado de Cuchulain. Será que, de alguma forma, eu conseguira acelerar ou será que ele ficara mais lento?

Olhei à minha direita e vi que agora ele estava cambaleando. Quando deixáramos o *sidhe*, seu ombro e o braço esquerdos eram fortes e musculosos. Agora estavam atrofiados, tão frágeis que ele mal conseguia segurar a lança. Enquanto eu observava, ele a transferiu para a mão direita, cambaleou para a frente e ficou mais lento a cada passada, como se estivesse prestes a cair. Lembrei-me da história de Shey. Durante a vida de Cuchulain, ele havia enfraquecido por causa da maldição de uma feiticeira. Será que a Morrigan estava exercendo seu poder sobre ele e renovava o feitiço?

Foi então que ouvi um novo som — a tagarelice rouca dos corvos. Os galhos das árvores acima de nós estavam curvados sob o peso deles. Será que a Morrigan estava entre eles? A resposta veio rapidamente.

Não! Um corvo enorme, tão grande quanto Cuchulain, vinha voando diretamente para nós, com as garras esticadas, o bico bem aberto. Quando a Morrigan desceu em meio às árvores, virei para a esquerda, mas Cuchulain ergueu a lança e a golpeou. Penas voaram e a deusa gritou. Ele a machucara, e ela aterrissou pesadamente. Mas então ela voou para ele novamente, e suas garras se projetaram.

Virei-me, pronto para ir em seu auxílio, e apertei a espada com força. Eles se atracaram em combate, e as garras dela abriram sua carne, mas eu também vi penas manchadas de sangue no solo. Os dois estavam sangrando. A Morrigan gritava como uma feiticeira banshee, enquanto Cuchulain rugia e urrava como uma fera.

Aproximei-me e esperei minha chance de golpeá-la com a espada. E vi que o cão também observava. Por que ele não fora ajudar seu mestre? Olhei mais de perto para Cuchulain e percebi que ele começava a mudar. A fúria da batalha tomava conta dele. Um dos olhos parecia inchar e sair da testa, e os cabelos dele estavam eriçados e engrossavam como espinhos pontudos de um ouriço. A pele de seu rosto ondulava e seus dentes se arreganhavam num rosnado, como se ele quisesse arrancar a cabeça do corvo que o confrontava.

Corri para a frente e ergui minha espada para golpear a deusa. Felizmente não me aproximei muito para fazer isso — teria sido o meu fim. Louco de fúria, Cuchulain esticou a mão esquerda e agarrou o pescoço do cão. Apesar do braço atrofiado, a raiva insana emprestou-lhe força. Ele jogou o cão contra o tronco da árvore mais próxima. O imenso tronco vibrou com o impacto, mas a cabeça do cão partiu-se como um ovo e espalhou miolos e sangue coagulado sobre a madeira e o solo.

Cuchulain jogou longe o corpo sem vida e então olhou ao seu redor. Por um momento, seus olhos pousaram em mim, e o terror me congelou. Depois, seu olhar se moveu, mas, em vez de lançar-se contra a Morrigan com fúria renovada, ele atacou um poderoso carvalho! Acertou sua lança nele repetidas vezes, e os golpes ressoaram pela floresta. Galhos se partiram e caíram feito lascas na grama prateada. Então, ele começou a afundar a lança no tronco. A lâmina penetrava mais fundo a cada golpe, e lascas de madeira voavam no ar. Meus olhos, porém, não estavam mais em Cuchulain. Eu fitava o corvo gigante, que se modificava enquanto eu observava.

Mais uma vez, a Morrigan assumiu a forma de Scarabek. Ela sorriu e veio na minha direção. Distraído pela própria ira, Cuchulain deixara de ser uma ameaça para ela. Agora ela vinha atrás de mim!

Dei meia-volta e corri na direção do rio, como ele instruíra. Quando alcancei a margem, vi, para meu desespero, que as águas estavam altas e a corrente era rápida, uma torrente prateada que eu não poderia atravessar. Onde estava o vau? A Morrigan caminhava agora na minha direção, de modo quase casual, como se tivesse todo o tempo do mundo...

Todo o tempo do mundo? Isso era exatamente o que eu *não* tinha. A meia-noite se aproximava, e, assim que o sino badalasse doze vezes, teriam se passado anos no mundo de onde eu viera. Examinei a margem do rio e avistei as pedras nas quais deveria pisar. Elas estavam à minha esquerda: eram oito, com a parte de cima quase coberta pela água.

A Morrigan viu aonde eu ia e começou a correr, mas alcancei o vau e dei um pulo poderoso na direção da primeira pedra. Estava úmida e escorregadia, e eu quase perdi o equilíbrio. Mas consegui pular para a segunda, e, em seguida, para a terceira. Quando alcancei a quinta pedra, olhei para trás. A Morrigan pulava também de pedra em pedra. Eu tinha esperança de que ela não fosse capaz de cruzar a água corrente. Mas, apesar do disfarce de uma feiticeira, ela era uma deusa, e a corrente não constituía uma barreira para ela. Havia apenas mais uma pedra; depois, eu poderia pular para a margem do rio. No entanto, a Morrigan estava bem perto de mim agora. Eu nunca conseguiria. Por isso, virei para ela e ergui a minha espada, pronto a me defender.

Ela veio até mim, com as mãos esticadas e as garras reluzentes. Girei a espada com todas as minhas forças. Ela a atingiu em cheio no ombro direito. O sangue jorrou, e a deusa gritou e caiu na água com um borrifo tremendo. Era a minha chance. Alcancei a última pedra escorregadia; então, pulei para a margem com o coração batendo forte.

Eu conseguia ver a entrada da gruta mais à frente, uma boca aberta e escura no penhasco prateado. Corri para ela. A certa altura, olhei para trás. A Morrigan erguera-se e voltara a me seguir. Ela nem mesmo corria. Será que pensava que eu não seria capaz de escapar?

A gruta estava sombria, mas não tão escura quanto parecera da primeira vez; ela reluzia com a mesma luz prateada e misteriosa que iluminava todo o Outro Mundo, menos o *sidhe*. Examinei a parede dos fundos. Parecia dura... e sólida. Corri para ela como Cuchulain instruíra, mas, no último momento, reduzi um pouco a velocidade e me encolhi, antecipando o impacto.

Colidi contra a rocha sólida — um golpe tremendo me fez vibrar da cabeça aos pés. Cambaleei para trás, a espada girou na minha mão e fiquei ali, confuso. Minha cabeça e os joelhos doíam. Senti o gosto do sangue na boca.

O que dera errado? Talvez a Morrigan tivesse criado algum tipo de encantamento, pensei. Era por isso que ela caminhava atrás de mim, sem nem se importar em correr? Fiquei de joelhos e rastejei atrás da espada. Segurei-a com a mão esquerda, e consegui ficar de pé antes de dar passos lentos e dolorosos na direção da boca da gruta. Quando eu a alcancei, a deusa estava a apenas alguns passos atrás de mim e avançava com firmeza.

Respirei fundo para acalmar meus temores e preparei a espada na minha mão. Porém, quanto mais ela se aproximava, mais a minha confiança diminuía. Vi que não havia marcas no vestido dela; não havia sinal da ferida que eu lhe infligira. Uma deusa com tal poder se curaria com rapidez. A lâmina de prata poderia certamente feri-la e atrasá-la — mas não destruí-la. Tudo que eu poderia fazer era ganhar um pouco de tempo para mim...

Tempo! Nem bem o pensamento entrou na minha mente, soou ao longe a primeira badalada do sino da meia-noite. Eu sabia que, quando a décima segunda soasse, o tempo na Terra daria um salto à frente. Eu me perguntava, desesperado, o que fazer em seguida e pensei no que Cuchulain dissera sobre a entrada.

A segunda badalada soou...

Corra o máximo que puder — era preciso correr com vontade e rápido até a parede dos fundos da gruta. Alguns instantes atrás, eu ficara mais lento e me encolhera no último minuto. Era difícil imaginar um impacto mais forte do que o que eu tivera, mas tinha que ser feito. Era a minha única chance de voltar ao mundo que eu conhecia. Mas, primeiro, eu tinha que lidar com a Morrigan...

Ela correu na minha direção, com as garras esticadas e os olhos ardendo com ferocidade. Quando ela partiu para cima de mim, o sino tocou pela terceira vez. Girei para a esquerda e ela errou o golpe, e as garras arranharam a pedra perto da minha cabeça.

Então, ataquei-a com a minha espada, mas o golpe foi dado de modo desajeitado e com pressa. A lâmina retiniu contra a rocha sólida e estremeceu o meu braço. O sino badalou mais uma vez...

Os segundos seguintes passaram como um borrão, e eu soube que tinha que levar nosso combate a um fim rápido. Acima dos sons da minha respiração pesada, dos rosnados da Morrigan e das minhas botas se arrastando contra o solo rochoso, eu ouvia o badalar lento e constante do sino. Agora eu havia perdido a contagem. Quanto tempo restava antes da décima segunda badalada?

Voltei a pensar na parede da gruta: eu tinha que *acreditar* que poderia passar por ela. Comecei a concentrar a mente. Era curioso, mas, enquanto eu fazia isso, senti a espada vibrar na minha mão, e uma única gota de sangue pingou do olho de rubi esquerdo.

Quando a deusa correu novamente na minha direção, desviei para a esquerda; depois, mudei para um golpe do lado direito e baixei a espada rápido, quase em posição horizontal, na direção dela. Foi um golpe perfeito. Como se estivesse cortando manteiga com uma faca, a espada separou sua cabeça dos ombros. Ela caiu no solo com um estalido nauseante, mas então girou e rolou morro abaixo, na direção do rio prateado.

Por um momento, o corpo sem cabeça da Morrigan ficou ali, balançando, e do pescoço jorrava sangue. Então, em vez de cair, ela cambaleou encosta abaixo em busca da cabeça. Parecia improvável que a pegasse antes de rolar para dentro do rio.

Sem perda de tempo, corri de volta para a gruta. Eu acelerava cada vez mais, direto para a parede de rocha sólida à minha espera. Precisei de toda a força de vontade para não diminuir a velocidade nem me encolher ou me contorcer. Eu ainda senti um tremendo golpe — e depois tudo ficou escuro.

Ouvi uma última badala do sino ao longe. Depois, silêncio.

CAPÍTULO 20
NINGUÉM VAI OUVIR VOCÊ CRITAR

Mesmo antes de abrir meus olhos, senti uma brisa fria no rosto e a grama debaixo do meu corpo virado para baixo.

Eu me sentei esticado e olhei à volta. Percebi que ainda estava segurando a espada sangrenta. Era quase noite agora. Eu estava no centro do círculo de menires em Kenmare. Mas será que eu voltara no tempo? Quanto tempo tinha passado — um século?

Fiquei de pé e caminhei até o poço. Era difícil dizer com pouca luz, mas parecia o mesmo. Se ele tivesse sido abandonado, pensei, mesmo alguns meses o teriam enchido de grama e ervas daninhas.

Depois vi meu bastão caído no chão. Isso me deu um lampejo de esperança real. Se o Caça-feitiço tivesse vindo atrás de mim, teria encontrado o bastão e o levaria — não o deixaria caído ali.

O DESTINO 🦇 229 🦇 LIVRO 8

Por isso, eu peguei o bastão e parti para a casa de Shey. Quando cheguei ao portão, dois guardas espreitavam os arredores, mas eles acenaram com a cabeça para que eu passasse como se nada tivesse acontecido.

Quando entrei no corredor, o Caça-feitiço e Grimalkin estavam lá de pé. A feiticeira assassina carregava as estacas, enroladas em juta, e o Caça-feitiço segurava o bastão. Eu me senti tão aliviado. Era evidente que passara menos tempo aqui do que no Outro Mundo. Os dois me olharam com espanto.

— Você está ferido, garoto? — perguntou meu mestre.

Balancei a cabeça.

— Alguns cortes e hematomas, mas nada sério.

— O que aconteceu? Onde você esteve? — quis saber ele.

— Essa espada! — exclamou Grimalkin, com os olhos arregalados de espanto, antes que eu pudesse responder. — Deixe-me vê-la!

Ela abaixou o embrulho com as lanças, e eu a estendi para ela. A feiticeira assassina examinou-a de perto, mas evitou tocar na lâmina de liga de prata.

Ela olhou para mim.

— Você sabe o que é isto? — gritou, enquanto examinava as estranhas marcas gravadas no cabo e tocava o entalhe na cabeça do suga-sangue.

Balancei a cabeça. O que ela queria dizer?

— É uma "espada de herói", fabricada pelo deus antigo que se chama Hefesto — contou ela. — Apenas três foram feitas, e esta é a melhor delas!

Sorri para Grimalkin.

— Eu conheci o herói! — confirmei. — Estávamos no Outro Mundo e ele me deu sua espada. Sem ela, eu não estaria aqui. A Morrigan me atacou e eu cortei a cabeça dela.

— A Morrigan vai se curar — disse Grimalkin. — Você pode contar com isso. Mas estou pensando na nossa batalha contra o Maligno. Esta arma nos dá uma chance muito melhor de sucesso. Ela recebeu outro nome que apenas lhe pertence; talvez um nome que defina melhor seu objetivo. Ela foi chamada de "Espada do Destino". Quem a empunha realiza o que nasceu para realizar.

— Eu não concordo com isso — interrompeu o Caça-feitiço. — Nós damos forma ao futuro por meio de cada ato que realizamos. Não existe destino. Ele é apenas uma ilusão, algo que pensamos que podemos ver retrospectivamente.

— Eu discordo — disse Grimalkin.

— Sim, pensei que você fosse fazer isso; portanto, vamos concordar em discordar — disse meu mestre. — O rapaz está ferido e cansado. Todos precisamos estar na melhor forma para amarrar o Maligno. Vamos esperar até amanhã.

Grimalkin acenou com a cabeça, concordando.

— Então, vá se deitar, rapaz — disse o Caça-feitiço, olhando para mim com expressão severa. — Você nos contará a história toda de manhã.

. . .

O DESTINO 231 LIVRO 8

Acordei, ciente de que alguém — ou algo — estava em meu quarto. Podia ver a silhueta de um vulto alto contra a luz cinzenta da aurora que brilhava através das cortinas. Rapidamente eu me sentei e percebi que era Grimalkin.

— De pé, garoto! — ordenou ela. — Temos muito que fazer hoje.

Eu adormecera por cima das cobertas e ainda vestia a camisa e a calça. Fiquei de pé como ela havia ordenado. A feiticeira se aproximou mais; ela se ergueu acima de mim, bem mais alta que eu.

— Tire a camisa.

Quando hesitei, Grimalkin balançou a cabeça e sorriu; os lábios pintados de preto se abriram o suficiente para que eu avistasse os dentes pontudos por trás deles.

— Eu já vi costelas magrinhas antes! — zombou ela. Depois vi que ela segurava uma roupa cinza na mão esquerda.

Desabotoei a camisa e tirei-a. Grimalkin começou a ajeitar a roupa ao redor do meu peito. Ao fazer isso, ela fez uma pausa e observou a marca no meu braço, onde Alice um dia enterrara as unhas na minha carne.

— Esta é a marca de Alice, não é? — perguntou ela.

Eu assenti, e meu coração ficou pesado ao pensar que nunca mais tornara a ver minha amiga.

Voltei a minha atenção à roupa que Grimalkin ajeitava. Era um tipo de camisa, mas parecia ser acolchoada nos ombros. Havia outro pedaço acolchoado que cruzava diagonalmente do ombro direito ao quadril esquerdo. A feiticeira abotoou a camisa rapidamente com dedos ágeis, e então, da bainha em uma das tiras de couro que cruzavam o próprio corpo, ela retirou um par de tesouras.

Eu me encolhi e dei um passo para trás. Essas eram as tesouras com que ela costumava cortar os ossos dos polegares dos inimigos. Algumas pessoas diziam que fazia isso enquanto eles ainda respiravam.

Mas não eram os meus ossos que ela queria. Rapidamente ela cortou um pedaço de tecido, recortando a parte de baixo da camisa e depois as mangas; por isso, elas agora terminavam acima do cotovelo.

— Esta é uma túnica acolchoada — explicou ela. — Você vai usá-la para impedir que as tiras e a bainha irritem sua pele.

Agora ela segurava um pedaço de couro na mão; preso a ele, havia uma bainha semelhante às que ela usava. Ela começou a ajustá-la. Depois de primeiro diminuir o comprimento com a tesoura, prendeu-a na túnica com agulha e linha, e apenas alguns pontos rápidos.

Assim que terminou, Grimalkin pegou a espada e a entregou a mim.

— Guarde-a na bainha! — ordenou ela.

— Devo usá-la com a mão direita? — perguntei.

— Você vai usá-la com as duas mãos, mas como sua principal arma é o bastão, que você empunha com a mão esquerda, deverá desembainhar a espada com a outra.

Guardei a espada na bainha.

— Agora desembainhe a espada o mais rápido que puder!

Obedeci.

— Guarde-a e desembainhe mais uma vez...

Quando fiz como ela pediu, Grimalkin reposicionou a tira de couro e, desta vez, usou vários pontos para prendê-la com firmeza à túnica.

— Agora — disse ela com um sorriso sombrio —, é hora de descer até o porão...

O porão ficava situado bem abaixo das acomodações da casa. Obediente, acompanhei Grimalkin pela longa espiral de degraus de pedra. Em seu interior, o soalho de laje estava vazio, a não ser por uma mesa que fora empurrada até a parede próxima. Uma dezena de tochas em suportes de parede iluminava a área. Parecia que o local fora recentemente varrido.

Grimalkin fechou a pesada porta de madeira atrás de nós, e então girou a chave na fechadura antes de retirá-la e jogá-la na mesa.

— Por que viemos até aqui? — perguntei e minha boca subitamente ficou seca.

— Primeiro, temos bastante espaço — respondeu ela. — Mas não é apenas isso... aqui no porão, ninguém vai ouvir você gritar.

Dei um passo para trás. Grimalkin deu um passo na minha direção.

— Você não tem para onde correr, Thomas Ward — disse ela, a voz calma e cheia de malícia. — Você me trespassou uma vez com seu bastão. Eu lhe devo por isso, e sempre pago as minhas dívidas. E não bastará nada menos que a sua vida; por isso, desembainhe a espada e se defenda, se puder!

Era verdade que uma vez eu golpeara o ombro dela com o meu bastão, e a prendera a uma árvore; eu agira em legítima defesa — ela estivera me caçando, pronta para tirar a minha vida. Mas desde então vínhamos lutando juntos, lado a lado; eu havia pensado que agora éramos aliados e que Grimalkin viera até Kenmare para nos ajudar a amarrar o Maligno. E se tudo tivesse sido uma mentira? Será que ela tinha tanta necessidade assim de se vingar? Ela me resgatara do forte apenas para que pudesse pôr um fim pessoalmente na minha vida, nesta cela?

Eu tinha medo, e meus joelhos tremeram. Mal consegui retirar a espada da bainha antes de ser atacado. Desembainhando duas espadas ao mesmo tempo, Grimalkin correu direto para mim. Eu ergui a Espada do Destino e consegui desviar a arma da mão esquerda, girando de modo que a outra lâmina errou meu ouvido esquerdo por menos de um centímetro.

Antes que eu recuperasse o equilíbrio adequadamente, ela girou na minha direção novamente. Em pânico, mirei na cabeça dela, mas a feiticeira assassina se desviou e sorriu de modo sombrio antes de atingir o meu ombro esquerdo. Eu não fui rápido o suficiente e senti uma dor aguda quando a lâmina cortou a minha carne. Será que eu estava muito ferido? Olhei para o ferimento e vi o sangue pingando até o meu cotovelo.

Querer ter certeza da gravidade da minha ferida foi um erro tolo — que quase me custou a vida. No instante em que baixei o olhar, Grimalkin aproveitou-se do meu lapso e iniciou um ataque. Tropecei após o golpe violento, mas, por alguma razão, as espadas dela erraram o meu corpo.

Girei e fiquei de pé de um pulo. Ela tornou a se aproximar, com os olhos brilhando, a boca muito aberta, como se fosse arrancar minha carne com os dentes. Os dentes, que ela havia lixado até virarem pontas mortais, eram uma das coisas mais assustadoras na feiticeira assassina.

Eu estava começando a me desesperar. Que chance eu tinha contra Grimalkin? Como eu poderia ter esperança de golpear a mais mortal assassina que o clã Malkin já produzira? Percebi que tinha apenas uma chance remota. De alguma maneira, no calor da batalha, eu precisava concentrar minha mente e tentar tornar mais lento o próprio tempo. Esse dom, que eu havia herdado de minha mãe, salvara a minha vida em mais de uma ocasião. Eu tinha que tentar usá-lo agora.

Antes que pudesse levar meu plano a cabo, Grimalkin atacou. Uma raiva súbita cresceu dentro de mim. O que ela estava fazendo? Eu não merecia morrer naquele porão. E, se ela me matasse, o Maligno estaria aguardando para atormentar a minha alma. Com uma onda de recém-encontrada confiança, dei um passo para a frente e girei a espada na direção dela com todas as minhas forças, obrigando-a a inclinar-se rapidamente para trás e ir para o lado. Tornei a atacar, e desta vez troquei a espada da mão direita para a esquerda. Era um truque que o Caça-feitiço me ensinara quando praticávamos com os bastões. Foi assim que eu a havia ferido da última vez.

Isso quase a pegara novamente, mas ela se desviou com segurança e então avançou mais uma vez. Respirei fundo, comecei a me concentrar e reuni o poder que se encontrava bem fundo dentro de mim.

Concentre-se! Comprima o tempo! Atrase-o. Faça-o parar!

Grimalkin se movia na minha direção, e sua aproximação tinha quase a forma de uma dança. Ela se balançou nos dedos do pé e dobrou os joelhos, pulou para a esquerda e ergueu o braço para acertar um golpe fatal no meu coração. Mas seus movimentos eram lentos e eu, mais rápido. Minha espada interceptou a dela e derrubou-a de sua mão.

Brilhando sob a luz da tocha, a adaga da assassina girou repetidas vezes, lenta como uma pena, caindo delicadamente na direção da laje. Mas então parou. Estava imóvel, congelada no espaço, e pairava acima do chão. Eu realmente havia parado o tempo!

Inverti o movimento da minha espada e golpeei na direção do pescoço da feiticeira. Grimalkin estava impotente; eu vencera.

Observei minha espada mover-se na direção do pescoço desprotegido. Mas, em seguida, notei outra coisa. Grimalkin estava congelada no tempo, impotente, mas também olhava nos meus olhos — e sorria! Ela sorria para mim enquanto minha lâmina estava a centímetros de seu pescoço!

O DESTINO 🦇 237 🦇 LIVRO 8

No último minuto, inclinei a lâmina para cima de modo que a errasse. Então, afastei-me, agachando-me. Por que eu não a matara quando tivera a chance? Qual era o meu problema? Na ilha de Mona, eu não conseguira matar Lizzie Ossuda quando tivera a chance. Lá, eu a poupara porque ela era a mãe de Alice. Mas o que estava acontecendo aqui?

E subitamente eu soube. Relaxei e deixei que o tempo se movesse mais uma vez. Grimalkin rapidamente embainhou a outra espada e caminhou na minha direção. Ainda sorria.

Foi quando percebi que fora algum tipo de teste. Ela estivera me testando. Só então ela se pronunciou.

— Certa vez, consultei Martha Ribstalk, que na época era a mais importante cristalomante de Pendle — disse Grimalkin —, e ela me contou que uma criança acabara de nascer e que representava uma força que poderia resistir à do Maligno. Embora Martha fosse poderosa, alguém a estava mantendo longe de sua vista. Agora acredito que este protetor fosse sua mãe; você era a criança, e meu aliado nesta luta contra meu inimigo jurado. Juntos teremos sucesso. É como tem que ser. Destruir o Maligno é o nosso destino.

Minhas mãos começaram a tremer um pouco. Agora que havia acabado, sentia uma onda de alívio.

— Eu queria infundir medo em você. Precisava pôr você sob pressão para que lutasse como se fosse pela sua vida. Agora tive a oportunidade de estudar o seu manejo da espada e saber o que é necessário melhorar. Conversei com John Gregory e disse que preciso de, pelo menos, uma semana para treiná-lo. Ele concordou. Assim que você chegar ao nível necessário, vamos tentar amarrar o Maligno. É a nossa melhor esperança.

— Vou enfrentar o Maligno com esta espada?

Grimalkin sorriu mais uma vez.

— Não exatamente, mas o que eu ensinar será essencial, porque os habitantes das trevas, os servos do Maligno, virão atrás de você. Eles tentarão caçá-lo; portanto, você precisará de habilidade para manejar a espada. Isso poderia significar a diferença entre a vida e a morte. Como eu disse, a espada tem outro nome, a Espada do Destino, e, apesar do que seu mestre disse, cada um dos guardiões dela cumpre a própria sina, o que ele pretendia alcançar na vida, enquanto é o seu portador.

— Isso se parece demais com destino — falei —, com a ideia de que o futuro está escrito. Nesse ponto, concordo com o Caça-feitiço. Acredito que cada um de nós tenha um pouco de livre arbítrio, um pouco de liberdade de escolha.

— Criança, talvez seja verdade, mas acredito que você tenha um destino: você nasceu para destruir o Maligno. E você é o caçador das trevas. Agora que tem essa espada, ele começará verdadeiramente a temê-lo! Lembra-se de como você cortou a cabeça da Morrigan?

Subitamente, soube o que Grimalkin esperava de mim

O DESTINO 239 LIVRO 8

—Você quer que eu faça isso com o Maligno?

— Nós o trespassaremos e então o decapitaremos. Em seguida, enterrarei a cabeça dele em outro lugar. Isso lhe dará tempo de descobrir uma solução permanente para que ele possa ser destruído para sempre.

— Eu quase matei você há pouco — falei. — O teste foi longe demais...

Grimalkin balançou a cabeça.

— Eu sei quando vou morrer. Martha Ribstalk me contou isso também. Não vou morrer aqui nas suas mãos.

Concordei com a cabeça. Sabia que o Caça-feitiço teria considerado a fé de Grimalkin na profecia uma grande tolice.

CAPÍTULO 21

CONCELADO NO TEMPO

Bill Arkwright havia passado seis meses me treinando, com ênfase nos aspectos físicos do ofício de caça-feitiço e no combate — em particular, a luta com os bastões. Ele fora muito exigente; às vezes, beirava a crueldade, e eu terminara coberto de hematomas. Fora uma experiência dolorosa e exaustiva.

Isso, porém, não foi nada comparado ao que passei durante a semana em que fiquei sob a tutela de Grimalkin. Grande parte do meu sofrimento foi causado pelo puro terror que eu sentia, lutando frente à frente com a feiticeira assassina. Sua aparência intimidava o suficiente; além disso, seus olhos ardiam com uma ferocidade assustadora, e eu nunca sabia que espada ela desembainharia das muitas bainhas que tinha ao redor do corpo.

Ela também tinha uma força física com a qual eu não tinha esperança de rivalizar. E precisava ficar fora

O DESTINO 241 LIVRO 8

do alcance dela. Assim que ela punha a mão em mim, invariavelmente eu terminava caído no chão, sem fôlego e com uma lâmina no meu pescoço.

Ela me cortou, também, mais de uma vez — teria sido bom ter Alice por perto com suas ervas de cura e unguentos. A dor de perder a minha melhor amiga ainda não diminuíra — as beiradas afiadas das lâminas de Grimalkin não eram nada, comparadas a isso.

Eu logo me tornei hábil com a espada — que agora parecia uma extensão de mim mesmo —, mas a feiticeira assassina se apressou em dizer que isso era apenas o começo do que eu precisava saber. Disse também que eu melhoraria cada vez que lutasse pela minha vida contra um oponente que quisesse me matar — supondo sempre que eu sobreviveria ao encontro.

Uma das habilidades que eu era obrigado a praticar repetidas vezes era a de parar o tempo durante um combate. À medida que a semana avançava, meu controle aumentava regularmente. Como eu já demonstrara, ao usá-lo eu poderia rivalizar com um oponente tão mortal quanto Grimalkin.

Antes cedo do que tarde, essa semana de treinamento intenso chegou ao fim, e já estávamos prontos para encarar o maior desafio.

Assim que o sol se pôs, deixamos a casa de Shey e nos aproximamos da cova. Éramos apenas três: o Caça-feitiço,

Grimalkin e eu. Eu vestia a capa, mas por baixo dela estava a Espada do Destino na bainha. O cântaro de sangue encontrava-se no bolso da calça. Durante meu treinamento com a feiticeira, o Caça-feitiço acrescentara coisas ao seu Bestiário, atualizando-o sempre que possível e escrevendo uma nova seção com os preparativos para amarrar o Maligno.

Nos meus anos com o Caça-feitiço, eu sempre imaginara que Alice tomaria parte nessa tarefa — mas não era assim que ia acontecer. Ela se fora para sempre, e agora eu tinha que aprender a aceitar isso.

O montador de cargas e seu ajudante aguardavam ao lado da imensa moldura de madeira que fora erguida acima da cova. Os dois homens pareciam assustados, mas até agora tinham feito um bom trabalho: suspensa do bloco de polias, pendurada em posição horizontal, estava a imensa tampa de pedra que selaria a cova. Num dos lados, estava a pesada rocha que finalmente seria colocada por cima. Ela tinha um anel incrustado para facilitar na hora em que fosse erguida.

Perto da cova estava o monte de terra que eu tivera tanto trabalho para escavar. Misturado a ele, havia uma grande quantidade de sal e ferro. Não era provável que tivessem muito poder contra o Maligno, mas o Caça-feitiço achava que se o enfraquecesse, ainda que de leve, valeria a pena tentar. Se conseguíssemos amarrá-lo, essa mistura encheria a cova.

Se fracassássemos... o Maligno não perderia tempo em vingar-se pelo que eu fizera; ele me liquidaria primeiro, e depois mataria o Caça-feitiço e Grimalkin.

O DESTINO 243 LIVRO 8

E nossas almas enfrentariam uma eternidade de tormentos.

Percebi que Grimalkin carregava dois sacos: um continha as lanças e os pregos; o outro era feito de couro e parecia vazio. Aparentava ser novo — será que ela mesma o costurara?, eu me perguntei. Ela colocou os dois sacos no chão e, já com as luvas de couro, desembrulhou cuidadosamente as quatro lanças compridas. Além delas, havia alguns pregos com cabeça larga, compridos e feitos com liga de prata, além de dois malhos com cabo curto para pregá-los na carne do Maligno. Ela entregou um deles para o Caça-feitiço.

Já ficara acertado que o meu mestre e eu assumiríamos posições na cova, prontos para atacar o Maligno embaixo, enquanto, em cima, Grimalkin tentaria enfiar a lança no coração dele. Depois, se fôssemos bem-sucedidos, nós o prenderíamos na rocha.

Nesse momento, o sol já baixara e a luz estava começando a diminuir, mas a cova era iluminada por sete lanternas; três eram suspensas pela grua de madeira e as outras haviam sido colocadas no solo, perto dos quatro cantos.

O Caça-feitiço desceu até a cova e eu o acompanhei. Apesar da base de rocha sólida que impedira minhas escavações, ela era muito profunda; a cabeça do Caça-feitiço mal alcançava a beirada dela. A feiticeira assassina deu uma lança a cada um de nós. O Caça-feitiço e eu assumimos as posições em cantos opostos da cova. Acima, Grimalkin segurava a terceira lança com as duas mãos — a quarta se

Joseph Delaney 244 AS AVENTURAS DO CAÇA-FEITIÇO

encontrava no solo, ao lado dela — e olhava para baixo com atenção.

O Caça-feitiço limpou a garganta.

— Este é o momento pelo qual todos esperávamos — disse solenemente. — Um ou mais de nós pode perder a própria vida. Se o Maligno for amarrado com sucesso, terá valido a pena. Compartilhamos o mesmo objetivo, e eu agradeço a vocês dois por ficarem ao meu lado!

Era uma declaração impressionante do meu mestre. Ele agradecera a uma feiticeira por colaborar com ele! Grimalkin esboçou um sorriso e acenou com a cabeça para ele em reconhecimento.

— É agora — disse o Caça-feitiço, voltando os olhos para mim. — Me dê o cântaro de sangue!

Minha boca estava seca e as mãos tremiam, mas eu estava determinado a fazer o que era necessário. Concentrei-me em controlar a respiração e me acalmar. Nervoso, tirei o cântaro do bolso, cruzei a cova e entreguei-o a ele. Era estranho pensar que Alice e eu passamos tanto tempo temendo que o cântaro rachado pudesse perder seu poder e permitir que o Maligno nos levasse embora, e agora o Caça-feitiço estava prestes a destruí-lo.

Voltei para o meu lugar rapidamente. Por um momento, o Caça-feitiço fitou o pequeno cântaro de barro com uma expressão de desgosto; depois, ergueu-o.

— A rachadura no cântaro permitiu que o Maligno se aproximasse muitas vezes — disse ele. — Suspeito que ele sempre está por perto, aguardando para vir e obter a vingança. Por isso, espero que ele apareça no momento em que o cântaro for quebrado. Preparem-se!

Com um movimento convulsivo súbito, o Caça-feitiço jogou-o para fora da cova, contra um dos sólidos suportes de madeira que sustentavam a grua. Com um estalido agudo, ele se partiu e meus joelhos quase cederam.

Estava feito. O Maligno chegaria em questão de segundos. Alice sempre acreditara que, se o cântaro se partisse, a reação dele seria imediata.

No entanto, os segundos se tornaram minutos... e nada aconteceu. Fiquei inquieto. Talvez levasse dias até ele chegar. E, se fosse esse o caso, seria difícil permanecer vigilante. Não era isso que esperávamos.

Foi então que senti um tremor forte sob meus pés. O solo estava se movendo. De repente, as lanternas bruxulearam de modo ameaçador e a luz começou a diminuir. Elas foram se apagando até restar um brilho fraco, e um dos montadores de cargas soltou um grito alto de medo. Diretamente acima das nossas cabeças, ouviu-se um som semelhante ao ressoar de um trovão; durante alguns instantes, fomos lançados em total escuridão.

O Maligno estava se aproximando...

Comecei a me concentrar, reunindo as minhas forças. Se eu parasse o tempo cedo demais, o Maligno não conseguiria entrar na cova; se eu parasse muito tarde, ele assumiria o controle — e eu seria *seu* prisioneiro; preso como uma mosca no âmbar enquanto ele fizesse suas maldades.

As lanternas voltaram a brilhar com força, e, com um mugido terrível, que parecia sacudir o mundo inteiro, o Maligno apareceu na cova entre mim e o Caça-feitiço. Ele irradiava uma luz própria vermelha e sinistra. Apesar do meu terror, eu estava cheio de esperança. Ele viera. Aquilo poderia ser feito.

Concentre-se! Comprima o tempo! Faça-o parar!

O Maligno era três vezes maior que o Caça-feitiço, com um tórax largo, um rabo comprido, pés fendidos e os chifres curvados de um bode, e estava coberto de pelo preto. Suas pupilas eram duas fendas verticais e ele exalava um fedor animal que fez meu estômago se revirar. Mas, em meio ao terror que senti, notei com alívio que a cova seria grande o suficiente.

O Maligno não se movia — agora, controlar o tempo quase se tornara uma segunda natureza para mim —, e nem o Caça-feitiço, nem Grimalkin. Tudo estava imóvel e silencioso. Meu coração ainda batia. Eu ainda respirava. Eu havia parado o tempo. Agora eu tinha que trespassá-lo...

Avancei para golpeá-lo, mas a minha lança se moveu muito lentamente. E pior, meu coração parecia estar mais devagar; cada batimento era difícil e levava mais tempo para chegar que o anterior. O Maligno revidava e tentava me congelar no tempo e se libertar.

Será que eu agira tarde demais? Como poderia ter tido esperança de rivalizar com a força dele? Mas eu tinha que tentar. Não poderia desistir agora.

Rangi os dentes, movi a lança de prata na direção da barriga dele — mas vi que ela se movia cada vez mais lentamente. Se eu falhasse nisso, o Maligno acabaria com as nossas vidas. Seria o fim de tudo que havíamos tentado fazer. Joguei a arma contra ele com toda a força que reuni, usando toda a minha concentração. Mas era como se agora eu estivesse congelado.

Grimalkin..., pensei. Será que ela não poderia desejar que ele se afastasse?

Essa esperança imediatamente se extinguiu. Como ela poderia fazer isso? Estava, como eu, presa num instante do tempo, se perguntando desesperadamente o que poderia ser feito. Ela não desejava que o Maligno se afastasse porque então ele poderia escapar às lanças dela. Grimalkin tinha confiança em mim: ela acreditava que eu derrotaria o Diabo. *Mas e se eu não conseguisse?*

Então, a minha visão começou a escurecer.

CAPÍTULO 22
A ESPADA DO DESTINO

Mesmo com a visão embaçada, continuei a lutar, reunindo mais uma vez toda a minha concentração. Embora eu estivesse encarando a derrota, não poderia desistir. Não agora. Lembrei-me do conselho que me fora dado por Cuchulain: devo continuar lutando, por mais desesperada que pareça a situação. E a ideia do que o Maligno estivera fazendo com Alice me impeliu a fazer um último esforço. Mesmo que eu não pudesse tê-la de volta, eu poderia feri-lo, fazê-lo pagar. Mesmo se eu perdesse, eu lutaria até o amargo fim.

Mas então, quando parecia que toda esperança se fora, ocorreu uma mudança súbita. Senti alguma coisa ceder muito levemente. Meu coração começou a bater forte dentro do peito: primeiro, devagar, depois, cada vez mais rápido! Eu estava novamente no controle, e meu sangue corria nas veias. O Maligno estava de pé à minha frente, imenso e terrível — mas imóvel. Agora ele estava paralisado e *eu* me movia!

Acertei a lança de prata na lateral do corpo dele. Houve uma resistência momentânea; depois, um jato de sangue preto. Eu a empurrei para cima com mais força, fundo no couro peludo. O Maligno gritou, um ruído que atingiu os meus tímpanos; um grito de dor e raiva com poder para dividir a Terra ao meio e fazer as próprias pedras sangrarem. O som foi tão forte que eu perdi a concentração — e meu controle do tempo.

Subitamente o Maligno se libertou do meu controle, girou na minha direção e baixou o imenso punho de foice. Eu me encolhi e senti quando ele roçou o meu cabelo.

Mas o tempo se movia livremente mais uma vez, e agora os outros eram capazes de atacar. O Maligno berrou pela segunda vez quando o Caça-feitiço atacou com a própria lança bem fundo na barriga peluda e fez com que ele caísse de joelhos.

Acima, viu-se um clarão do relâmpago, seguido imediatamente do rebumbar de um trovão. Uma tempestade começou a cair acima das nossas cabeças, e a chuva torrencial bateu no solo. Parecia ter vindo de repente.

Ergui o olhar e vi Grimalkin equilibrar-se na ponta dos pés, mirando com cuidado. A feiticeira assassina nunca errava — sem dúvida, isso não aconteceria desta vez, não é? Meu coração foi parar na boca, mas eu não precisava ter tido medo. Ela jogou a lança para baixo com força, e a arma perfurou as costas do Maligno. Passou pelo corpo dele e, com uma explosão de sangue preto, a ponta ensanguentada emergiu de seu peito. Ela trespassara o coração dele com prata. Mas seria o suficiente?

O raio brilhou mais uma vez e dividiu o céu, e uma chuva furiosa caiu dentro da cova quando a feiticeira assassina jogou a segunda lança, que tornou a perfurar o corpo do Maligno a dois centímetros da primeira. O coração dele fora transfixado por duas lanças de prata. Ele soltou um grande gemido de dor, curvou-se para a frente, e sangue e saliva pingaram da boca aberta. Grimalkin então pulou dentro da cova, à esquerda dele. Em uma das mãos, via-se um martelo; na outra mão com a luva, um punhado de pregos de prata. Enquanto isso, o Caça-feitiço avançava para o braço direito do Maligno.

Agora o Maligno já estava de quatro e jogava a cabeça como um touro ferido enquanto rugia de dor. A feiticeira assassina aproveitou a chance e enfiou um prego na mão esquerda dele; depois, bateu três vezes com o martelo no prego de cabeça larga e o conduziu direto pela carne para prender a imensa mão peluda na rocha. Ele girou a cabeça, abriu bem a boca e se lançou na direção dela como se fosse arrancar sua cabeça do corpo com os dentes. No entanto, com a graça de um gato, ela se desviou da boca mortal, girou o martelo para trás com força no rosto dele e fez em pedaços os dentes da frente, deixando apenas tocos quebrados e ensanguentados.

Observei meu mestre enfiar rapidamente um prego na mão direita do Maligno, e os músculos em seu ombro incharam enquanto ele girava o pesado martelo com um ritmo e força que contradiziam sua idade. Segundos depois, trabalhando como uma equipe, o Caça-feitiço e Grimalkin trespassaram cada um dos tornozelos do Maligno. Enquanto ele rugia de dor, Grimalkin apontou para mim.

— A cabeça dele! — gritou ela. — Agora! Corte a cabeça dele! Faça isso agora!

Eu desembainhei a espada de herói e caminhei na direção do Maligno; enquanto fazia isso, sangue começou a pingar dos olhos de rubi. Eu a ergui bem alto, respirei fundo, retesei os músculos e baixei-a sobre o pescoço dele. Sangue preto jorrou quando a lâmina cortou sua carne. Mas meu braço estremeceu quando atingiu o osso e o tendão. O Maligno gritou, a lâmina prendeu, e foram necessários alguns segundos para que eu a soltasse com um puxão.

— Acerte de novo! — gritou Grimalkin. — Faça isso!

Mais uma vez, eu baixei a espada no mesmo lugar, no pescoço. Desta vez, a resistência foi menor, e a espada separou a imensa cabeça do Maligno dos ombros. Ela caiu dentro da cova, rolou e terminou nos pés de Grimalkin.

Meus olhos encontraram os do Caça-feitiço, mas não havia vitória neles. Meu mestre apenas assentiu.

Grimalkin segurou a cabeça pelos chifres curvados e ergueu-a bem no alto. Sangue preto escorria, e os lábios inchados do Maligno se moveram por cima dos dentes partidos, como se ele tentasse falar. Mas seus olhos giraram para dentro da cabeça e apenas o branco deles ficou visível. Grimalkin saltou da cova e empurrou a cabeça para dentro do novo saco de couro. Depois de amarrá-lo com segurança, ela retornou à cova onde o corpo decapitado do Maligno ainda tremia e se contorcia.

O Caça-feitiço e eu pegamos as pás e rapidamente começamos a encher a cova com o monte de terra misturado com ferro e sal. Ergui os olhos para a grua. O montador de cargas e o ajudante não eram vistos em parte alguma. Eles haviam fugido.

Com a chuva torrencial que ainda caía, nós três jogamos a terra na cova o mais rápido que pudemos. Encharcados até os ossos, trabalhamos com rapidez, frenéticos para esconder a fera monstruosa, sem saber ainda do que ela era capaz. Eu me perguntei se, mesmo sem a cabeça, o Maligno poderia se libertar. Gradualmente seus esforços diminuíram, e os gemidos que vinham da cabeça no saco ficaram mais baixos também.

Depois de algum tempo, o montador de cargas e o ajudante retornaram. Nesse momento, o corpo decapitado do Maligno estava praticamente coberto, embora o solo ainda se contorcesse e se erguesse. Envergonhados, os dois homens resmungaram seus pedidos de desculpa. O Caça-feitiço simplesmente deu-lhes tapinhas nas costas. Com as mãos extras, nosso progresso foi mais rápido — embora tenhamos levado quase mais uma hora até finalmente enchermos a cova e compactarmos a terra. Terminado o trabalho, ficamos parados ali, com o peito ainda arfando por causa do cansaço. Finalmente, chegara a hora de baixar a tampa de pedra na cova.

O DESTINO 253 LIVRO 8

Nesse momento, a chuva cessou, mas estava escorre-gadio sob os nossos pés; por isso, tínhamos que tomar cui-dado. Com o montador de cargas controlando a correia, Grimalkin e eu seguramos um lado da pedra enquanto o Caça-feitiço e o ajudante do montador seguravam o outro. Ela baixou suavemente e, no último momento, retiramos nossas mãos e a tampa ficou na posição correta, com um ajuste perfeito.

Em seguida, o ajudante do montador de cargas puxou a correia e colocou o gancho no anel do pedregulho. Logo ele estava sendo içado no ar e baixado no centro da tampa de pedra. Então, tendo cumprido sua obrigação, o anel de ferro foi retirado pelo montador de cargas. Finalmente, cobrimos a tampa e os arredores do pedregulho com o resto da terra. Assim que a grama crescesse, pareceria sim-plesmente com um décimo terceiro menir no centro dos doze que o circundavam. As pessoas nunca saberiam que o corpo do Maligno estava enterrado ali no interior do cír-culo de pedras de Kenmare.

Mas Grimalkin ainda não terminara. Ela reforçou a ameaça do dragão e lançou um feitiço de ocultação próprio para esconder a presença do Maligno dos servos das trevas. O Caça-feitiço virou de costas enquanto ela ter-minava o ritual e caminhava três vezes ao redor do lado de fora das pedras; conforme ela caminhava, entoava o pode-roso feitiço.

Finalmente, a feiticeira assassina parou ao nosso lado. Parecia que conseguíramos. A grande fera estava amarrada;

apesar de todos os esforços, ele fora incapaz de se libertar. Continuamos de pé ali por algum tempo, sem dizer nada, e mal acreditávamos no que acabáramos de realizar.

— Mas o Maligno não está amarrado para sempre, está? — ousei perguntar, e minha voz não passava de um sussurro. — De um modo ou de outro, um dia ele vai se libertar...

— Nada dura para sempre, rapaz — disse o Caça-feitiço, franzindo a testa. — Mas agora ele não pode abandonar aquela forma porque sua carne foi perfurada com prata e ele está preso à rocha. Separá-lo da cabeça torna a amarração mais forte. Ele ficará aqui até encontrarmos um meio de dar cabo dele para sempre. Mas o que mais temo é que alguém ou alguma criatura possa libertá-lo. Esse é o maior perigo agora.

— Isso não vai acontecer — disse Grimalkin. — Como você disse, desde que a cabeça e o corpo fiquem separados, o Maligno permanecerá amarrado. No início, eu pretendia enterrar a cabeça em um local diferente; talvez do outro lado do mar. Mas agora pensei num modo melhor. A cabeça pertencerá a mim. Serei sua guardiã. Pretendo voltar ao Condado e mantê-la perto de mim o tempo todo. Os habitantes das trevas me caçarão. Virão atrás de mim para recuperar a cabeça e trazê-la de volta até aqui, mas matarei cada um. Vou mantê-la comigo enquanto eu puder. — Grimalkin baixou os olhos. — Embora seja verdade que não poderei correr nem lutar para sempre. Haverá muitos deles e, no fim, eles me pegarão. — Ela olhou diretamente para mim. — Enquanto eu os mantiver a distância, use o tempo para encontrar um modo de acabar com ele de uma vez por todas.

Desembainhei a espada e ergui-a na direção dela, com o cabo primeiro.

— Pegue a espada — falei. — Ela vai ajudar!

Grimalkin balançou a cabeça.

— Não. Tenho as minhas próprias armas e você precisará dela mais do que eu. Lembre-se, os servos do Maligno vão seguir você também. Eles saberão o que foi feito; e reconhecerão a sua parte nisso. Além do mais, agora você é o guardião da Espada do Destino. Saberá quando for a hora de entregá-la a outra pessoa. Quando trespassamos o corpo do Maligno com as lanças de prata, introduzimos uma lasca de medo em todos os habitantes das trevas, por mais poderosos que sejam. Agora eles sabem como é sentir medo. E a partir do momento em que você cortou a cabeça do Maligno, seu destino foi modificado. Se antes você era o caçado, agora você se tornou o caçador das trevas!

Então, sem olhar para trás, Grimalkin ergueu o saco de couro, jogou-o por cima do ombro esquerdo e correu noite adentro.

O Caça-feitiço olhou para mim com expressão severa.

— Melhor pensar duas vezes antes de acreditar no que ela disse. A verdade é que, depois do seu pacto tolo, você teve sorte de ter outra chance, rapaz — disse ele, balançando a cabeça. — Mas ela tem razão em uma coisa: haverá um acerto de contas final com o Maligno; até lá, conseguimos uma pequena pausa para nós. Temos que fazer bom uso dela.

CAPÍTULO 23

COBERTA DE SANGUE

Ficamos na casa de Shey enquanto os botões nos arbustos de pilriteiros encheram-se de folhas e o sol persuadiu as primeiras flores relutantes da primavera a florescerem. Ocasionalmente, rajadas de vento ainda impeliam borrascas vindas do oeste, mas quando o sol *realmente* brilhava, fazia um calor real.

Boas notícias chegaram do Condado. Como Grimalkin previra, os escoceses das Terras Altas e das Terras Baixas reuniram uma coalisão dos condados livres do norte. Uma grande batalha ocorrera ao norte de Kendal. O inimigo fora impelido para o sul, mas o conflito ainda estava longe de acabar. Eles haviam se reagrupado próximo a Priestown, e outra batalha era iminente. Todos os dias, eu aguardava ansioso, na esperança de ter alguma notícia. Eu queria ir para casa.

Os guardas ao redor da casa foram dobrados desde que um deles desaparecera misteriosamente sem deixar vestígios. Eu havia prestado atenção no aviso de Grimalkin, mas não vira nenhum sinal dos servos das trevas. A longa guerra travada entre os magos e os proprietários de terras mais uma vez se caracterizava pelo impasse que durava séculos. Apesar dos nossos esforços, nada realmente havia mudado.

No início de uma manhã, quando o sol brilhava num céu sem nuvens, saí para exercitar os cães. Eu tivera uma noite inquieta e não dormira bem. Havia pensado em Alice. Perdê-la era uma dor que ainda me mantinha acordado.

Primeiro, os cães perceberam algo. Todos os três deixaram de latir e pararam subitamente. Eles fitavam um bosque a cerca de 800 metros a oeste. Subitamente, com Patas à frente, eles dispararam na direção do bosque e latiram, agitados. Chamei-os de volta, mas eles me ignoraram; por isso, não tive escolha senão correr atrás deles.

Pensei que era improvável ser um coelho ou uma lebre. Patas, Sangue e Ossos costumavam ser cães obedientes, e, por mais forte que fosse o cheiro que sentiram, ao ouvir o meu comando, eles me obedeceriam. Qual era o problema dos cães?

Quando cheguei às árvores, os cães já tinham corrido para mais longe, no fundo da mata. Eu podia ouvir seus latidos ficando cada vez mais fracos. Aborrecido, diminuí o passo para uma caminhada. Imediatamente, notei que estava tudo muito calmo abaixo da cobertura de folhas frescas e verdes. A brisa se extinguira e não havia canto de pássaros. Nada se movia. E, então, ouvi — o som distante de flautas. Eu já ouvira aquela música antes. *Era Pã!*

Comecei a correr. A cada passo que eu dava, a música ficava mais alta. Momentos depois, cheguei a uma clareira. O deus assumira mais uma vez a forma de um garoto vestido de verde, e estava sentado em um tronco, com um sorriso no rosto. Ao redor dele, via-se um círculo de animais enfeitiçados: arminhos, doninhas, coelhos, lebres, além dos três cães — e todos fitavam-no com atenção. Acima, os galhos estavam carregados com pássaros. E ali, aos pés dele, via-se uma garota em um vestido branco coberto de lama.

Ela estava deitada de costas, com a cabeça apoiada no tronco. Embora fosse jovem, seus cabelos eram brancos. Não era um tom de louro acinzentado bonito, mas o branco total da velhice. Ela usava sapatos de bico fino. Em choque, subitamente a reconheci: era Alice.

Pã interrompeu a música e baixou a flauta. Imediatamente, todos os animais, a não ser os meus cães, fugiram para as árvores. Acima da minha cabeça ouviu-se o bater de asas quando os pássaros se dispersaram. Patas, Sangue e Ossos caminharam na minha direção e começaram a gemer baixinho. Agora que a música havia parado, eles sentiam medo.

Olhei para Alice, e uma mistura de pensamentos e emoções se agitou dentro de mim. Em parte, eu estava cheio de alegria. Ela voltara, e eu nunca esperara vê-la de novo. Mas era evidente que havia algo errado e fiquei alarmado.

Antes que eu conseguisse dizer alguma coisa, Pã falou:

— Não me esqueci de você nem do que me pediu; portanto, em gratidão por me libertar do corpo do bode, trouxe sua amiga de volta — disse ele em tom melodioso. — Quando você amarrou o Maligno, as paredes do domínio dele enfraqueceram, e eu consegui entrar. O que você fez foi corajoso, mas também foi tolo. Os servos dele estão atrás da *sua* cabeça agora. Mais cedo ou mais tarde, eles a pegarão.

Emoções contraditórias giravam dentro de mim: alegria por ter Alice de volta; desespero pelo que fora feito a ela.

— Qual é o problema com ela? — murmurei, ajoelhando-me ao lado dela, minha felicidade temperada pela mudança que eu via. Acariciei seu rosto, mas ela se encolheu como um animal selvagem, com os olhos cheios de terror.

— Ela viveu no domínio do Maligno e viu coisas que nenhum mortal jamais deveria testemunhar. Sem dúvida, ela também foi submetida a muitos tormentos. Temo por sua mente.

— Será que ela vai se recuperar? — perguntei.

— Quem pode dizer? — respondeu Pan com um sorriso indiferente. — Eu fiz o que podia. Mas lidar com o Maligno é mais uma coisa pela qual eu tenho que lhe agradecer. Os praticantes de magia negra por todo o mundo enfraqueceram por causa do que você conseguiu. Os magos agora não têm força para me amarrar. Serei capaz de manter a magia para mim!

Ele sorriu mais uma vez e lentamente começou a desaparecer da minha vista. Por alguns segundos, perambulou como um vulto fantasmagórico transparente; depois, ele se foi. Em instantes, os pássaros voltaram a cantar e uma brisa soprou em meio às árvores.

Eu me virei para o vulto deitado à minha frente.

— Alice! Alice! Sou eu, Tom. O que aconteceu com você? — gritei.

Mas ela não respondeu e apenas me fitou com olhos arregalados de medo e espanto. Tentei ajudá-la a ficar de pé, mas ela puxou a mão e tropeçou para trás do tronco. A não ser pelos cabelos brancos, aquela era a minha amiga, a Alice da qual eu me lembrava, mas sua mente parecia ter mudado completamente. Será que ela possuía alguma lembrança de mim? Será que sabia o próprio nome? Não parecia ser o caso.

Inclinei-me para a frente, segurei-a pelo pulso e tentei puxá-la para que ficasse de pé. Ela me atacou com as unhas da mão esquerda, arranhou minha bochecha direita e errou meu olho por pouco. Fitei-a cauteloso. O que eu poderia fazer?

— Vamos, Alice! — falei, apontando para o meio das árvores. — Você não pode ficar aqui. Vamos voltar para casa. Está tudo bem... você voltou das trevas. Está a salvo agora E ouça com atenção: nós conseguimos! Nós conseguimos amarrar o Maligno!

Alice me fitou com expressão sombria, mas não respondeu. Sem poder arrastá-la à força, havia somente uma coisa que eu poderia fazer. Virei-me para os cães:

— Levem Alice de volta! Levem Alice! — gritei, apontando para ela, e depois, na direção da casa de Shey.

Os três cães de trabalho moveram-se furtivamente atrás dela e rosnaram. Alice olhou para eles e seu rosto se contorceu de medo. Doía ter que fazer isso com ela, mas eu tinha poucas opções. Ela não estava disposta a raciocinar, e eu precisava levá-la para dentro de casa de alguma maneira.

Por um momento, ela permaneceu parada no mesmo lugar. Somente depois que Patas latiu em aviso e arreganhou os dentes, ela começou a se mover. Então, eles pastorearam Alice como uma ovelha desgarrada. Foi necessário um longo tempo porque ela continuava tentando se libertar e tinha que ser trazida e forçada na direção certa. Não foi fácil para os cães, e eles também corriam risco. De vez em quando, ela rosnava e avançava para eles com as unhas afiadas como navalhas.

Foi necessária uma hora para fazê-la entrar em casa — uma caminhada que eu poderia ter concluído em menos de 15 minutos. Ao chegar, percebi que meus problemas haviam apenas começado.

— O raciocínio dela foi embora — disse o Caça-feitiço — e não há garantia de que um dia ela volte a ser a mesma. E isso não é de admirar. Algumas pessoas ficam completamente loucas só de olhar para uma criatura das trevas; a pobre garota passou um tempo no domínio do Maligno. Temo que a expectativa não seja boa.

Alice estava encolhida num canto do pátio, cercada pelos três cães. De vez em quando, um lampejo de inteligência brilhava em seus olhos e ela atacava. Patas já tinha um arranhão ensanguentado acima do olho direito.

—Tem de haver alguma coisa para deixá-la melhor — falei.

O Caça-feitiço deu de ombros.

— Shey mandou buscar o médico da região, mas suspeito que ele não será nem um pouco útil, rapaz. O que os médicos sabem sobre as trevas e seu poder?

—Talvez uma feiticeira possa ajudar? — sugeri, antecipando a reação do Caça-feitiço, e uma centelha de raiva passou por sua testa. — Quero dizer, uma feiticeira benévola, uma curandeira — emendei rapidamente. — Tem algumas no Condado. Tem a tia de Alice, Agnes Sowerbutts.

— Primeiro, teríamos que voltar para o Condado — disse o Caça-feitiço.

Concordei com a cabeça. Ainda não era possível. Eu apenas torcia para que a batalha iminente tivesse um resultado favorável e conseguíssemos retornar em breve.

Como o Caça-feitiço advertira, o médico não pôde ajudar. Ele simplesmente deixou um remédio para fazer Alice dormir. Ao anoitecer, tentamos dar o remédio, mas não foi fácil. Precisamos da assistência de três empregadas de Shey para segurá-la. Apesar disso, ela cuspiu as primeiras três tentativas. Depois, as empregadas seguraram o nariz dela e a forçaram a engolir. Assim que ela adormeceu, colocaram-na na cama e trancamos a porta do seu quarto.

• • •

Acordei subitamente e sabia que alguma coisa estava errada. Imediatamente, ouvi o ruído de sapatos de bico fino cruzando o soalho de madeira e rapidamente me sentei ereto. O quarto de Alice ficava ao lado do meu.

Com rapidez, saí da cama e vesti minha camisa, a calça e as botas. Bati na porta de Alice antes de girar a chave, que fora deixada na fechadura. A cama estava vazia e a janela guilhotina fora escancarada, e uma corrente fria levantava as cortinas e soprava diretamente no quarto.

Corri para a janela aberta e espiei. Não havia sinal de Alice. Como o quarto ficava apenas no segundo andar, pulei pela janela, caí na trilha de cinzas abaixo e corri pelo jardim. Chamei o nome de Alice baixinho para evitar acordar a casa. A selvageria dela já fizera irromper coisas suficientes e eu não queria ser um fardo na hospitalidade de Farrell Shey.

Então, ao longe, vi a silhueta de uma garota — mas ela não estava onde eu imaginava que estivesse. Alice não fora para o portão. Ela subira o muro do jardim e estava quase passando por cima dele!

Corri até ela, mas, muito antes de alcançá-la, ela já passara pelo alto do muro e estava fora de vista. Aonde estava indo? A qualquer lugar, apenas para fugir? Cheguei ao muro e comecei a subir. Minha primeira tentativa não foi bem-sucedida. Havia poucos suportes, e a chuva tornara a pedra escorregadia; por isso, acabei caindo e aterrissando desajeitado. Alice fizera parecer muito fácil. Da segunda vez, consegui subir rapidamente até o topo do muro. Por pouco, eu não torcera o tornozelo; por isso, não me arrisquei: virei-me com cuidado, segurei firme e baixei meu corpo antes de cair no pátio com calçamento de pedras. Rolei uma vez, mas fiquei de pé com agilidade e examinei a escuridão, tentando localizar Alice.

Não havia lua, e eu tinha que me basear na luz das estrelas. Embora eu pudesse ver na escuridão melhor que a maioria das pessoas, eu não via sinal de Alice. Por isso, concentrei-me, fechei os olhos e ouvi com atenção.

Diretamente à minha frente, ouvi um grito, e em seguida um barulho de algo se arrastando e abanando. Corri na direção do som. Ouvi outros guinchos e percebi que os sons vinham do imenso cercado de madeira onde Shey mantinha as galinhas.

Quanto mais eu me aproximava, mais alto eram os sons que irrompiam do cercado. As aves se agitavam em pânico.

Com uma forte sensação de inquietação, recordei uma lembrança sombria da infância. Certa noite, uma raposa atacara o galinheiro do meu pai. Quando chegamos, com olhos embaçados, obrigados a sair da cama pela terrível cacofonia de sons, cinco galinhas já estavam mortas. Sangue e penas estavam por toda parte.

Mas, desta vez, não era uma raposa que aterrorizava as galinhas; era Alice. Eu não conseguia vê-la, mas, acima do grasnado das aves, eu podia ouvir um som tão grotesco que, no início, me recusei a aceitar o que era. Agachei-me perto do cercado de madeira. Depois, ouvi gritos e a pancada de botas pesadas que corriam na nossa direção. O que me lembro a seguir é que alguém ergueu uma tocha acesa e revelou o horror em seu interior.

Alice estava de joelhos no meio do cercado com aves mortas e agonizantes ao seu redor. Algumas estavam sem a cabeça ou as asas. Uma galinha sem cabeça ainda corria em círculos. Alice segurava uma ave morta em cada mão. Ela as comia cruas, e sua boca estava coberta de sangue.

CAPÍTULO 24
POBRE TOM

Alice era uma predadora, não passava de um animal selvagem cheio de desejo de sangue. Vê-la comportando-se daquela maneira me deixou muito abalado. O Caça-feitiço tinha razão: a mente dela estava totalmente confusa. Será que alguma parte da Alice que eu conhecera ainda permanecia ou agora ela era uma total estranha?

O guarda que segurava a tocha soltou um xingamento. Outro guarda ergueu um porrete e entrou no cercado. Alice cambaleou para ficar de pé e, por um momento, pensei que fosse atacá-lo. Mas então ela deu um salto. Era um salto impossível que a fez erguer-se bem acima da cabeça dele e do portão atrás do guarda, e aterrissar na lama do lado de fora. Depois, sem olhar para trás, ela correu para a escuridão.

Dei uma olhada nos rostos assustados dos guardas; depois, virei-me e a segui. Alice seguia a direção dos portões

O DESTINO 267 LIVRO 8

sem guardas e, embora eu estivesse correndo, desesperado para alcançá-la, ela parecia possuída por uma força sobrenatural. Alice estava se afastando de mim a cada passada, e o som dos sapatos de bico fino tocando a grama se tornava cada vez mais fraco.

Logo minha respiração arranhava a garganta e eu comecei a me cansar. Diminuí o passo e continuei na mesma direção. Certamente, ela não conseguiria manter o ritmo por muito mais tempo, pensei. De vez em quando, eu parava, fazia uma pausa e ouvia com atenção. Mas não havia nada para se ouvir — somente o suspiro do vento nas árvores e o grito sinistro ocasional de alguma criatura noturna. Mas então, finalmente, a lua crescente surgiu e fui capaz de empregar algumas das habilidades de rastreio que o Caça-feitiço me ensinara. Pouco depois, descobri as pegadas de Alice na beira de um pequeno bosque, o que confirmou que eu ainda estava no rastro dela.

Não demorou muito para que eu começasse a me sentir inquieto. Normalmente, eu nunca teria me arriscado sem o bastão, mas andara tão preocupado com Alice que eu a seguira instintivamente, sem pensar. E quanto à Espada do Destino, eu a deixara na bainha que Grimalkin fabricara. Minha corrente de prata voltara para a minha bolsa, e eu nem tinha enchido os bolsos com sal e ferro. Eu estava totalmente desarmado — e com frio também, vestido apenas com a camisa e a calça. Eu estava totalmente despreparado, e cada passo que me levava para mais longe da casa poderia muito bem estar aumentando o meu perigo. Eu não fora avisado que os habitantes das trevas viriam atrás de mim para se vingar pelo papel que eu desempenhara ao amarrar o Maligno?! Enquanto rastreava Alice, uma criatura poderia muito bem estar me caçando.

Alarmado com essa possibilidade, parei e girei lentamente para examinar à minha volta. Eu não via nem sentia nada. Não havia sensação de frio para me avisar de que alguma criatura das trevas estava próxima. Por isso, ainda nervoso e muito atento, segui o meu caminho. Eu não podia deixar Alice sozinha ali, não importava qual fosse o risco.

Outra hora se passou, e encontrei mais indicações de que ainda estava na trilha certa. Além do par de pegadas, avistei um pedaço rasgado do vestido de Alice quando ela caminhou por um trecho de sarças. Pelo menos, a forma e a profundidade das pegadas me diziam que ela não estava mais correndo; por isso, apressei-me, na esperança de finalmente alcançá-la. E continuei até chegar à beira de um morro arborizado.

As pegadas que encontrei fizeram meu coração parar nas minhas botas. Havia algumas que não pertenciam a Alice. Havia também evidências de luta, o solo estava revirado e transformara-se em lama — e estava salpicado de sangue. Pelas marcas, calculei que Alice fora agarrada por um grupo de pessoas.

Eu me sentia tão tolo — um aprendiz de caça-feitiço sem armas! —, mas como poderia abandonar minha melhor amiga agora? Por isso, andei com cautela em meio às árvores, parei e ouvi com atenção. Havia um silêncio profundo e absoluto. Era como se todas as coisas estivessem prendendo a respiração. Lentamente, tentando não fazer o menor ruído, dei mais alguns passos; depois, ouvi com atenção mais uma vez. Silêncio. Eu ficava cada vez mais inquieto.

Eu precisava pensar rápido. Precisava improvisar. No chão, à minha esquerda, havia um galho caído. Peguei-o e fiquei contente por perceber que era sólido e levemente mais largo e comprido que o meu bastão; era melhor que nada. Apressei-me, e a inclinação se tornava mais íngreme a cada passo que eu dava.

Quando me aproximei do topo do morro, senti que uma pessoa invisível me observava. No entanto, os primeiros olhos que vi não eram humanos. Ergui o olhar. As árvores acima de mim estavam cheias de corvos. Notei os bicos pontudos, as penas pretas lustrosas e as garras afiadas como navalhas que cortavam os galhos. Meu coração começou a bater mais rápido. Será que a Morrigan estava ali? As árvores continuavam imóveis, mas quando baixei o meu olhar, vi uma coisa que fez minha boca ficar seca de medo.

Diretamente à minha frente, um homem estava sentado no solo com as costas apoiadas no tronco de uma árvore. Ele parecia me fitar, mas seus olhos eram órbitas negras. Dei um passo na direção dele; depois, outro. Com um choque, percebi que estava morto. Suas roupas mofadas e úmidas eram verdes e indicavam que ele fora um dos guardas de Shey. Tinha que ser o homem que desaparecera havia cerca de uma semana. Ele fora amarrado à árvore e seus olhos haviam desaparecido. Os corvos já tinham se banqueteado.

Pelo menos, aquele homem agora estava morto e além da dor. E não havia sensação de frio para me dizer que seu espírito ainda perambulava por perto. Não, o frio apenas tomou conta de mim quando segui além dele na direção da árvore seguinte. Alice estava sentada lá na mesma posição, com as costas apoiadas no tronco e os pulsos amarrados a ele com um cordão e puxados para cima num ângulo de 45 graus. Os nós estavam muito apertados — eu podia ver que cortavam sua carne. Além disso, os cabelos brancos como a neve estavam presos num coque e pregados à árvore, puxando seu pescoço em um ângulo estranho. Ela gemia baixinho.

Corri na direção dela e vi o sangue coagulado no cordão. Ela ergueu o olhar para mim. Seus olhos ainda estavam lá, mas não viam mais que as órbitas vazias do homem morto. Ela olhou através de mim, como se eu não existisse. Quando me ajoelhei diante dela, ela choramingou. Todo o seu corpo tremia. Toquei delicadamente na sobrancelha dela. Como eu poderia desamarrar os braços sem machucá-la?

— Alice — falei baixinho. — Sinto muito. Vou tentar ajudar, mas isso pode doer um pouco...

Subitamente a sensação de frio que desceu pela minha espinha se intensificou. Alguma criatura das trevas estava se aproximando.

— Sinta muito por *você mesmo*, garoto! — gritou alguém atrás de mim. — Logo *você* também vai sentir dor!

Dei meia-volta ao reconhecer a voz, e fiquei frente a frente com a feiticeira Scarabek; Konal agora estava preso às costas dela, os traços estranhamente idosos fitando-me por cima do ombro. Atrás dela, havia meia dúzia de magos com barbas armados com espadas. Ouvi sons à esquerda e à direita: outros homens armados saíam das árvores e caminhavam na minha direção. Eu estava totalmente cercado.

— Peguem-no! — ordenou a feiticeira.

Os homens avançaram, eu parti para cima do mago mais próximo com o galho e o brandi freneticamente para mantê-lo a distância. Mas era inútil contra homens com espadas. Dois golpes e me vi segurando apenas um toco pequeno de madeira.

— Largue-o ou o próximo golpe arrancará seu braço! — avisou o mago mais próximo.

Obedeci, joguei o toco no chão e imediatamente fui agarrado com brutalidade; giraram meus braços dolorosamente para trás das costas. Então, fui arrastado na direção da árvore oposta a Alice e empurrado para me sentar de modo que eu a encarasse. Scarabek agigantou-se sobre mim.

— A deusa Morrigan está zangada! — gritou ela. — Você foi ousado demais! Enfraqueceu-a nas Colinas Ocas, e ela não vai esquecer isso. Desde então, você amarrou o Maligno; um feito que feriu a todos os que servem às trevas. Por isso, ela ordena que você tenha uma morte

Joseph Delaney   272 AS AVENTURAS DO CAÇA-FEITIÇO

lenta e dolorosa. Para você, não será a morte rápida de meu leal marido, Shaun. Vamos amarrá-lo a esta árvore e deixar que os corvos da Morrigan biquem seus olhos. Depois disso, vamos cortá-lo em pedaços, começando pelos dedos. Vamos arrancá-los nó a nó, um pedaço para cada bico faminto que aguarda acima de nós! E vamos arrancar a carne dos seus ossos até restar apenas o esqueleto! Amarrem-no à árvore! — ordenou ela.

Lutei com todas as minhas forças, mas simplesmente havia homens demais. Eles arrancaram as mangas da minha camisa, depois me seguraram contra o tronco e prenderam meus braços atrás em volta dele. Amarraram um cordão bem apertado ao redor de cada pulso, e meus braços foram quase arrancados das articulações quando as duas pontas foram unidas e presas atrás da árvore. Foi necessária toda a minha força de vontade para me impedir de gritar. Eu não queria dar a Scarabek a satisfação de saber que sentia dor.

Ergui o olhar e vi a feiticeira de pé à minha frente.

— Meu Shaun morreu por sua causa — rosnou ela. A feiticeira segurava o pulso esquerdo como um falcoeiro. Mas não havia um falcão empoleirado ali. Era um imenso corvo de olhos pretos e vorazes, com o bico aberto. — Vamos começar pelo olho esquerdo — disse ela.

Então, às costas dela, alguém falou. Era Alice.

— Pobre Tom! — gritou. — O pobre Tom está machucado!

— Sim, garota — disse Scarabek, virando-se para sorrir com desdém para Alice. — Ele está ferido, sim, mas isso é apenas o começo.

O Destino 273 LIVRO 8

O corvo abriu suas asas e voou para o meu ombro esquerdo. Senti a pressão aguda das garras enquanto os olhos cruéis fitavam os meus. Tentei virar a cabeça para longe, mas ele se aproximou e o bico atacou o meu olho esquerdo.

CAPÍTULO 25
E TODOS VÃO CAIR

Fechei os olhos bem apertados e me inclinei até onde consegui, girando a cabeça para dificultar que o corvo atingisse seu alvo. Mas eu sabia que seria inútil. Em poucos instantes, estaria cego.

Subitamente, Scarabek gritou, e eu senti o corvo afrouxar o aperto no meu ombro. A pressão se fora. Será que o pássaro feio fugira? Abri os olhos com cautela e, para minha surpresa, vi o corvo caído no chão ao meu lado. Ele não se movia. Seus olhos estavam esbugalhados, mas pareciam de vidro. Qual era o problema dele? Será que estava morto?

— Tom está machucado! — gritou Alice mais uma vez. — Não o machuque mais!

A feiticeira baixara os olhos para o corvo morto, com uma expressão de incredulidade no rosto. Depois, virou-se para Alice.

—Você! — gritou ela. — *Você* fez isso!

— Não é certo ferir o Tom — retrucou Alice. — Ele não merece isso. Por que você não tenta me machucar em vez dele?

Scarabek tirou uma faca do cinto e deu um passo na direção de Alice.

— É o que vou fazer, garota! — disse ela com um rosnado. — Eu mesma vou cuidar de você!

—Você não pode me machucar — disse Alice. — Não é forte o suficiente.

Alguns magos deram risadas, mas sem muita convicção. Amarrada à árvore e impotente, provocando uma feiticeira armada com uma faca, as palavras de Alice pareciam loucura. Os traços bonitos estavam contorcidos num esgar — a expressão que eu vira no rosto da mãe dela, Lizzie Ossuda, antes de lançar um feitiço malevolente, das trevas.

Depois, eu senti. Era como se alguém tivesse atingido a minha espinha com uma lasca de gelo. O calafrio sempre me avisava da proximidade de uma criatura das trevas — eu sentira isso quando a feiticeira e os magos se aproximavam. Mas desta vez tinha uma força e uma intensidade superior a qualquer coisa que eu já experimentara antes.

E, então, para meu espanto, Alice soltou as mãos do cordão que a amarrava à árvore, ergueu-as para soltar os cabelos do prego e ficou de pé para enfrentar a feiticeira. O sangue pingava dos pulsos lacerados, mas ela não parecia sentir dor. Sorria, mas não era um sorriso bonito. Estava cheio de malícia. Scarabek hesitou e baixou a faca.

Então, Alice deu meia-volta e inclinou a cabeça na direção do tronco da árvore. O que ela estava fazendo? Quando se virou para encarar mais uma vez a feiticeira, assumira uma expressão severa.

Scarabek soltou um grito súbito de raiva e correu direto para Alice com a faca erguida. Eu não vi o que aconteceu em seguida porque ela obstruiu minha visão de Alice. Mas, subitamente, ergueu a mão e soltou um grito de dor; depois, caiu de joelhos. Alice dava risadas histéricas enquanto Scarabek se contorcia na minha direção e cambaleava até ficar de pé novamente.

A feiticeira parecia ter se esquecido de Alice. Agora ela se aproximava de mim muito lentamente, desequilibrada. Mas ainda segurava a faca, e sua intenção era clara. Percebi que os magos a fitavam com expressão de total horror. Ela ia me cortar — sem dúvida, guardaria para si o osso do polegar. Eu estava apavorado.

Mas, então, ergui o olhar para o rosto dela e imediatamente vi o motivo de seu grito. Um prego trespassara seu olho esquerdo, o verde, e sangue escorria por suas bochechas. Alice deve tê-lo arrancado do tronco com os dentes e cuspira no olho da feiticeira com muita força e precisão.

Scarabek tornou a caminhar com dificuldade e ainda cambaleava na minha direção. Ao fazer isso, Konal soltou um grasnado de gelar o sangue. Não fazia diferença se a feiticeira estava mortalmente ferida ou não; ela ainda tinha vida suficiente para empunhar a faca. Era como se nada pudesse me salvar.

Então, ouvi um reboar de alguma parte no fundo do solo, e, de repente, o mundo inteiro começou a se mover. Acima da minha cabeça, os galhos sacudiam e chacoalhavam como se o tronco da árvore fosse contorcido e balançado pelas mãos de um gigante. A bruxa deixou de olhar para mim e, com um ar temeroso, voltou seus olhos para cima. Mas o perigo vinha de outra direção.

Uma imensa fissura se abriu no solo. Com um rugido de algo senso triturado e quebrado, ela aumentou mais ainda e se moveu na direção de Scarabek mais rápido do que uma pessoa poderia correr. No último momento, a feiticeira tentou pular para longe, mas era tarde demais. A terra a engoliu e se fechou com uma pancada profunda que reverberou, deixando apenas os dedos da sua mão esquerda visíveis.

Com gritos roucos, o bando de corvos rapidamente levantou voo; depois, o solo debaixo dos meus pés começou a dar solavancos, chacoalhar, e a superfície se tornou tão líquida quanto o oceano com ondas que rolavam pelo solo da floresta. Elas pareciam estar irradiando do local em que Alice permanecia parada, e, mesmo acima do barulho, eu conseguia ouvi-la entoando um feitiço na língua antiga. Os magos e seus servos corriam agora em todas as direções.

As árvores se inclinavam em ângulos malucos, e suas raízes se deslocaram por causa do movimento violento. Então, subitamente, tudo parou e voltou a se acalmar, como se o mundo inteiro prendesse a respiração, horrorizado com o que havia acontecido. Agora, apenas uma coisa se movia e um novo som preenchia o silêncio.

Alice girava e dançava na relva com os braços esticados, e o sangue ainda pingava dos pulsos dela. Seus olhos estavam fechados, e ela sorria e murmurava alguma coisa bem baixinho. Ela girou cada vez mais rápido e começou a cantar alto o suficiente para que eu ouvisse as palavras:

Uma coroa, uma coroa de rosas, um punho com espinhos,
Uma coroa, uma coroa de rosas, uma cabeça com chifrinhos.
Vou dar uma risada e então a testa franzir,
E todos vão cair!

Ela deu um risinho e repetiu a última linha:

— *E todos vão cair!*

Ao dizer isso, Alice pareceu perder o equilíbrio e caiu com força, dando risadinhas. Depois, ela jogou a cabeça para trás e soltou uma gargalhada, e um longo tempo se passou até ela parar. Finalmente, Alice ficou muito quieta, e uma expressão solene baixou sobre seu rosto. Ela começou a rastejar na minha direção e se aproximou até quase nos tocarmos.

— Eu posso fazer todos eles caírem, Tom. Não é verdade? Até Grimalkin, a mais forte de todos; eu poderia fazer isso com ela também. Você não acredita em mim?

Ela fitava meus olhos com atenção. Acenei com a cabeça e concordei, simplesmente para acalmá-la. Meus pulsos ainda ardiam e latejavam, era como se eu fosse vomitar a qualquer momento, e a bile subiu até a minha garganta.

Então, Alice moveu a cabeça para cima e levou a boca até perto da minha mão esquerda. Ela pegou o cordão que amarrava meu pulso com os dentes e mordeu até que rasgasse. Eu perdi o fôlego por causa da dor. Depois, ela fez a mesma coisa no meu pulso direito.

Baixei os braços, aliviado por estar livre. Não importava quais fossem os poderes das trevas que Alice usara; naquele momento, eu realmente não me importava. Eu tinha a minha vida de volta quando pensava que a perdera.

Em seguida, Alice circulou meu pulso esquerdo com os dedos e os polegares. Senti uma dor aguda, seguida por uma sensação de formigamento pelo pulso e pelo braço. E a dor latejante começou a diminuir. Ela fez a mesma coisa no pulso direito; depois, ela se abaixou, pôs o braço em volta das minhas costas e me ajudou a ficar de pé.

— Você acha que consegue andar, Tom? — perguntou ela.

Acenei com a cabeça.

— Então é melhor sairmos daqui. Quem fugiu não vai ficar com medo por muito tempo. São magos e estão acostumados a lidar com as trevas.

Olhei para Alice. A não ser pela cor dos cabelos, ela parecia quase de volta ao normal.

— Você está melhor, Alice? — perguntei.

Ela mordeu o lábio superior e balançou a cabeça. Os olhos se encheram de lágrimas.

— Melhor? Eu nunca mais vou ficar melhor, Tom. Mas quero ficar com você. Quero isso mais que qualquer coisa no mundo. Foi o que acabou de nos salvar.

Suspirei e balancei a cabeça.

— Temos que conversar sobre tudo que aconteceu. De onde você obteve o poder para fazer isso?

— Agora não. Eu preciso de um pouco de tempo. Não teremos paz quando voltarmos; não depois de tudo o que aconteceu. Mas amanhã à noite, vá ao meu quarto, e eu lhe contarei o que puder. É verdade o que você disse ontem? Você realmente conseguiu amarrar o Maligno? — perguntou-me.

Acenei com a cabeça.

— Sim, é verdade. Estamos livres de novo, Alice.

Ela sorriu e pegou a minha mão.

— Então, temos um pouco de tempo, Tom; um breve intervalo para respirar e pensar em um modo de acabar com o Maligno de uma vez por todas.

Eu franzi a testa.

— Mas a primeira coisa é voltar para a casa de Shey — falei. — Depois da história no galinheiro, duvido que voltem a nos receber bem. Você se lembra do que aconteceu...?

Alice assentiu com tristeza.

— Eu me lembro de tudo — disse ela. — Vou tentar explicar amanhã.

Quando partimos, olhei para trás. Quatro ou cinco corvos bicavam alguma coisa na relva. Um deles levantou voo e desceu sobre nós antes de subir e aterrissar num galho. No bico, segurava um dos dedos da feiticeira morta.

Agarrei a mão de Alice com mais força. Era bom estarmos novamente juntos.

• • •

De volta a casa, foram necessários todos os meus poderes de persuasão para desviar a raiva de Shey de Alice; mas, com a ajuda do Caça-feitiço, ele e seus homens finalmente foram persuadidos de que ela estava sob a influência de um feitiço, mas que agora fora restaurada ao normal.

Com o fim dessa primeira crise, decidimos não contar coisa alguma ao Caça-feitiço por enquanto. Eu sabia que ele estava se perguntando o que realmente acontecera, mas percebeu que aquele não era o momento de nos questionar com mais atenção.

Nem mesmo tivemos que nos preocupar em explicar as lacerações dos nossos pulsos. Quando chegamos, elas já estavam quase que totalmente curadas — sem cicatrizes para indicar o que acontecera a nós. A cura era um ato benevolente, mas o exercício de tal poder extremo apenas poderia vir das trevas. Embora eu estivesse exausto, dormi pouco pelo restante da noite.

De manhã, um mensageiro a cavalo de Dublin trouxe notícias da guerra.

O Caça-feitiço veio me contar:

— Boas notícias, rapaz, notícias realmente boas. O inimigo foi derrotado em uma grande batalha ao norte de Priestown e fugiu até a fronteira mais ao sul do Condado. Agora estão em plena retirada. Podemos voltar para casa, rapaz; enfim, de volta ao Condado. Poderei reconstruir a minha casa e começar a reunir e escrever os livros para uma nova biblioteca! — Lágrimas brilhavam em seus olhos; lágrimas de esperança e de alegria.

No entanto, apesar das boas notícias, eu temia a futura conversa com Alice. O que acontecera a ela nas trevas? Em que ela se transformara? Por que ela nunca mais ficaria melhor? Será que finalmente se tornara uma feiticeira malévola? O modo como matara nossos inimigos na noite anterior fazia parecer que sim.

Depois que todos foram dormir e a casa ficou em silêncio, fui conversar com Alice. Desta vez, não me preocupei em bater à porta do quarto. Ela me esperava, e certamente eu não queria me arriscar a acordar o Caça-feitiço, que dormia num quarto pouco depois no corredor.

Ela estava sentada na beira da cama e fitava a escuridão através da janela. Quando entrei no quarto e fechei lentamente a porta atrás de mim, ela se virou na minha direção e sorriu. Peguei a vela da mesinha de cabeceira e pousei-a no peitoril da janela. Em seguida, puxei uma cadeira e me sentei de frente para ela.

— Como você está se sentindo? — perguntei.

— Bem, Tom. Pelo menos, não muito ruim, se eu não pensar no que aconteceu.

— Você quer conversar a respeito? Ajudaria ou apenas pioraria as coisas?

— A questão não é se eu quero ou não conversar sobre isso. Você merece saber tudo que aconteceu. Depois, você terá que decidir se ainda vai querer ser meu amigo.

— Não importa o que você me conte, ainda vou ser seu amigo — falei para ela. — Já passamos por muita coisa juntos para nos separarmos agora. E precisamos um do outro para sobreviver. Se não fosse por você, eu estaria morto agora, feito em pedaços pela feiticeira e servindo de alimento aos corvos.

— Não posso desfazer o que fiz. E, se eu pudesse, não teria desfeito; caso contrário, eu teria perdido você para sempre, e perderia a minha própria vida também. *Mas eu gostei, Tom.* Esse é o horror. Eu gostei de destruir aquela feiticeira. Antes, sempre que eu machucava ou matava uma criatura das trevas, eu me sentia mal depois, mas não desta vez. Eu gostei de testar a minha força contra a dela. Gostei de vencer. Eu mudei. Agora sou como Grimalkin. É assim que ela se sente. Ela adora lutar! Eu matei, e não me importei!

— Você acha que foi porque você passou tanto tempo nas trevas? — perguntei, mantendo a voz baixa. — Foi isso que causou a mudança em você?

— Deve ter sido, Tom, e não posso evitar. Quando voltei, no início não achei que fosse real. Pensei que ainda estivesse lá. Por isso, fiquei assustada e me afastei de você. Os que serviam ao Maligno costumavam fazer brincadeiras assim comigo. Certa vez, pensei que tinham me enviado de volta ao nosso mundo. Vi você na beira de um bosque, e realmente acreditei que fosse verdade. Você sorriu para mim e apertou a minha mão. Mas era apenas um truque. Aos poucos, você se transformou num demônio. Observei seu rosto se deformar, e chifres retorcidos começarem a brotar de sua testa. E percebi que eu não havia deixado as trevas. Por isso, pensei que o que Pã dissera fosse apenas outro truque e que a mesma coisa fosse acontecer de novo. Pensei que você fosse apenas um demônio com um rosto humano.

Acenei com a cabeça. Pensara que Alice estava louca, mas o que ela dissera fazia sentido perfeitamente. Seria a reação natural de alguém que pensara que o mundo não era real; que era uma ilusão criada pelas trevas para atormentá-la.

— Mas como você sabia que era eu desta vez? — perguntei. — Embora eles tenham me amarrado à árvore e estivessem prestes a me matar, ainda poderia ter sido um truque.

— Quando fiquei presa nas trevas, o demônio que fingia ser você tinha que ficar com os braços cobertos. Mas aqui, assim que arrancaram suas mangas, eu vi a minha marca no seu braço, Tom. Essa marca é muito especial para mim e para você e não poderia ser imitada nem mesmo pelo próprio Maligno!

As cicatrizes que ela deixara no meu braço nunca desapareceram. Era a marca especial que indicava que eu pertencia a ela e a nenhuma outra feiticeira.

Acenei com a cabeça, mas depois pensei em outra coisa.

— Mas e quanto ao cercado das galinhas, Alice? E quanto àquilo? Por que você fez o que fez?

Alice estremeceu; por isso, eu me inclinei para a frente e coloquei meu braço em volta do ombro dela. Demorou um longo tempo antes que ela respondesse.

— Eu apenas pensara em escapar e me dirigia ao muro. Mas, então, senti o sangue quente bombeando através das veias delas e não consegui evitar. Era uma necessidade terrível de beber sangue. Ficar nas trevas me modificou, Tom. Não sou a mesma, sou? Acho que agora pertenço às trevas. E se eu não puder mais cruzar água corrente? O Velho Gregory vai saber o que eu sou no mesmo instante!

Isso realmente era uma preocupação. Se meu mestre tivesse evidências firmes de que Alice era uma feiticeira das trevas, ele a amarraria em uma cova para o resto da vida; por melhor amiga que ela tenha se mostrado, ele faria o que achasse que era seu dever como caça-feitiço.

Pensei nas palavras de minha mãe, que um dia se referiram à Alice:

Nasceu com o coração de uma feiticeira e não tem muita escolha, senão seguir o seu destino.

Mas, então, minha mãe emendara dizendo que havia mais de um tipo de feiticeira: Alice poderia tornar-se benévola em vez de malévola. A terceira possibilidade era que ela se tornasse algo entre boa e má.

Essa garota poderia ser um atraso em sua vida, uma praga, um veneno em tudo que você viesse a fazer. Ou poderia ser a melhor e mais forte amiga que você viesse a ter.

Na minha mente, não havia dúvida de que a última parte era verdadeira. Mas seria possível que Alice se tornasse uma feiticeira malévola e *ainda* fosse minha aliada? Isso não era verdade em relação à Grimalkin?

No entanto, eu tinha mais um pergunta:

— Alice... de onde você obteve todo aquele poder? Foi por que você ficou nas trevas por tanto tempo?

Alice acenou com a cabeça, mas parecia em dúvida. Por um momento, pensei que ela estivesse tentando esconder alguma coisa, mas depois falou lentamente:

— Acho que eu trouxe poder das trevas. — Ela fez uma pausa e olhou para mim — Mas eu sempre tive mais poder do que mostrei a você, Tom. Uma pessoa me avisou para não usá-lo, para enterrá-lo bem fundo dentro de mim e tentar esquecer que estava ali. Você sabe por quê, Tom?

Eu balancei a cabeça.

— Porque, cada vez que você usa o poder das trevas, ele modifica você. Pouco a pouco, fica mais perto das trevas até que uma hora elas se tornam parte de você. Então, você se perde e nunca volta a ser o que era antes.

Eu entendia. Era por isso que o Caça-feitiço temia tanto por nós dois. Lembrei-me de outra coisa que minha mãe dissera para mim quando eu lhe contara como a vida de caça-feitiço se mostrava solitária.

Como você pode estar solitário? Você tem a você mesmo, não tem? Se um dia você se perder, aí sim, estará realmente sozinho.

Eu ainda não havia compreendido plenamente as palavras dela na época, mas agora compreendia. Ela queria dizer que é a integridade, a centelha de bondade dentro de você que fazem você ser quem é. Uma vez que isso acabe, você estará perdido e verdadeiramente sozinho, e apenas as trevas serão sua companhia.

· · ·

Mais uma vez, escrevi quase tudo de memória, e apenas usei meu caderno quando foi necessário.

Amanhã começaremos nossa jornada de volta ao Condado. A primeira etapa será cruzar a Irlanda. Mas muitos córregos e rios estão em nosso caminho. Será que Alice conseguirá cruzá-los? Somente o tempo dirá.

O Caça-feitiço não sabe nada disso, e ele parece mais disposto, forte e alegre do que em qualquer momento dos últimos dois anos. Ainda temos grande parte do dinheiro que ganhamos lidando com os boquirrotos em Dublin. Meu mestre diz que ele vai usá-lo para reconstruir a casa, começando pelo telhado, a cozinha e a biblioteca.

Quanto a Grimalkin, até agora não tivemos mais notícias dela. Apenas podemos esperar que tenha conseguido escapar ou matar seus perseguidores, e que a cabeça do Maligno ainda esteja segura em sua posse.

Além do meu bastão e da corrente de prata, agora tenho uma terceira arma: a espada que me foi oferecida por Cuchulain, a Espada do Destino. Vou precisar de suas bordas afiadas para me defender dos habitantes das trevas, que me perseguirão para vingar o Maligno amarrado.

O tempo em que não serei mais um aprendiz se aproxima rápido; serei um caça-feitiço e estou determinado a ser tão bom quanto meu mestre. Além disso, sou o filho de minha mãe, com os dons especiais que ela transmitiu a mim. As trevas podem me perseguir, mas chegará o momento em que o que minha mãe previu ocorrerá. E minha mãe e Grimalkin profetizaram que eu me *tornarei* o caçador, e eles fugirão de mim. A minha hora vai chegar, e esse dia não está muito distante.

A guerra terá modificado o Condado para sempre, mas ainda haverá trevas para combater. Espero somente que minha família tenha sobrevivido.

Apesar de tudo o que aconteceu, ainda sou o aprendiz do Caça-feitiço e estamos em nosso caminho de volta a Chipenden. Finalmente, vamos para casa.

Thomas J. Ward